MARGUERITE PAULIN
MARIE DESJARDINS

NELLY ARCAN
DE L'AUTRE CÔTÉ DU MIROIR

LES ÉDITEURS RÉUNIS

Publications de Marguerite Paulin :

Les derniers feux de la Saint-Jean, en collaboration et sous le pseudonyme Laurence Arnaud, éditions du Carré, 2008.

Jacques Ferron. Le médecin, le politique et l'écrivain, biographie, XYZ éditeur, 2006.

René Lévesque. Une vie, une nation, biographie, XYZ éditeur, 2004.

Le Mot dit pays !, pièce de théâtre écrite en collaboration et présentée dans le cadre de la semaine de la francophonie en mars 2003.

Maurice Duplessis. Le Noblet, le petit roi, biographie, XYZ éditeur, 2001.

Louis-Joseph Papineau. Le grand tribun, le pacifiste, biographie, XYZ éditeur, 1999.

Lukas en son royaume, radioroman scénarisé, réalisé et présenté sur les ondes de Radio Centre-Ville. Premier prix des radios communautaires, 1997.

Félix Leclerc. Filou, le troubadour, biographie, XYZ éditeur, 1996.

Dire le nord (1985), et *Haïkus du Canada français* (2002), en collaboration, anthologies de haïkus.

Publications de Marie Desjardins :

Sylvie, Johnny love story, Roman, Montréal, Transit éditeur, 2010.

Les Forget, luthiers depuis un siècle, biographie, Montréal, Éditions au Carré, 2005.

L'œil de la poupée, essai en collaboration avec Irina Ionesco, Paris, Éditions des femmes, 2004.

Geishas et prostituées, essai en collaboration avec Hidéko Fukumoto, Nantes, Éditions du Petit véhicule, 2002.

La voie de l'innocence, Roman, Montréal, Humanitas, 2001.

Marie, Roman, Montréal, Humanitas, 1999.

Les yeux de la comtesse (Sophie de Ségur, née Rostopchine), biographie, Montréal, Humanitas, 1998.

Femmes à l'aube du Japon moderne, essai en collaboration avec Hidéko Fukumoto, Paris, Éditions des femmes, 1997.

Chroniques hasardeuses, essai, Montréal-Paris, L'Étincelle éditeur, 1994

Biograffiti, Réflexions spontanées sur la biographie, essai, Montréal-Paris, L'Étincelle éditeur, 1993.

NELLY ARCAN

DE L'AUTRE CÔTÉ DU MIROIR

**Catalogage avant publication de Bibliothèque et
Archives nationales du Québec et Bibliothèque et Archives Canada**

Paulin, Marguerite

Nelly Arcan, de l'autre côté du miroir

ISBN 978-2-89585-170-7

1. Arcan, Nelly, 1973-2009 - Romans, nouvelles, etc.
I. Desjardins, Marie. II. Titre.

PS8631.A86N44 2011   C843'.6   C2011-941092-3
PS9631.A86N44 2011

Photo de la couverture : Alain Roberge, La Presse

Les Éditeurs réunis bénéficient du soutien financier de la SODEC
et du Programme de crédit d'impôt du gouvernement du Québec.

Nous remercions le Conseil des Arts du Canada
de l'aide accordée à notre programme de publication.

Nous reconnaissons l'aide financière du gouvernement du Canada
par l'entremise du Fonds du livre du Canada pour nos activités d'édition.

Édition :
LES ÉDITEURS RÉUNIS
www.lesediteursreunis.com

Distribution au Canada :
PROLOGUE
www.prologue.ca

Distribution en Europe :
DNM
www.librairieduquebec.fr

f *Suivez Les Éditeurs réunis sur Facebook.*

Imprimé au Québec (Canada)

Dépôt légal : 2011
Bibliothèque et Archives nationales du Québec
Bibliothèque nationale du Canada
Bibliothèque nationale de France

« Celui qui se tue court après une image
qu'il s'est formée de lui-même.

On ne se tue que pour exister. »

– André Malraux

Mot de l'éditeur

Nelly Arcan a très bien raconté son histoire dans *Putain*. Elle l'a aussi racontée dans *Folle, L'enfant dans le miroir* et *Burqa de chair*. Elle l'a adaptée et transfigurée dans *À ciel ouvert* et *Paradis clef en main*. Toujours les mêmes thèmes : mère absente, mère déprimante, père terrifiant, culte du corps, l'impitoyable temps, la mort… Alors, si tout a été dit, par elle publiquement ou dans ses textes, à quoi sert-il d'en rajouter ? À tenter de comprendre. À se souvenir. Et parce que *Putain*, pour ne citer que ce seul texte, peut-on vraiment y croire ? Dans ce récit affolant et dense, froid et magnifique comme une voûte d'église, on apprend bien des choses, lesquelles permettent l'enquête, justement. Une explication de la fin. Une façon de remonter la corde brûlée par les deux bouts.

Marguerite Paulin et Marie Desjardins se sont penchées avec attention sur l'œuvre et la vie de Nelly Arcan. À la lumière des écrits et des interviews de l'auteur disparu, de documents d'archives, de témoignages de gens de son entourage désireux de garder l'anonymat, elles ont livré ce portrait respectueux, perspicace et sensible. Ce n'est pas dans cet ouvrage que l'on découvrira quelque révélation au sujet de la famille et des amis de Nelly Arcan, à moins qu'elle en soit elle-même la source. Ce portrait propose plutôt un regard sur les tourmentes, les inspirations, la psyché et le destin de Nelly elle-même.

De l'autre côté du miroir est une histoire de Nelly Arcan. D'autres pourront être racontées, selon d'autres perspectives, à la suite d'autres réflexions, comme autant de glaces nous renvoyant des images différentes de cette femme brillante qu'on ne pourra jamais oublier.

1

À Paris, en février, le temps gris donne à l'hiver un air d'automne. Sous une pluie pénétrante, les passants courent, les automobilistes klaxonnent. Les trottoirs semblent être recouverts d'une glace noire. Ils brillent comme des miroirs. Rue Jacob, dans le VIe arrondissement, un homme marche d'un pas alerte. Il disparaît derrière une porte cochère. Sur une plaque de cuivre, un nom gravé : Éditions du Seuil. Bertrand Visage salue la réceptionniste et monte à son bureau. Sur sa table, les manuscrits s'empilent. Aujourd'hui encore, il lui faudra passer en revue une montagne de mots. Auteur de la maison, Bertrand Visage est devenu un éditeur estimé. On lui doit des publications appréciées. Ses commentaires et son jugement sont justes. Il a une vision qui n'appartient qu'à lui, à la fois moderne et classique, sans aspérités. Dans le milieu intellectuel chic et branché de Saint-Germain-des-Prés, on sait que Visage a un don pour reconnaître le talent d'un écrivain. Il est ouvert d'esprit, sensible à la différence, à la nouveauté. Étrangement, bien peu d'éditeurs ont cette essentielle qualité.

Devant les manuscrits, autant de butins possibles, mais bien davantage de rebuts, Visage se demande évidemment ce qu'il y découvrira. Souvent, son cœur se suspend, il a un espoir, vite déçu. Tant de gens s'imaginent écrivains, alors qu'il s'agit d'un des métiers les plus difficiles qui soit. Tant de manuscrits reçus ne sont par conséquent qu'un amoncellement de lieux communs, narrations linéaires et banales, sans style, sans vie, souvent prétentieuses et inintelligibles. Le métier d'éditeur est exaltant, certes, mais également ingrat et déprimant. Quand on est vraiment éditeur, bien sûr. Car les éditeurs sont aussi comme les auteurs. Bien peu méritent ce titre. Un éditeur, un vrai, est un pêcheur qui ne rêve que d'une chose : découvrir au fond d'une huître recouverte de boue, celle-là même qu'on aurait pu oublier, la perle rare.

Visage se demande, comme tous les matins, ce qu'il va découvrir en feuilletant les nouveaux arrivages. Des pages noircies de banalités ? Le livre qui va bousculer ses certitudes ? Il se rappelle cette boutade d'un ami : l'écrivain est celui qui nous mène où l'on ne veut pas aller. Voilà pourtant ce qu'il désire au plus profond de lui-même : lire enfin cette œuvre qui l'amènera ailleurs. Qui lui apprendra quelque chose. Qui le fera vibrer. Qui le troublera.

Les premiers textes qu'il parcourt lui paraissent insipides et l'ennuient. Toujours les mêmes thèmes ressassés, l'amour conjugué sous tous les tons. Des cogitations cyniques sur le mal de vivre. De mauvaises provocations. Visage se dit qu'il aurait mieux fait de rester au café un peu plus longtemps. Déjà il pense au soir. Il y retrouvera quelques copains. Ils prendront un verre. La journée se dissipera comme toutes les autres. Visage pose sa main sur une enveloppe un peu différente des autres. Ce n'est pas le format régulier. Il en sort un texte assez volumineux. Aussitôt, le titre le fouette comme une gifle : *Putain.*

Il reprend l'enveloppe, jette un œil à l'adresse et au cachet de la poste. Le manuscrit vient du Canada. Il est signé Nelly Arcan.

Dès la première phrase, une phrase de vingt lignes, chargée à bloc, dense et grave, un roman en soi, Bertrand Visage est saisi. Le reste du texte tiendra-t-il ses promesses ? Il tourne les pages, son cœur bat. C'est sûr : cette voix est nouvelle. Qui est donc cette Nelly Arcan ? Un pseudonyme, sans doute. Il espère que non. Le milieu se méfie des supercheries. Un auteur connu peut toujours se cacher derrière un nouveau nom. Le cas de Romain Gary-Émile Ajar, le plus notoire, est encore présent dans bien des esprits. Les éditeurs ont toujours une petite peur de passer pour des cons, et surtout pour des ignorants. Des auteurs en mal de publication ont imaginé bon nombre de stratagèmes. Envoyer un texte intégral de Marguerite Duras et, contre toute attente, se le voir refuser avec la mention : « Ne correspond pas à notre politique éditoriale. » On a même répondu à celui ou à celle qui a tout simplement recopié deux cents pages du meilleur roman de Dostoïeski en francisant le nom des personnages : « Texte prometteur mais loin d'être achevé, marqué de nombreuses faiblesses et maladresses. » La honte… Comment un éditeur ne peut-il pas reconnaître un texte encensé depuis des lustres, étudié dans les écoles, statufié dans les encyclopédies de la littérature ? De telles bévues sont courantes. La plupart des professionnels de l'édition sont méfiants et craignent ces humiliations comme la peste. Visage le premier. Mais il a confiance en lui. Sa puissante intuition ne l'a jamais trahi.

Pour une fois, et cela est rare, Visage passe toute la matinée dans un seul texte. *Putain*. Lorsqu'il l'achève enfin, il le parcourt de nouveau. Il lit en désordre pour vérifier, s'assurer qu'il ne s'est pas trompé. Il n'est toujours pas déçu. Cela fait très longtemps qu'il n'a pas vécu ça. Visage frémit à la seule idée du choc médiatique que ce livre produira. Bonne pioche dans le filet ce matin. Il peut être fier. Malgré le travail qui sera à faire sur ces pages, c'est une trouvaille. Il se lève, toujours fébrile, et se rend dans le bureau de son directeur. S'asseyant devant la grande table couverte de manuscrits et de paperasse, il raconte aussitôt ce qui vient de lui arriver. Ça fait changement. Les deux hommes sont contents.

— Il faut montrer cela à Françoise, voir ce qu'elle en pense, déclare le directeur.

Visage a un mouvement de nervosité. Il fixe son directeur.

— Il faut publier ce livre, et vite! s'écrie-t-il. Peut-être que d'autres l'ont déjà lu, cette fille a peut-être déjà des propositions.

— Je t'ai rarement vu aussi enthousiaste, Bertrand. Tu avais déjà entendu parler de cet auteur?

— Jamais. Et tant mieux. On va la lancer. Une inconnue, qui vient du Québec. Ça fait une plombe qu'on n'a rien trouvé de ce côté du globe. Nelly Arcan sonne bien. Quoi qu'il en soit, je veux rencontrer cette personne.

— Tu es libre ce week-end? Va à Montréal lui faire signer le contrat. Tu as toute ma confiance, Bertrand. Reviens-nous avec la bombe.

En ce jour de février, rue Jacob, à Paris, les choses se sont-elles réellement passées comme ça?... Dans le meilleur des mondes, un monde intègre, honnête, généreux, constructif, enthousiaste, bien sûr que les choses se passent comme cela. Le meilleur des mondes: un monde comme Nelly, sincère et authentique, derrière une apparente fabrication... Or, dans le vrai monde, la vraie vie, l'orchestration des événements n'est de toute évidence jamais aussi lisse, simple et fluide.

En ce jour de février, toutefois, une chose est certaine – absolument certaine: la première graine d'un phénomène nommé Nelly Arcan, porté par *Putain*, a germé, un arbre extraordinaire ayant toutes les chances de naître de cette graine. Un arbre aussi rare qu'un ginko biloba, aussi étrange et aussi magnifique. En ce jour de février, où les choses se sont jouées, au Seuil, personne n'a eu l'esprit assez noir et tordu, malgré la thématique de la détresse, de la mort et du suicide traitée dans chaque page ou presque de *Putain*, et dans celles de toute l'œuvre à venir bien qu'on n'en sache rien encore, personne n'a imaginé un ginko biloba dépourvu de toutes ses feuilles, malingre, assoiffé et tentant de survivre entre deux murs de brique pour n'être plus qu'une petite branche chétive, frémissant au vent comme un dernier souffle de vie. Au Seuil, on s'est dit: «C'est le pactole, allons-y à fond la caisse.»

2

Il neige. Dans un appartement de Montréal, une jeune femme se maquille avec soin devant son miroir. Elle étale sur son visage un fard clair parfaitement couvrant, puis, par petites touches, sur les pommettes, une poudre fine et diamantée. Avec une précision de chirurgien, la jeune femme ouvre lentement un tube de mascara, enduit ses cils de rimmel noir tout en se regardant sans aucune complaisance. Puis elle applique sur ses paupières un fard aussi clair que le bleu de ses yeux. Ensuite, elle peint sa bouche. Une bouche aux lèvres bien dessinées, pleines. Une bouche qu'on a envie d'embrasser.

Nelly Arcan s'observe dans la glace. Cette image d'elle arrive à lui plaire à peu près. À vingt-sept ans, pourtant, elle est belle comme elle ne l'a jamais été. Mais pas encore assez à son goût. Elle veut parvenir à bien plus d'éclat. Elle examine son nez, un peu trop gros du bout, cela l'agace. Ses lèvres, jolies et pulpeuses, pourraient l'être encore plus. Ses cheveux, qu'elle décolore, teint et manipule depuis son adolescence, n'ont pas encore atteint cette teinte et cette texture qu'elle admire chez tant d'autres filles. Elle fait une moue, celle qu'elle fait toujours, et qui lui donne un air coquin, une moue qui plaît et dont elle a vérifié mille et une fois l'efficacité. Elle détourne la tête. Si elle se laisse aller à cette observation impitoyable, l'obsession l'envahit ; alors elle ne voit plus que ce qui lui déplaît en elle, et cela lui prend toute son énergie. « Aujourd'hui, je suis belle. Je le suis encore. Mais demain, à l'arrivée des trente ans fatidiques ? » Là, au coin de la commissure des lèvres, une ride creuse un léger sillon. Elle s'empresse de le couvrir d'un fond de teint plus opaque que le premier. Vieillir est une horreur. Un naufrage. Aucune issue à cela. Sauf la mort. Aucune importance si cette mort est prématurée, pourvu qu'elle serve à éviter le massacre de l'inévitable décrépitude.

Mais ce soir, la vie est belle. Miraculeusement belle. La jeune femme a rendez-vous avec un éditeur français. Dans moins d'une heure, elle sera à ses côtés, le découvrira, lui parlera. Depuis qu'elle a reçu un appel de Paris, elle ne tient plus en place. Son cœur serré est en suspens, une joie immense, en elle, ne demande qu'à se déployer.

— Nelly Arcan ?

— Oui…

— Ah ! Bonjour. Bertrand Visage, du Seuil. J'ai lu votre manuscrit, *Putain*. Génial, vraiment. Je souhaite vous rencontrer. Je fais un saut à Montréal ce week-end. Vous êtes libre ?

Nelly a refermé l'appareil après avoir bégayé un faible remerciement. Elle s'est demandé si elle avait rêvé. Si tout cela était vrai. Ce texte qu'elle a écrit en à peine six mois, comme un cri venant du bas-ventre, elle l'a envoyé en espérant qu'il soit publié. Et voilà qu'on lui annonce que ses espoirs n'ont pas été vains. Son rêve est sur le point de se réaliser. Que son texte ait une couverture officielle, et non la moindre ; que sa souffrance soit gardée pour toujours dans un écrin. Sans arrêt, fébrilement, tout en tâchant de ne pas s'illusionner, elle imagine son livre, la couverture blanche et la bordure rouge de l'illustre maison du Seuil, le titre *Putain* au milieu et, au-dessus, le nom qu'elle s'est choisi : Nelly Arcan. Une identité d'emprunt, mais bien à elle, décidée par elle, enfin. Nelly, c'est toute l'enfance qui devient éternelle. Comme ses camarades de classe à Lac-Mégantic qui portaient les prénoms jolis et délicieux de Suzy, Cindy, Tracy, Jinny… Des prénoms de poupée, de Barbie, de petites filles qui ne seront jamais de vieilles femmes moches et flasques, ces enveloppes vidées de leurs entrailles pour mieux grossir et se couvrir de varices. Non, bien au contraire, ces prénoms de téléséries américaines annoncent des destins sans faille, légers, fleuris, aucune blessure, rien de lourd, des maisons de banlieue, un mari absent, riche et parfait, des enfants adorables qui n'ont pas déchiré les entrailles, Suzy, Cindy, Tracy, Jinny, en talons hauts, en minijupes, une queue de cheval platine vacillant sur leur nuque fine et bronzée… C'est *La petite maison dans la prairie* version moderne et sexy, tout va bien, tout le monde sourit, personne ne vieillit jamais, l'amour incommensurable des parents comble l'âme de ces privilégiées aux prénoms prodigues. Nelly a en plus l'avantage d'être moins commun que ces prénoms-là. Nelly, c'est même un peu ancien, c'est doux comme du miel, ça ne peut faire de mal à personne. Nelly, c'est aussi de bon augure, Nelly comme Nellie, le prénom de la mère de Stephen King.

Flanqué d'Arcan, Nelly transcende son côté suranné, un peu sirupeux. Arcan ça évoque Arcand, bien sûr, ces

Québécois célèbres au-delà des frontières, du moins quelques-unes, Denys bien plus que Gabriel. L'appartenance à une sorte de lignée québécoise, une intelligentsia. Mais sans le « d », ce n'est plus cela du tout, c'est bien plus encore, donc c'est unique. Arcan, c'est la première lettre de l'alphabet, celle d'Apogée, d'Apocalypse, d'Amour. Arcan, c'est l'annonce d'un arc-en-ciel mais aussi, sans le « e » d'arcane, le mystère de l'alchimie. Nelly Arcan. À lui seul, ce nom divinatoire peut générer des milliers et des milliers de désirs. C'est esthétique et troublant – version tendance troisième millénaire de Nelligan, poétique et sulfureux. Ça sent l'asile et le plus haut des cieux. Alors avec *Putain* dessous, Nelly aurait tort de ne pas croire à son bonheur.

En raccrochant, lorsque Visage a dit au revoir, Nelly a souri. Combien de personnes lui demanderont si ce livre est une autobiographie ? Ce sera, si tout marche comme prévu, la première question, le premier sujet livré à la pâture médiatique. Non, c'est bien plus que des mémoires. Ce livre au « je » qui se retrouvera bientôt en librairie, bien à la vue, impossible de ne pas l'acheter, c'est une autofiction, les balbutiements d'un nouveau genre littéraire à l'aube du siècle à venir. Ce récit est une mise à nu de son âme. Aucun subterfuge. Aucune chirurgie. Les faits, crus, tels quels. Aucune volonté de plaire. Seul l'incontrôlable besoin de dire. De livrer un témoignage dans toute sa densité et son intensité. Comment a-t-elle pu être si impudique ? Nelly se dit que l'écriture lui a permis d'aller au plus profond de sa vérité, et que cela lui a tout simplement fait le plus grand bien du monde. Elle se sent purgée d'un immense mal de vivre.

Devant son miroir, Nelly esquisse un sourire. Elle revêt ses cuissardes lacées sur un collant anthracite. Sa jupe, bleue comme ses yeux, souligne la courbe de ses fesses. Elle ajuste une dernière fois son body de dentelle nuit noire. Puis son cache-cœur en fourrure. Jetant un coup d'œil à sa montre, elle attrape d'un geste vif son petit sac à sequins. Elle est partie.

L'éditeur français lui a donné rendez-vous dans un hôtel du centre-ville, côté ouest. Il l'attend depuis quelques minutes quand il l'aperçoit. C'est elle, aucun doute. Il se lève pour la saluer. Bertrand Visage a imaginé Nelly comme elle lui apparaît. Jeune femme dont on devine la fragilité sous une image un peu frondeuse. Elle ressemble à son livre. Une révolte grondant sous une sensualité troublante, entre beauté et tourmente. Il réprime un sourire, un contentement. Cette fille est inespérée. Un étonnant et savant mélange de séduction et d'intelligence. Sois belle et tais-toi ne lui va pas du tout. Arcan changera la donne. À elle on dira, il en est sûr : « Sois belle et parle. »

Nelly le regarde droit dans les yeux. De ses yeux bleus piscine, caribéens, envoûtants. Aussi espiègles que candides. Des yeux de schtroumpfette et de sage qui s'est tu depuis longtemps, sachant qu'il n'y a rien à dire. Visage constate en un instant l'exceptionnel don de séduction de Nelly. C'est inné et professionnel. C'est naturel et voulu. Celle-ci l'enveloppe, le drape, l'absorbe sans avoir l'air d'y toucher. Plaire est son terrain de prédilection – quelle aisance – et pourtant, ce vernis peut se fissurer à tout moment. Nelly est également très timide. Les lumières tamisées du bar de l'hôtel dessinent un halo autour de ses cheveux d'un blond lumineux. L'éditeur n'a pas à se présenter, ni à décrire son parcours. Nelly semble bien connaître le monde littéraire parisien. Elle n'est pas dupe. Ceux qui font la pluie et le beau temps à Paris, dans l'édition, ne sont pas des enfants de chœur ni de bons samaritains, et moins encore des penseurs délivrés de toutes les affres de l'ego. On n'est pas dans un film de Walt Disney. C'est un milieu imprégné de snobisme, de mesquinerie, de méchanceté. Beaucoup de coincés et d'arrogants, peu de vrais, peu de tendres. Cependant Nelly déclare posément, mais avec une pointe d'excitation, que les éditions du Seuil conviennent à ses espoirs. Elle ne dit pas que le Seuil les dépasse et de loin. Nelly a déjà le sens de la mesure des gens qui réussissent, dosant parfaitement assurance et modestie. Elle l'affirme : au Seuil, elle sait qu'elle trouvera des gens qui l'amèneront plus loin. Elle attend d'eux qu'ils la critiquent, qu'ils la guident, l'encadrent et la portent.

Enfin, elle ne sera plus seule, se sentant comme un chien fou voulant en vain mordre dans la vie, et rageant contre elle. Bertrand Visage, dont elle connaît les livres sans les avoir forcément lus, lui est aussitôt sympathique. Elle a confiance, immédiatement. Mais c'est tout de même en baissant souvent les yeux, comme si elle en avait presque honte, qu'elle raconte avoir écrit *Putain* presque d'un seul trait.

Ce Visage n'a pas ce côté hautain de nombreux écrivains, surtout français. Cet éditeur, de toute évidence un homme bon, ne lui pose pas la question inévitable, à savoir si elle a décrit, dans *Putain*, ses propres expériences. Il n'a pas besoin de le savoir, après tout. La littérature distille sa propre vérité. Même lorsqu'elle colle à la vie, elle est un univers à part, régi par ses propres lois. Or, au Seuil, c'est de la littérature qu'on vend. Le reste n'a aucune importance.

Il lui dit qu'il a aimé ce style brut, violent. Ce long monologue lui a fait penser à un gémissement, un haut-le-cœur. C'est une fresque féminine au ton presque viril, puissant et implacable. Impressionnant, il l'avoue.

— Nous prévoyons la publication de votre ouvrage à l'automne. C'est la meilleure saison, comme vous le savez. Celle des prix. Cependant, et vous ne serez sans doute pas surprise de l'apprendre, votre récit est imparfait tel que vous nous l'avez présenté, mais il possède un souffle indéniable. Nous souhaitons vraiment faire paraître votre livre, Nelly, et nous occuper de vous.

Nelly fait rouler entre ses dents la cerise maraschino de son singapore sling, puis la croque avec application. Une toute petite goutte rouge et scintillante coule sur sa lèvre. Elle y passe délicatement la langue. Nelly est tout à coup très heureuse. À peine atteinte par l'idée que l'on doive retoucher son texte. L'important est qu'il paraisse. Qu'il sorte enfin à jamais de son ventre, de son sexe, et qu'il vive. Une impression d'avoir enfin vaincu le silence dans lequel elle s'est emmurée depuis trop d'années. Elle jette un coup d'œil à la salle. Les inconnus se lèvent tour à tour et s'en vont. La nuit s'est installée.

L'éditeur appelle le garçon en agitant une main. Nelly désire-t-elle un autre singapore sling? Lui, oui. Il a tout son temps. Nelly hoche la tête, avec son petit sourire ensorcelant et son regard qui l'est tout autant.

Puis il dit:

— Nelly Arcan, c'est un pseudonyme, n'est-ce pas ? Comment vous appelez-vous ?

Nelly hésite. Avoir à dévoiler son identité lui fait l'effet d'un viol. D'un coup, sa joie s'assombrit. Son corps se crispe. Un courant glacial la traverse. Elle rejette ce prénom que ses parents ont choisi pour elle. Elle veut oublier tout cela, et, tout comme ce prénom multiplié à des millions d'exemplaires, oublier toute sa vie d'avant.

En balayant la salle des yeux, elle dit d'une voix blanche :

— Je m'appelle Isabelle Fortier.

3

À proximité de la frontière américaine, du Maine plus précisément, une région, un lac, une villégiature : Lac-Mégantic… Coincé entre la chaîne de montagnes des Appalaches et des forêts à perte de vue, à près de trois cents kilomètres de Montréal, la ville compte quelques milliers d'habitants.

Un massif surplombe ce lac, un massif si haut qu'on y construira un observatoire pour y scruter, la nuit, les constellations. À Mégantic, le cosmos est à portée de main. On parle d'une énergie puissante dans ce coin de pays, Mégantic, ce mot amérindien signifiant qu'il y a des truites dans le lac. On parle d'une énergie étrange.

Sur un sentier sinueux, entre de grands conifères sombres dont les cimes, se recourbant, forment presque une voûte, une petite fille. Elle avance dans ce paysage surnaturel, vers un lac nommé le lac aux Araignées. Elle atteindra bientôt le petit chalet que son grand-père y possède. Il y a dans ce paysage quelque chose d'envoûtant, de chargé. La fillette offerte à tous les dangers, c'est un petit chaperon rouge. La peur s'est logée dans son ventre depuis longtemps, peut-être depuis le premier jour, et pourtant rien ne pourra l'arrêter. Elle a tracé elle-même son chemin, elle voit grand. Elle veut le monde.

C'est en mars 1973 qu'Isabelle Fortier naît, à Lac-Mégantic. Plus tard, quand elle sera Nelly Arcan, elle fera croire qu'elle est venue au monde deux ans plus tard. Elle invente tout le temps, Isabelle-Nelly, c'est un trait dominant chez elle, et elle fera cela toute sa vie. Non pas mentir vraiment, mais changer, transformer, fabuler parfois, tronquer le réel, ce qui se passe vraiment. Aucune mauvaise intention dans ce comportement, qui est sans doute une défense, un mécanisme de survie. Après tout, Nelly est une artiste. Elle construit sa vie, la reconstruit, la déconstruit, sinon tente d'en réchapper. D'abord avec ce nom qu'elle fera sien au moment d'enfin publier. Elle se baptise elle-même comme si elle se redonnait naissance. Elle épouse ce nom. «Je n'aimais pas m'appeler Isabelle, a-t-elle souvent répété. À l'école, il devait bien y avoir trois cents Isabelle.» Or Isabelle veut être unique, la seule en son genre, pas être fondue, moulinée aux trois cents autres, anonymes, banales. Sa principale recherche consistera, très tôt, à se trouver une identité et à s'approprier une personnalité propre. Du moins dans le village, à l'école. Mais dans le bois, dans les champs, avec son grand-père qu'elle aime, il en est tout autrement. Elle est elle-même, unie à la nature, confiante. Elle n'a ni nom, ni prénom. «Toutes mes amies avaient des prénoms qui rimaient, elles s'appelaient Vicky, Suzy, Lucie.» Mais pourquoi Nelly? «C'est un personnage de mon enfance, la méchante de la série américaine *La petite maison dans la prairie.* » Méchante ? Qu'est-ce que c'est que ça ? Isabelle n'est pas méchante… Tout au plus coupable, mais de crimes qu'elle n'a pas commis.

Elle joue sa vie. Elle en est la spectatrice, et la réalisatrice. Toujours en train de brouiller les cartes du ciel, les interpréter à sa manière, comme si cela pouvait changer les choses quand tout est décidé d'avance…

Un jour, la littérature lui permettra de tricher à cœur joie, ou encore l'âme en peine, avec la vérité. Écrire est une immense liberté, un puissant dérivatif. Alors, Nelly n'est plus aux prises avec des problèmes de culpabilité et d'autocensure qui assaillent et bloquent tant d'artistes. Elle, elle dira crûment les choses. Comme elles viennent. Comme elles sont en elles.

— Est-ce une autofiction ? lui demandera-t-on au moment de la sortie de *Putain*, ce premier livre qui la rendra célèbre, en 2001. Expliquez-nous ce que signifie pour vous ce genre littéraire. Car il ne s'agit pas d'un roman, mais bien d'un récit…

Des critiques voudront montrer qu'ils ont vu juste, être les premiers à avoir raison sur le compte de cet étrange auteur débarqué comme une comète, sans crier gare. Personne n'a pu se préparer à cette sortie retentissante. Il faut bien trouver une étiquette à cette Nelly, et la bonne, pour la classifier sans se tromper, et définitivement. Les journalistes, les critiques, tous ceux qui ont pour tâche d'interviewer, deviendront d'habiles confesseurs : « Nelly Arcan, expliquez-nous, dites-nous si la narratrice, dans votre récit, c'est vraiment vous. » Comme s'il fallait à tout prix démarquer le vrai du faux.

Démarquer le vrai du faux ! Nelly Arcan éclate de rire en elle-même. Elle est bien plus futée que ça. Elle a souvent, d'ailleurs, une espèce d'allure de petit lutin, de schtroumpfette, un éclat insolite comme si elle sortait d'une fable ou d'une forêt enchantée. La vérité, c'est qu'elle est très vieille dans son enveloppe de jeune femme. Derrière elle, il y a des milliers d'années d'existence. « Oui, répond-elle, avec son petit sourire craquant, vraiment sympathique, cette femme c'est moi. » Mais quand elle dira cela, elle ne fera que reprendre l'illustre déclaration de Gustave Flaubert : « Madame Bovary, c'est moi ! » Nelly avait des lettres, des références, elle n'était pas un électron libre. En elle, il y eut toujours une étudiante appliquée, aspirante chercheuse, une étonnante analyste.

Nelly Arcan, c'est un visage, beau, sans rides, resté jeune à jamais. Son suicide, à trente-six ans, l'a immortalisée dans cette image de jeunesse immortelle. Nelly Arcan, c'est une œuvre toute tournée vers la mort, l'impossible vie, et par conséquent tournée vers la recherche du philtre de jouvence, l'inaccessible Graal que seule une mort tragique permet d'atteindre.

Partir sur les traces de Nelly Arcan, c'est s'aventurer dans les dédales d'un labyrinthe. C'est faire un pas devant l'autre sans fil d'Ariane en sachant qu'au cœur de la spirale se noue le secret d'une vie bouleversée par un enchevêtrement de tourments.

C'est la course contre la morte.

4

Isabelle, née le 5 mars 1973, fille de Jacynthe Mercier et de Germain Fortier, a été baptisée à l'église Sainte-Agnès-de-Lac-Mégantic. Elle est Poissons. C'est à la fois comme l'hiver et le printemps qu'on attend. Le dernier signe du zodiaque, le signe des vieilles âmes, des êtres à part. Rien à voir avec le Bélier, le premier de tous les signes, celui du vrai printemps des feuilles vert tendre. Le Bélier qui défonce les portes ouvertes jusqu'à s'en arracher les cornes. Les Poissons solitaires, eux, à la toute fin de la sphère céleste, louvoient dans des profondeurs abyssales. Ils flottent rarement à la surface. Quand le soleil miroite sur leurs écailles, c'est comme un diamant brillant soudainement sur la mer et qui tout de suite disparaît. Les Poissons savent. Sentent. Pressentent. Affrontent. Contournent. S'éloignent. Où iront-ils? Isabelle a cet immense passé antérieur en elle – océanique. Et pourtant, elle souhaiterait autre chose. Mais comment gagner les eaux qui ne dorment pas, qui ne se referment pas sur leurs habitants pour mieux les priver d'oxygène? Les eaux cristallines, en cascades, les torrents, les chutes même? Elles sont joyeuses, ces eaux-là, vigoureuses et pleines de vie comme la vraie Isabelle, la première Isabelle, celle d'avant les toutes premières blessures venues bien trop tôt.

Le destin pèse lourd sur les épaules de Nelly. D'Isabelle-Nelly. Printemps-hiver. Poissons des mers, des lacs, des ruisseaux, des eaux stagnantes des étangs et des mares au fond des forêts dans lesquelles qui voudrait aller ? Poissons du lac aux Araignées, lac de boue, boue mouvante.

Car les eaux joyeuses qu'on a enfin atteintes – ces trônes – sont souvent des échafauds…

Isabelle, née un 5 mars, est l'enfant de la fin de l'hiver, de cette saison entre deux, de ce mois de tous les espoirs et des grandes déceptions. Cessera-t-on enfin d'avoir froid ? Vivra-t-on enfin ? À quand la lumière ? Des jours de grand bleu, d'autres où le soleil ne se lève pas. Chape de plomb. Noirs et profonds comme le lac Mégantic avant la tempête. Pas d'issue. Dans moins de trois semaines, le printemps. Dans moins de trois petites semaines ! Mais ce printemps – cette renaissance – viendra-t-il vraiment ? On l'attend, on l'espère, on y croit. Puis, tout à coup, plus rien. Les ténèbres sont revenues. Isabelle est en porte-à-faux, à la toute fin et au tout début. Comment tenir debout ? Comment ne pas vaciller ? C'est l'enfant de la dichotomie.

Plus tard, cette dualité s'incarnera dans son succès et sa chute. Elle sera l'objet des dithyrambes et des crachats. La petite habitante du fin fond de la campagne où on ne va jamais deviendra une star urbaine tendance – une figure presque intouchable d'un monde culturel. Quel sort. Un sort d'héroïne. Enviable et horrible. Petite elle n'en sait rien, mais elle s'en doute. La prémonition, forte comme un savoir, ne la lâche pas d'une semelle. Son destin est tout droit tracé. Pas d'accroc. C'est la voiture sport qui emboutit le palmier de Sunset boulevard.

Petite, Isabelle attend. Au milieu de toutes ses activités de petite fille – école, patin, danse, randonnées, Barbie, poupées, rigolades – c'est tout ce qu'elle fait, attendre, voir venir.

L'enfant de Jacynthe Mercier et de Germain Fortier a porté pendant près de trente ans le joli prénom d'Isabelle. Cela lui allait bien. Avec ses cheveux châtain, sa peau blanche, ses joues roses, son teint ivoirien, elle aurait pu faire penser à une poupée d'une autre époque, à une poupée tout court. Celle qu'elle s'acharnera à devenir et à rester, du moins en apparence, tout au long de sa courte existence. Mais ce qui la rendait unique, sinon fascinante, c'était le bleu particulier de ses yeux, si profond dans sa clarté qu'on lui avait donné le surnom de «yeux bleus».

Isabelle a grandi avec un frère.

Elle avait aussi une sœur.

— Ta sœur est morte avant que tu naisses…

Ses parents ne lui ont pas caché la vérité, comme certains auraient pu le faire dans une volonté, bien vaine, au demeurant, d'épargner l'enfant d'une histoire inutile à porter. Mais les Mercier-Fortier disent les choses, simplement. S'ils souffrent, ils ne le cachent pas. Et sans doute souffrent-ils beaucoup, puisque Nelly l'écrira en long et en large, et dans les moindres détails, dans *Putain*. Ou plutôt elle l'expliquera à son propre interlocuteur, monstre ou fantôme, autre moi à qui elle s'adresse pour mieux se comprendre. Nelly à la recherche d'Isabelle…

Isabelle a très tôt senti le poids de l'absence de cette sœur. L'odeur du deuil persistait dans la maison. La morte était dans les regards de tous ceux qui l'avaient connue. «Je suis l'autre fille», se dit Isabelle. «Cette sœur aînée, encore un bébé, existe quelque part. Elle est partie ailleurs. Son âme attend dans les limbes.» Parfois, quand elle se sent seule, et cela arrive souvent, Isabelle lui parle tout bas, et chuchote à qui veut bien l'entendre parmi les ombres qui l'entourent : «Je vis pour deux. Je suis double. Je dois en faire plus que les autres.» Elle a l'impression d'être coupable de quelque chose dans cette mort injuste et prématurée, tellement prématurée qu'Isabelle ne sait pas de qui on parle vraiment, même si elle connaît cette sœur jusqu'au fin fond de ses cellules. «Moi, Isabelle, qui ai eu le droit de vivre, je dois mériter cette vie à laquelle n'a pas eu droit ma sœur qui survit dans mon ombre. Je dois vivre pour deux.»

Au demeurant, Isabelle sait que ses parents l'aiment de tout l'amour dont ils sont capables, mais Nelly Arcan en fera des personnages détestables. Son père, un ogre. Sa mère, une épave. «Quand j'ai appris que mon livre serait publié, j'ai eu peur, avouera-t-elle candidement, je ne veux pas faire de peine à ceux que j'aime.»

La seule chose qui la rassure un peu, c'est la quasi-certitude que ses parents ne la liront jamais. Mais qu'importe. Ce qui compte, ce sont les mots qu'elle choisit pour raconter son enfance et par conséquent toute sa vie, pour se disculper de ses propres fautes. Dès qu'elle se lancera dans l'écriture, rien ne pourra plus l'empêcher de jouer avec le mensonge et la vérité, plus de vérité que de mensonge, Nelly doit dire, c'est un besoin impérieux chez elle. Une lame bien affûtée s'abattant sur toutes les têtes qui doivent tomber, la sienne d'abord.

Ses parents l'ont aimée. Trop, jusqu'à mal. La petite Isabelle était le centre du monde. Un soleil autour duquel tournaient les autres – de pâles astres.

À cinq ans, sept ans, neuf ans, Isabelle est une vedette. Sa famille lui reconnaît tous les talents. On décide pour elle, puisqu'elle peut tout faire : elle apprendra le piano, la danse, le chant. Quelle que soit la discipline, elle les éblouit. On l'admire. Isabelle est une poupée vivante, sémillante. Pas une poupée morte et enterrée avec laquelle on n'aura jamais pu jouer.

Avec ses cheveux bouclés, ses robes courtes à volants aux couleurs d'enfance heureuse, rose flamand, jaune pinson, la fillette est une petite Shirley Temple en son genre. Menue et délicate, plus petite que la moyenne, Isabelle a pourtant parfois des allures de garçon manqué. Il n'est pas rare de la voir gravir les buttes de sable en criant, jouer à la balle molle et gagner, se tirailler avec les voisins. Lac-Mégantic déploie son vaste paysage, un extraordinaire terrain de jeu. Le plus souvent, été comme hiver, à la fin de l'après-midi, parfois même à la nuit tombée, Isabelle revient à la maison, ses vêtements salis de boue et de poussière.

« Mais ses mains étaient toujours propres », se souviendra une de ses tantes, quand Isabelle sera devenue Nelly et que tous voudront entendre parler de sa vertigineuse ascension.

Baignée, coiffée, habillée, Isabelle est de nouveau Shirley Temple. Elle danse en souriant. On n'est pas loin des États-Unis à Lac-Mégantic. Le rêve américain, c'est la porte à côté, et toute la culture qui vient avec. Fred Astaire, Gene Kelly, Ginger Rogers ont bercé l'enfance des parents et de leurs propres parents. Même au tout début des années 1980, on inscrit Isabelle à des leçons de claquettes. Au loin, ailleurs, dans les villes occidentales, le punk fait des ravages et supplante le hard rock, mais dans ces campagnes où le temps semble s'être arrêté, il y a de ces goûts qui demeurent. Ces traditions enveloppent Isabelle de leurs volutes illusoires. L'enfant excelle aux claquettes : ses petits pieds tapent le plancher au rythme de ragtimes endiablés. Elle salue, fait la révérence. Petit chien savant, caniche adulé, elle fait son numéro de cirque sous les lumières d'une enfance qu'elle voudrait, comme les traditions, arrêter dans le temps. Que cela ne s'arrête jamais.

5

D'où vient donc la colère de Nelly Arcan lorsqu'elle songe à Isabelle Fortier, forcée de faire avec cet être-là, même si elle l'a chassé de sa vie ? Pourquoi en veut-elle tant à son histoire ? Où commence la fiction quand la vérité est racontée par une voix aussi grave, aussi dure, infiniment triste ? Autofiction… Tout compte fait, ce mot, pour désigner un genre, est un fourre-tout assez épineux… Car qui se raconte, se raconte bien comme il veut. Embellit, noircit, édulcore, c'est selon. Alors qu'est-ce qu'autofiction veut dire ? Étude, portrait, impression, huile, aquarelle ? Nelly se souvient de son père tout au long des pages du récit qui a consacré son nom, son autre nom, mais sa mémoire est brisée par le dégoût qu'elle a d'elle-même, et peut-être bien de lui, même si elle a tendance à l'encenser et le couvrir, avant de l'accuser. Dans *Putain*, tous les êtres mis en scène sont des avatars. Sous la plume de Nelly, le père est un homme menaçant. Voyageur de commerce partant pendant des mois. Même absent, il fait peur, et la maisonnée vit sous son joug. Quand il revient, bien présent physiquement, en chair, en os et en colère, ce fou de Dieu fait trembler la petite fille de tout son corps. Elle craint ses reproches avant même qu'il n'ouvre la bouche et bien avant qu'il n'élève la voix. Son père lui fait peur, bien que cet homme soit le premier qu'elle aimera au point de le détester à mourir. Dans *Putain* elle insiste : il lui a fait si mal. Il l'a détruite si efficacement. C'est lui qui a imprimé dans son âme le désir interdit de l'amour. Obsédé par le péché, c'est lui qui lui a inculqué, bien mieux que des principes ou des valeurs inhérents à toute éducation, des images de l'enfer, saisissantes et obsédantes. Ces images sont devenues une toile de fond, les balises d'un chemin, une épée de Damoclès, une vision de la vie, un karma. C'est un gouffre. Nelly Arcan ne pourra pas y résister. Cela s'appelle le vertige.

— J'avais dix ans, raconte-t-elle, c'était la fête des Mères, mon père me surprit alors que j'étais à moitié nue avec un petit garçon de mon âge. Nous ne faisions rien de mal : nous étions des enfants. On jouait. On était tout simplement curieux de nos corps si purs. Mais papa était furieux. Pourquoi ?

Même avant cette colère-là de son père, l'enfant a bien compris qu'elle n'était pas une sainte comme il semble le vouloir. Comment faire pour être une sainte ? Peut-on le devenir quand, de toute évidence, le diable a pris possession du corps ?

— J'avais dix ans, ajoute-t-elle, et j'ai su que j'avais fait un péché. Cette idée me poursuit depuis ce jour.

À dix ans, elle l'écrira tant et plus, Isabelle est passée de l'innocence de l'enfance au péché, autrement dit à sa condition de femme, souillée et mauvaise. Aucun espoir d'en réchapper, aucune clémence divine. Les mots commisération, pardon, compassion, rédemption ne semblent pas faire partie du vocabulaire. Que le mot de condamnation, qu'on lui répète jusqu'à ce qu'elle n'en puisse plus de l'entendre. À dix ans, tout se met en place dans sa vie mais également, même si elle ne le sait pas encore, dans ce qui lui inspirera son œuvre.

À Lac-Mégantic, les heures ont tourné plus lentement qu'ailleurs. Il y a un décalage avec l'accélération de l'Histoire qui se produit apparemment partout hors de ce monde autarcique. C'est la statue de sel de la Bible que le père ne cesse d'évoquer devant ses enfants. En même temps, à Lac-Mégantic, ce n'est pas cela. C'est une aube, un petit matin lourd qui aurait duré plus longtemps qu'un autre. En 1980, Isabelle a sept ans. Elle ne sait rien de l'activité du monde, hors du lac à truites. Elle ne fait que le pressentir, et le ressentir. Tout est un peu suranné dans son village, et dans son quotidien. L'école, surtout, avec les religieuses, ces fascinantes femmes qu'elle décortiquera dans *Putain*. Ça sent la cire, l'eau de Javel, les mains frottées de tous les péchés. Ça pue! Ça sent le vieux! À Montréal, la grande ville, et même à Québec, en 1980, il n'y a plus, ou presque plus, de ces institutions engloutissant des essaims de petites filles, pour les former, les préparer à la vie à venir… Épouses et mères.

À l'école, Isabelle est une enfant modèle, une bonne élève. Dehors elle joue et crie, mais en classe elle écoute et travaille avec beaucoup d'attention. C'est un signe.

Un jour, une institutrice fait cette déclaration à sa mère : « Madame Fortier, votre fille est une artiste. Vous devriez l'inscrire à des cours de piano. »

L'idée fait son chemin. Pour Isabelle, cela ressemble à une révélation. La musique est un univers qu'elle apprivoise sans difficulté. Ses doigts fins glissent sur les notes : do, si, fa, ré. Elle écoute et tremble. Sa joie est immense, mais singulièrement captive dans son cœur.

— Mademoiselle Fortier, siffle la religieuse, vous manquez de discipline. Je vous ai dit d'apprendre la leçon dix. N'allez pas trop vite. Vous n'êtes certainement pas ici pour improviser.

Lors des leçons particulières de piano, la sœur, en effet, astreint l'enfant à une discipline de fer. Isabelle est docile, elle comprend que, pour réussir, elle doit être obéissante. Elle craint d'être punie. Elle pense à son père. Hier soir encore, il parlait de Dieu. Ce Dieu si bon qui fait si peur.

— Tu ne pries pas assez, a-t-il rugi à son intention. Agenouille-toi et demande pardon.

Qu'a-t-elle donc fait encore ? Ces mots lui ont fait mal, les couteaux de son père, rouillés et ébréchés, lui ont lacéré le cœur. S'en est-il rendu compte ? Sans doute, car tout de suite après, il l'a prise dans ses bras. Elle a senti son souffle, la chaleur de ses bras. Elle a souhaité qu'il la berce toujours.

— Mademoiselle Fortier ! Reprenez. Ce n'est pas un bémol, mais un dièse. Vous le voyez bien sur la partition ! La prochaine fois que vous vous obstinez à ne pas apprendre votre leçon, j'en parlerai à votre père, puisque votre mère…

Isabelle se dit en elle-même que la sœur peut bien en parler à son père si elle veut. Son père va la protéger, comme hier après l'avoir grondée. Il va la prendre dans ses bras. Ses bras chauds et forts.

Isabelle sait que son père l'aime.

Isabelle a peur que son père ne l'aime pas.

Isabelle ne sait plus où donner de la tête, et encore moins du cœur.

6

La petite future Nelly est une poupée. Tout le monde l'aime, la cajole, la caresse. C'est un ange dont la douceur apaise et fait croire que le bonheur existe. On veut la voir de près, la toucher. Elle sourit. Elle sait tout faire.

— Isabelle, chante-nous une chanson.

Et elle fredonne une mélodie à la mode ou un refrain que l'on reprend à l'unisson.

— Isabelle, danse !

Elle se déhanche, elle saute. Elle frappe dans ses mains.

— Un jour, Isabelle, ton nom sera sur toutes les lèvres. Tu seras populaire. Tout le monde t'aimera.

La petite fille est heureuse ; elle se gave de ces mots doux comme du miel.

La petite fée aux yeux bleus ciel vit dans la ouate, sur un nuage moelleux.

Du moins c'est ce qu'elle éprouve, lorsque l'impression furtive de la plénitude et de la paix l'envahit, car à toute cette lumière s'oppose l'ombre, une ombre épaisse et gluante. Celle des vraies choses, de la réalité, du réel enfoui dans tout ce babillage familial, cette excitation, cette exaltation autour d'elle, Isabelle, la fille Fortier, l'unique fille Fortier qui va tout réparer, effacer le malheur, les rendre heureux... comme elle sait déjà le faire. Seule la tante qui sait lire les tarots a quelque réticence devant tant d'enthousiasme. Elle croit que pour apprendre à découvrir un peu qui elle est, la petite fille aurait tout avantage à ce qu'on la laisse un peu tranquille.

Dans le premier récit de Nelly Arcan, *Putain,* il y avait cette sœur aînée, ayant vécu huit mois. Et surtout, surtout! cette mère neurasthénique, au fond de son lit. Car quelle mère peut faire le deuil de son enfant, même si elle en a d'autres? C'est impossible. La mort d'un enfant, ça assomme, ça anéantit, ça tue même si on demeure vivant. Et ceux qui «restent», comme on les nomme, ont le syndrome du restant, avec la culpabilité qui vient avec. L'existence d'Elvis Presley, par exemple, sera entièrement imprégnée de la mort de Jesse, son frère jumeau. Une mort à la naissance. On pourrait dire que ça s'oublie plus facilement qu'une mort à huit mois! Mais non. Pas plus. La mère d'Elvis a tout reporté sur «l'autre fils», comme on dit, le survivant. C'est-à-dire qu'elle lui a légué sa peine, son inguérissable deuil, et cela au point de faire mourir ce fils vivant, du moins dans son âme et ses possibilités d'être.

Ainsi, la mère de Nelly, ou plutôt d'Isabelle, aurait vécu au fond de son lit, dans une chambre ensoleillée. Quel paradoxe. Qu'est-ce que cela veut dire de ne pas même avoir la force de tirer les rideaux avant de s'écrouler? Faire semblant de ne pas être mort, alors qu'on l'est? Culpabiliser d'être incapable de vivre? Alors pourquoi pas, en effet, dans une chambre illuminée comme une apparition de la Vierge… Isabelle est perturbée. Entre une leçon de claquettes, un fou rire avec ses amies et une balade solitaire en suçant un Popsicle trois couleurs, elle s'interroge et surtout se tourmente. Cette chose est sans arrêt dans son cœur. Tout cela est très, très lourd à vivre, à comprendre, à accepter. Comme tous les enfants de remplacement, selon l'expression consacrée, Isabelle ne réussit pas, justement, à remplacer. Sans cesse, au moindre élan, elle se heurte à l'autre, la sœur morte qui flotte partout dans la maison.

Elle s'appelait Cynthia, prétend-on dans *Putain*. La survivante s'appropriera ce prénom, le collera à sa peau de call-girl, de poupée gonflable en chair et en os, quand, à vingt ans, elle embrassera ce métier comme une religion. Cynthia, ça fait bien avec les clients, un joli prénom pour une pute qui au fond n'en est pas vraiment une même si au cours de sa carrière elle se fera plusieurs milliers de clients. Car l'idée, le but est de survivre à la mère, et de survivre à la sœur qui, comme toutes les sœurs mortes, est parfaite, bien entendu. Personne n'aura vu grandir Cynthia, aucun reproche à lui faire, à celle-là, cette enfant qui n'aura pas vécu ni quitté sa campagne au corps défendant de son père.

Le père assume tout. Pas le choix, la mère est couchée – comateuse. Les enfants réclament, même timidement, dans ce contexte où la mort règne. Le père assume l'éducation, la transmission des valeurs, les principes, les repas, la vision du monde marquée par l'enfer et le paradis à peu près impossible à atteindre. Le père éduquant avec le soutien des religieuses de l'école d'Isabelle. D'autres femmes, précise Nelly dans *Putain*, qui ont dû changer de prénom pour devenir des sœurs.

Comme elle ?

Comme elle.

Elle n'est pas Cynthia, mais elle n'est pas Isabelle non plus, sinon elle n'est que celle qui reste. Elle n'est pas une religieuse enfouie sous ses voiles, mais, comme la religieuse, débarrassée de tout voile, nue sous les mains moites, molles, avides, gauches, rêches, fébriles, mouillées, elle a un autre nom.

— Bonjour, je suis Cynthia.

Elle se déshabille, sans regarder l'homme – le client. Elle pense à autre chose. Elle pense à son enfance. Sans arrêt, elle cherche. Quelle est donc sa propre histoire ? Elle n'en a pas, elle n'en a pas ! Il va lui falloir s'en forger une, de toutes pièces, pour, un jour, encore jeune, mettre le feu dedans.

La quête d'identité est au cœur même de la vie de cette fille aux multiples noms. Isabelle-Cynthia-Nelly, et d'autres encore. Ce poids de la sœur disparue avant elle l'entraînera toujours un cran plus bas dans l'abîme. Car il n'y a pas de solution à ce drame, sinon l'accepter. Un drame bien difficile à comprendre, qui fait très mal aux parents et bien peu aux enfants qui n'ont pas connu le disparu qu'on pleure et qui, par conséquent, culpabilisent de ne pas arriver à le pleurer eux aussi, alors que les parents n'en finissent plus de sécher leurs larmes. Il y a en a qui y arrivent. Beaucoup, d'ailleurs. Mais les écrivains-nés, eux, s'en délectent et s'en nourrissent parce qu'ils cherchent et souffrent plus intensément que d'autres. Sans arrêt, ils cherchent le sens, scrutent l'allégorie dans toute chose et s'interrogent jusqu'au bourdonnement.

Pour Nelly, à part les bars, les sorties, les amis, les amants, les hommes qu'elle aime et désire et les achats qui font si plaisir, seuls les mots, l'avalanche des mots seront véritablement cathartiques, le matin, l'après-midi, quoi qu'il en soit au réveil, après l'expresso. Les mots : l'apaisement assuré. Ça fait bien moins mal que d'y penser. Ça fait le ménage. Une trêve dans le tourbillon des pensées. Une clairière défrichée à toute vitesse. Nelly reprend son souffle. Elle écrit. Elle est heureuse. Les hommes qu'elle peint ne sont plus des clients qui l'ont fouillée de partout pour les dollars dilapidés dans toutes les boutiques de Montréal et d'ailleurs, car parfois elle est en voyage avec eux, dans des îles du Sud, dans des hôtels quatre étoiles. Ces hommes sont des personnages. De toute façon, c'est Cynthia qu'ils ont touchée, pas elle. Elle, Isabelle devenue Nelly, est comme une religieuse sous sa robe longue, tête voilée, mains enfouies sous ses jupes, immobiles, pures, presque mortes. Inaccessible. Intouchable. C'est Cynthia qui empoche les billets laissés au terme d'un pathétique halètement. Ainsi, Isabelle est sauve, et Nelly écrit. Tout va bien ?

7

Un jour…

Le nuage s'ouvre, l'orage frappe. C'est une pluie diluvienne. L'apocalypse. La petite danseuse de claquettes a mué. Elle se voit, femme en devenir, pour la première fois. À douze ans, Isabelle a la certitude d'être laide.

Elle se souvient d'un moment précis. C'était un après-midi. Elle était revenue de l'école en pleurant. Sa mère, voyant ses yeux rougis, lui a demandé : « Isabelle ? Pourquoi ne me dis-tu pas bonjour ? Pourquoi vas-tu dans ta chambre ? Que fais-tu ? » La mère a frappé à sa porte. En vain. Aucune réponse. Aucun bruit. Sa fille est restée des heures couchée dans son lit, sanglotant. Quand elle s'est relevée, elle s'est aussitôt précipitée vers le miroir accroché au mur. Elle s'y est regardée longtemps. Sa main a dessiné le contour de son visage. Elle a palpé son nez, trituré ses joues. « Je suis laide, je suis laide », a-t-elle répété pour se convaincre que ce garçon qui s'est moqué d'elle lorsqu'elle s'en est approchée avait bien raison.

Un coup d'œil dans un miroir – tout bascule et tout se met en place. La muse n'est pas toujours l'amante blonde de Botticelli. Elle n'a pas toujours un teint de rose et un corps de sirène. Les lieux communs n'inspirent pas les écrivains qui souffrent et qui cherchent dans leurs mots matière à respirer. À douze ans, les écrivains n'ont encore rien écrit mais savent qu'ils en sont. Isabelle est l'enfant dans le miroir, ce titre qui mettra vingt-deux ans à lentement s'inscrire sur une couverture évoquant une édition ancienne des *Chansons de Bilitis*. D'outre-tombe, Pierre Louÿs veille peut-être sur une petite poète en herbe horrifiée de se regarder. Découvrant le corps et le désir, et la fin qui brise tout. Isabelle, devenue adulte, se rappellera dans ce conte fallacieux ce qu'a été son enfance, la découverte de sa féminité aussitôt menacée par chaque jour qui passe, regard du père, absence de la mère, le trouble est limpide. Le miroir a tout dit.

— L'adolescence est une période difficile à passer. Ce n'est pas pour rien qu'on appelle cela l'âge ingrat… Ne vous en faites pas, madame Fortier, votre fille va finir par se calmer et retrouver ses esprits.

Il y a de quoi s'inquiéter. Isabelle change à tout moment. La poupée qui répondait à tous les désirs des adultes, souriante et de bonne humeur, est devenue imprévisible. On ne peut plus la faire tourner comme on veut. Alors madame Fortier insiste, dépitée. L'adolescence, déjà? C'est un mot qui fait peur, une espèce de concept incertain avec lequel chaque parent doit composer.

— C'est une réalité, madame Fortier, je vous le répète. Incontrôlable. Il faut faire avec. Mais ça passe !

Peut-être… Mais il est difficile pour une mère d'affronter un tel chavirement. Elle a déjà trop enduré depuis des années, elle est accablée par l'autre malheur, celui d'avant d'Isabelle, et par tout ce qui se passe chez elle de si lourd. Tout cela ne peut pas recommencer. Et encore moins commencer.

— Quand elle arrive de l'école, elle s'enferme des heures dans sa chambre, dit-elle encore. Elle ne parle plus. Ne mange presque pas !

Serait-ce sa faute ? Non. Inutile de réfléchir en ce sens. L'adolescence, ce n'est que ça. Les enfants s'opposent aux parents, ils ne savent pas qui ils sont, ils se cherchent, tout le monde le sait, c'est insupportable. Il faut que jeunesse se passe, voilà tout simplement ce que cela signifie. Que l'on soit bon ou mauvais parent, absent ou trop présent, on n'a rien à se reprocher. L'adolescence, c'est comme la puberté. Une étape de l'existence nouvellement apparue chez les êtres humains. Car Jacynthe Fortier, elle, tout comme ses sœurs et ses amies, n'a rien connu de cette période compliquée. On avait dix ans, on en avait seize, on allait à l'école ou on travaillait et on obéissait à ses parents. Depuis la naissance d'Isabelle, le monde, semble-t-il, s'est complètement transformé. Elle n'en demande pas moins conseil auprès d'amis et de gens de son entourage. On tente de l'aider en donnant en exemple d'autres enfants. La fille d'une voisine semblait bizarre, cela n'a duré qu'un temps, tout est revenu à la normale. Une sorte d'épreuve à traverser. Mais ce mutisme ? Ce refus de parler ? De manger ? À cela, on ne dit rien. À Lac-Mégantic, on ne fait pas dans les grands discours, mais dans le gros bon sens. «Vous verrez, madame Fortier, Isabelle va se ressaisir.» Cependant, à la maison, l'atmosphère s'alourdit et devient de plus en plus pénible. L'adolescente broie du noir, refuse qu'on la soutienne et surtout de s'expliquer. Comme sa mère, elle passe le plus clair de son temps dans son lit.

Les émotions d'Isabelle, intenses, sont des montagnes russes qui viennent la chercher au plus profond de son âme. Un jour, elle est persuadée qu'elle est grosse, elle dont la silhouette est si fine. Son miroir lui renvoie l'image d'un boudin disproportionné. Le lendemain, elle prend une décision : «Je vais suivre le régime de la tante de Lucie. Que des pommes, rien que des pommes», se dit-elle en pinçant la peau de ses cuisses. La décision deviendra une stratégie, un mode de vie. Au lieu de manger, il s'agit de grignoter, de réduire les portions au minimum, de mâcher jusqu'à plus rien. Les top models dont elle lit l'histoire dans les magazines au point d'en connaître les moindres détails, se nourrissent de thé, de poisson bouilli, de légumes cuits à l'eau. Malgré tous les cocktails dans lesquels elles doivent parader, ces filles ne peuvent jamais avaler une goutte de champagne, jamais croquer dans un petit canapé ni dans un carré de chocolat. Isabelle, douze ans, ne peut décider des repas, bien sûr, mais elle s'alimente avec parcimonie, prétextant qu'elle a mangé en rentrant de l'école, qu'elle n'a pas digéré le repas de la veille, ou que demain c'est le cours de gymnastique et que, lorsqu'elle a trop mangé, elle a mal au cœur. Elle passe des heures devant son miroir. Elle s'apprivoise. Elle s'analyse avec impartialité. Quand elle caresse sa toute nouvelle poitrine, elle déplore ses seins trop petits. Mais elle entretient un espoir car c'est écrit partout : des seins, des lèvres se gonflent ; de nos jours, on lipposuccionne les gros ventres et les grosses cuisses. Si on n'aime pas son enveloppe, on peut en changer. En attendant la chirurgie, la privation. C'est un début pour être belle, ça ne coûte pas cher, et c'est efficace.

Isabelle ne sait pas ce qu'elle veut. Ou plutôt, elle le sait très bien. Mais est-il possible d'y arriver? En vérité, elle veut ressembler à ces top models qu'elle admire jusqu'au délire. De belles filles aux jambes longues, fines, aux tailles dont on peut faire le tour des deux mains, aux petits seins bien hauts. Une allure qu'elle n'aura jamais, du moins pour l'instant, un corps impossible. On est à l'aube du succès planétaire de Claudia Schiffer. L'Allemande réincarnant Brigitte Bardot dont on ne se souvient plus pourrait être la grande sœur d'Isabelle. À peine trois ans de plus. Cynthia…

Isabelle se projette à longueur de journée dans ces images de femmes idéales. Des Barbie en chair et en os. À force de vouloir être une autre, elle ne découvre rien de ce qu'elle est vraiment et comprend encore moins ce qu'elle pourrait devenir naturellement. Elle en est incapable. Ses yeux ne voient rien. Ses yeux ne voient que les autres. Or toutes les camarades de classe, elle en est convaincue, sont bien évidemment plus belles et plus minces. Elles ont tout pour elles tandis qu'Isabelle doit déjà négocier avec son corps, le brider, le dompter et le soumettre à des règles auxquelles elle ne renoncera jamais. Ses yeux bleus si charmants et souvent si gais sont autant de rayons laser lorsqu'elle s'observe. Elle se brûle jusque dans l'âme. Son regard est sans pitié, comme celui de son père. Jamais il ne lui vient à l'esprit qu'elle n'a même pas fini de grandir et que son corps est en train de trouver ses formes. Isabelle voudrait crier, extirper cette frustration – cette injustice – du fond de son gosier. Mais crier quoi ? «Je suis mal dans ma peau, je suis mal dans ma peau, je suis laide, je ne m'aime pas, je me déteste!» On ne crie pas ces choses-là, c'est trop honteux alors que tous les autres ont l'air de bien aller. On les garde pour soi et, pendant ce temps, on se construit une armure.

Isabelle est seule avec ses peurs et ses démons. Si tout était normal dans cette famille, elle pourrait trouver du réconfort auprès de sa mère. Mais où est-elle donc, sa mère ? Malade, le plus souvent alitée, négligée, ne se levant que pour aller aux toilettes. Plus tard, Nelly la décrira comme une larve. La comparaison est profondément choquante. En ces années, ce qu'Isabelle découvre peu à peu, c'est que sa mère semble ne pas exister aux yeux de son père. La femme qu'est sa mère n'existe plus. La femme de cet homme – sa mère – est l'ombre d'une femme, une fleur fanée perdant ses pétales, une tige rabougrie, sèche comme une brindille qu'on jette dans un feu de camp et qui ne tombe même pas dedans. Toute cette décrépitude – cette effarante inutilité – répugne à Isabelle. C'est une menace, une vision de l'inévitable qui la terrifie. Elle refuse de tout son être de devenir cela, d'être cette chose un jour, cette incarnation de la tragédie, car c'en est une. On vit sans vivre, on traîne sa peau, sa burqa de chair molle, ses varices et sa cellulite, son corps lourd que personne ne voudrait voir nu, à part pour s'en moquer et en être dégoûté. À partir du moment où Isabelle comprend que sa mère n'est pas une femme désirable, elle se mure dans une carapace avec une volonté stalinienne. Elle, elle ne sera pas cette larve. Jamais.

8

L'obsession se métamorphose. L'obsession est une plante carnivore affamée. Elle gruge sans arrêt l'esprit d'Isabelle, des milliers et des millions de plantes carnivores affamées grugent sans arrêt l'esprit de milliers et de millions de jeunes filles dévastées de ne pas être comme celles qu'elles admirent. Une foule de filles appartenant à une époque condamnée à ce délire. Isabelle ira plus loin que des milliers d'autres dans cette quête inflexible. Elle passe des heures dans son lit, rongée, comme détachée de son corps, à l'écoute de ce qu'elle se raconte. Mais est-ce bien elle qui parle ?... Qui entend-elle donc ? C'est une autre, déjà morte et toujours vivante, qui flotte au-dessus de sa carcasse cependant qu'au loin Isabelle entend le chant des merles, le bruit de corde à linge des geais bleus, il y a du soleil dans la chambre, dehors l'été explose, et, dans son petit lit, Isabelle implose.

Elle grandit, son corps change. Après les petits seins, les hanches se déploient, la taille s'allonge, une autre odeur s'installe. Que se passe-t-il ? En combien de temps on devient sa mère ? Isabelle hurle en silence. Parfois elle enfouit sa tête au fond de son oreiller. Que ses gémissements ne s'entendent pas. Elle ne veut pas être une adulte, quel mot laid, froid et con, qu'est-ce que c'est que ça ? Un vocable scientifique, psychologique, une case existentielle, on étouffe là-dedans, on cesse de vivre et de vibrer. Quand on est adulte, on devient vieux en un rien de temps. Isabelle ne veut pas ressembler aux adultes qui l'entourent. Ils sont laids et pleins de défauts. Ils critiquent, ils ne croient plus en rien, ils ont fait leur temps, comme ils disent, alors pourquoi vivent-ils ? Grossir un peu plus chaque jour, vieillir un peu plus chaque jour ? Attendre la mort ? Pourquoi ne pas plutôt aller au-devant d'elle ?

Isabelle a beau se boucher les oreilles et enfouir sa tête dans l'oreiller, ou encore se concentrer de toutes ses forces sur le bruit de corde à linge, elle entend les paroles de son père, coupantes comme une guillotine, étouffantes comme une corde qu'on glisse autour de son cou et qu'on serre d'un coup sec. Il a dit et répété qu'elle pourrait mourir, subitement, et se retrouver à l'instant même en enfer, à brûler pour l'éternité. Combien de fois Isabelle a imaginé les flammes lécher son corps ? Toute son enfance. Toutes les fois que son père lui a rappelé cette dimension, ce réel, cet endroit auquel bien peu échappent, car tous pèchent. Où est donc le paradis ? Comment faire pour y accéder ? Trouver la clé ? Pourquoi faut-il avoir toutes les chances d'aboutir en enfer et brûler, brûler, brûler ?

Isabelle a froid, elle a chaud. Isabelle-Nelly est perdue. C'est ce que lui a dit son père, la veille encore. Une autre fois, il a éclaté de colère. Il a rugi. Pétrifiant la maisonnée. Pourquoi ? Elle ne se rappelle plus exactement. Presque rien. Une tache sur le canapé. Un verre d'eau renversé. « C'est ma faute, se répète la toute jeune fille en battant sa coulpe, c'est ma faute et ma très grande faute. » La toute jeune fille dont le sexe se couvre à peine de duvet est déjà vieille, vieille, vieille à l'intérieur d'elle-même, cela fait tellement longtemps qu'elle vit… Bouc émissaire de tous les malheurs qui tombent sur cette maison. Elle suffoque.

Tandis que la grosse fumée âcre des flammes éternelles l'enveloppe lentement, elle se dit qu'il n'y a qu'une seule voie pour régler toute cette histoire : consoler son père, faire en sorte qu'il cesse enfin d'être malheureux, pour pouvoir enfin vivre.

Les week-ends et les jours de congé, Isabelle ne joue plus les garçons manqués. Finies les courses sur les buttes de sable. L'adolescente est dans sa chambre, allongée sur le lit défait, lisant un magazine. Laide ? De moins en moins. À force d'observation, une solution se dessine… C'est confus, mais absorbant. En dehors des rencontres avec les amies, la solitude, et la réflexion qui vient avec, la forgent plus sûrement que toutes les activités de son âge. Isabelle fait de la contemplation des vedettes une véritable étude. Elle n'est plus elle, mais elles. Elle marche sur un tapis rouge, vêtue d'une robe fourreau en strass bleu nuit, comme cette actrice savamment fardée dont les cheveux tombent en cascades le long de son dos. Isabelle ferme les yeux, les rouvre et change de scène. Cette fois, elle attache autour de son cou un collier de diamants, et un bracelet assorti à son poignet. Boucheron, Cartier, Chanel, Versace, Dior, Armani. Tous ces noms sont ses amis. Elle connaît leurs griffes par cœur. Leurs produits. Robes, bijoux, écharpes, sacs, montres et chaussures. Fendi, Gucci, Guess, Calvin Klein. Les amis se comptent par centaines.

Cet univers artificiel, Isabelle ne sait pas qu'il l'est. Pour elle il est réel. Il existe. Elle n'y a tout simplement pas accès pour l'instant, c'est tout. Au cours d'heures d'observation inlassable, elle s'approprie ce monde en pensée, s'en empare. Ce monde est le sien. Dans ce monde, tout va bien. Les gens sont éternellement beaux et jeunes. Riches aussi. Ils roulent en Porsche et en Ferrari, en hélicoptères, bronzent sur des yachts dont ils n'ont pas à s'occuper, se meuvent dans des palaces à ciel ouvert, remplis de plantes grandes comme des arbres. Ils sont sans cesse impeccablement parés, habillés, maquillés, parfaits. Leurs sourires en disent long sur leur vie. Toujours heureux, toujours gagnants, les portefeuilles signés remplis de devises de tous les pays d'Occident où il fait bon vivre, hors de tous les pays poubelles où on n'ira jamais, quelle horreur… Le monde s'appelle Cannes, Beverley Hills, New York, Paris, Londres et parfois Tokyo, voire Hong Kong, mais pas trop longtemps, on revient vite chez soi. Ces gens magnifiques et bien habillés ne viendront jamais, jamais, jamais, à Lac-Mégantic.

Tant d'inclination pour ce bûcher des vanités ne fait pas d'Isabelle une sotte, une coquette ou une étourdie. Bien trop intelligente et exigeante pour ça. Terriblement ambitieuse, aussi. Son grand front qu'elle souhaiterait moins large est la preuve que sous son crâne, ça bouillonne. Isabelle n'a pas quelques idées ni quelques préjugés, Isabelle a une tête bien faite, comme on dit, pas une cervelle d'oiseau comme tant de ces gens qu'elle envie jusqu'à en défaillir sous son petit couvre-lit de cretonne, c'est miteux, c'est consternant, peut-on s'en sortir? Nelly, car c'est bien Nelly qu'Isabelle deviendra, est une passionnée, et c'est avec la même fébrilité qu'elle va aimer la littérature, puis l'écriture. S'en couvrir, s'en abreuver jusqu'à s'effondrer. Elle vient tout juste de découvrir les récits de Stephen King. Ils l'éloignent momentanément mais sûrement de la Côte d'Azur et de tous les endroits chic de la Terre. Ils la transportent dans cet autre monde qu'elle aime tout autant, et dans lequel elle vogue sans écueil, comme le Poissons qu'elle est. Elle se plaît dans les univers tordus de l'écrivain américain. Un en particulier, où cette fille, prisonnière d'un monde étouffant, rejetée de tous, en triomphe en se vengeant de ceux qui se sont moqués d'elle. Projection, projection, projection. Peut-on rêver d'une planche de salut plus efficace à Lac-Mégantic quand, comme on l'apprend dans *Putain*, on n'a pas la foi nécessaire pour pouvoir y vivre heureux?

Isabelle voue un culte aux stars, à la mode, à la beauté et tout autant aux livres. Ce goût, elle l'a depuis sa toute petite enfance, et l'aura toujours. Elle le doit à son grand-père. La bibliothèque occupait une place privilégiée dans la maison de cet homme, un cultivateur. Les étagères couvertes de livres étaient en effet dans le salon alors que, dans la plupart des maisons, les salons sont des pièces de réception dans lesquels les fauteuils et le divan sont recouverts de draps, ces linceuls que l'on ne retire qu'en cas de grande visite. Dans ses rares temps libres, ce grand-père s'y assoyait enfin, heureux à la perspective d'heures de lecture, et certainement de méditation. Après le labeur éreintant de la terre, il se lovait dans un fauteuil confortable. Isabelle pense souvent à son grand-père lisant sereinement, et elle se souvient qu'elle aurait voulu être à sa place. C'est une image très solide dans son esprit agité. Ce grand-père est la figure masculine de sa vie. Elle accorde une grande importance à tout ce qu'il dit. C'est à ses yeux une sorte de sage, un mage, même, auprès de qui il fait bon être. De son côté, ce grand-père intelligent et tendre a pour Isabelle un amour particulier. C'est sa petite protégée. À elle, qui sait écouter, il peut livrer son enseignement, dire ce qu'il pense.

— Grand-papa, lui a-t-elle demandé un jour, il y a déjà longtemps, que fais-tu là ? On dirait que tu es loin de moi. Où es-tu ?

La question avait fait rire le vieil homme.

— Tu as raison, Isabelle, les livres sont magiques, ils nous transportent là où ils veulent. Viens avec moi, tu t'en choisiras un et tu verras.

Devant la bibliothèque, Nelly s'était sentie comme dans un magasin de bonbons, ne sachant lequel prendre. Son grand-père avait tendu un roman que toute petite fille doit avoir lu.

— Tiens, ma belle. Voici *Les malheurs de Sophie.* C'est l'histoire d'une petite fille qui vit d'incroyables aventures. Elle te ressemble, tu sais. Elle fait des choses qu'elle ne devrait jamais faire. Elle met ses petits pieds dans de gros plats. Elle pleure comme elle rit. Elle fait l'apprentissage de la vie en faisant des erreurs, et c'est exactement ce qui la fait grandir.

Nelly avait posé sa main sur la couverture illustrée. Le regard effarouché d'une fillette d'une autre époque l'avait émue, comme si elle avait été sa petite sœur. Ce n'était plus Cynthia, c'était une autre, venue après et à la fois avant, une sœur d'élection.

Puis son grand-père avait expliqué, tout en douceur, que la comtesse de Ségur était une femme exceptionnelle, un écrivain. *Les Malheurs de Sophie*, c'était un peu elle, c'était en grande partie son histoire.

La petite Isabelle s'était perdue dans ses pensées, caressant la couverture cartonnée du premier livre offert, caressant ce nom mystérieux. Une femme sans prénom… Une femme qui écrit, qui écrit son histoire, comme c'est étrange, comme c'est singulier…

Toute petite, Isabelle a vu sa vie défiler comme une impression de déjà-vu. C'est elle, derrière une grande table de travail, noircissant fébrilement des feuilles de papier. Tous ces mots qui trottent dans sa tête, il faudra bien un jour qu'elle les rassemble et les laisse partir. Elle sera Stephen King ; elle aussi, écrira ses *Malheurs*. Plus tard, beaucoup plus tard, Isabelle à la veille d'être Nelly comprendra qu'écrire peut être une façon de concilier ses passions.

Écrire, pour marcher sur un tapis rouge.

9

« Je ne resterai pas toute ma vie ici… Je ne passerai pas tout mon temps à Lac-Mégantic. Je ne ferai pas comme les autres. Je n'y croupirai pas. Ce sera dur de m'en aller loin de mon lac, ce miroir dans lequel j'ai si souvent voulu me perdre… Mais comment accepter d'y mourir d'ennui ? Je veux aller plus loin, traverser les frontières, découvrir. Je veux vivre. »

En classe, dans son lit, dans la petite ville, partout Isabelle se tient ce discours. C'est envahissant, ce sont ses mots et ceux d'inconnus, des anges ou des intuitions, des guides ou des fantômes, elle n'en sait rien, ça n'a pas d'importance. À quatorze ans, seize ans, après un court séjour à l'hôpital (personne, sauf en chuchotant bien bas, ne prononcera le mot tentative de suicide, comme personne ne prononcera celui d'anorexie), c'est bien ce qu'elle entend, sans arrêt du matin au soir, même quand elle rit aux éclats avec ses amies, dans les magasins de la petite artère commerciale.

Tôt dans sa jeunesse, Nelly aura décidé de s'établir dans la grande ville. Pas à Québec, bien plus près, ni même à

Sherbrooke, la ville universitaire de l'Estrie, mais à Montréal. Ce n'est pas si loin, après tout. Elle l'a vite compris. La distance n'est rien. Il suffit de partir. Elle prendra un autobus et, en un peu plus de deux heures, elle sera au centre-ville, dans son appartement à elle, qu'elle décorera comme elle en a tant vu dans les magazines. Mais en attendant la concrétisation de ce scénario idéal, les journées sont longues. La jeune fille compte les jours jusqu'à ses dix-huit ans, l'âge qui permet enfin de foutre le camp, de sortir de cette maison, une vraie prison.

Les jours gris – ils le sont presque tous, dans son âme – elle aime aller chez une tante, presque une voisine, en vérité une amie. Avec elle, comme avec son grand-père, Isabelle s'entend. Les deux femmes sont complices de la même histoire de famille, taisent ce qui est inutile de dire, contournent les sujets déprimants et s'amusent souvent comme des gamines. Isabelle n'a pas besoin de sonner chez sa tante, sa place l'attend toujours, dans la cuisine.

«Bonjour!» Une exclamation de joie, de légèreté. Isabelle court s'asseoir à la table où l'accueille cette femme qu'elle aime – une référence dans son univers. Une sorcière. C'est du moins ce que l'on raconte, dans la famille, mais c'est un secret bien gardé, qui ne filtre que furtivement, par omission. La tante préférée d'Isabelle a des pouvoirs divinatoires. C'est une diseuse de bonne aventure sans boule de cristal. Elle sait lire les cartes comme dans un livre ouvert, et bien au-delà. Elle lit même le tarot. Nelly est fascinée par ces grandes cartes stylisées, d'un autre temps, le temps où on brûlait les sorcières. La tante pose gravement les images sur la table. Précisément, une au-dessus de l'autre, puis côte à côte. Cela forme une croix. Seules quelques images à lire parmi cinquante-six arcanes mineurs sortis du paquet battu : épées, coupes, deniers et bâtons. Mais ce que préfère l'adolescente, ce qui la fait rêver, ce sont les vingt-deux arcanes majeurs, leurs personnages troublants qu'on peut interpréter jusqu'à demain, tels le bateleur, la papesse, l'empereur, le pendu et le mat. Enfin, et surtout, il y a ces cartes qui lui font très peur. Un simple regard et elle détourne les yeux, craignant qu'un noir destin la poursuive : la roue de fortune, le diable, la mort…

— Tu penses que cette dernière est la plus dangereuse, dit sa tante qui voit la frayeur de sa nièce. Tu te trompes. Le diable n'est pas forcément mauvais. Une des pires, vois-tu, est celle-ci.

La maison de Dieu.

— Si tu la prends, cela veut dire que tu connaîtras des catastrophes dans ta vie. Des épreuves. Des vraies.

Isabelle ne veut pas de cette autre carte non plus : l'ange exterminateur portant à la bouche une trompette. Le jugement. Cela ne lui rappelle que les réprobations de son père. Que fait-il donc chez sa tante, sur sa table de cuisine ? Son esprit est partout, il voit tout, comme Dieu. Quoi qu'elle fasse, Isabelle ne peut échapper à son père ni cesser de l'entendre l'accuser de tous les péchés parce qu'elle est une fille, parce que son corps est trop beau, donc sale et coupable.

De sa main gauche, à la demande de sa tante, elle coupe les cartes, puis les dispose en cercle. Sa tante ferme les yeux, elle se concentre. Au bout d'un moment, qui paraît une éternité à Isabelle, car elle a peur, la tante interprète ce qu'elle voit d'une voix douce et sûre. Parfois, elle garde un long silence. Alors Isabelle voit sa stupeur, et une sorte d'effroi la prend tout entière. Elle a beau, en même temps, laisser ses pensées vagabonder pour se protéger, bien pauvre armure, elle a beau se voir rire, marcher, faire les boutiques de la Croisette ou de Fifth Avenue, la maison de Dieu est plus présente que tous les luxueux refuges de la planète.

— Isabelle, dit sa tante tout bas, mal à l'aise et consternée… Je ne comprends pas, je n'arrive pas à dire ce qui va t'arriver.

La jeune fille se tait. Elle voudrait que sa tante lui expose clairement son avenir. Alors elle dit, avec un tremblement dans la voix : « Allons, ma tante, cherche, cherche. »

Le regard de sa tante, si bon, si tendre, si navré, évoque maintenant l'arcane même de l'épée. La maison de Dieu. Un nouveau regard ne la convoque pas davantage à l'espoir. Isabelle est pétrifiée. La tante ne dit pas : « Je vois la grande ville, je vois un départ, je vois des gens, des sourires… Je vois un homme, une grande maison… Maintenant je vois un avion… Tiens ! Je vois un enfant ! Une petite fille qui te ressemble, avec les mêmes yeux, bleu clair, clair, clair comme un beau jour d'hiver… »

Sa tante ne voit rien.

10

Quoi qu'il en soit, quoi qu'il arrive, et en dépit de ce qui pourrait se passer dans un quelconque avenir, Isabelle ne peut pas rester plus longtemps à Lac-Mégantic. Les hivers y durent cent ans. Les étés deux petits jours. Sa chambre engloutit ses rêves. Cette maison qui résonne des vociférations de son père et des lamentations de sa mère la dégoûte. Son frère ne peut rien comprendre à cet étouffement. À Lac-Mégantic, on en prend son parti. On y est né, on y reste, sauf exception. La future Nelly en est une.

Toute son enfance, toute son adolescence, influencée par son grand-père, Isabelle a lu. Elle passait aisément, naturellement, du magazine *Vogue* à quelque poème de Verlaine, du retentissant *Parfum* de Suskind, à un best-seller de Mary Higgins Clark. Ses choix étaient éclectiques. Elle ratissait large, n'ayant, pendant longtemps, aucune idée préconçue sur les livres. Elle s'approvisionnait chez les sœurs, à la bibliothèque municipale, chez son grand-père, chez ses amies, parfois en librairie. Petit à petit, le désir d'étudier a grandi, et l'idée d'étudier « officiellement » a germé. La littérature… Quel bon alibi pour déguerpir à Montréal. Un laissez-passer idéal pour la liberté. Une noble intention. Beaucoup, beaucoup d'écrivains sont sortis d'un lieu obscur et ignoré de la carte pour connaître un jour une notoriété qu'aucun d'entre eux, dans leurs bleds, leurs campagnes ou leurs faubourgs populeux n'auraient pu imaginer. La grande Gabrielle Roy et son *Bonheur d'occasion* devenu permanent, Balzac le provincial, Ségur la Russe, et surtout Stephen King qui l'a toujours inspirée et motivée sans le savoir. L'immense auteur, en effet, est né de l'autre côté du lac, dans le Maine, à Portland. Un voisin. Presque un frère d'élection. Stephen King le prolifique qu'on s'arrache désormais à New York, à Londres, à Hollywood. Tout est possible. Isabelle poursuivra des études supérieures à Montréal, première escale destination Monde.

— Je m'en vais, annonce-t-elle un jour à ses parents.

Elle sait que c'est pour toujours.

L'annonce d'un départ, comme une mort. Pour ceux qui resteront derrière, à Lac-Mégantic, c'est le préambule d'un long deuil qui n'en finira jamais de la petite fille danseuse de claquettes partie faire sa vie…

— Tu vivras seule? demande sa mère avec inquiétude, toujours alitée et souffrante.

Elle devine que sa fille veut la fuir, s'en aller au bout du monde. Elle ne peut la retenir, puisqu'elle n'a aucune ascendance sur elle.

La mère ferme les yeux, comme la tante. Qu'arrivera-t-il à sa petite Isabelle qu'elle n'a pas vue grandir, ou à peine, tout occupée à pleurer sur l'autre, et sur sa propre existence? Isabelle la cadette a-t-elle donc déjà dix-huit ans? Est-elle donc déjà majeure? Vingt ans, dit-elle?

Vingt-deux? Comme le temps a passé vite, sans rien apporter d'heureux.

— Tu m'en veux, soupire-t-elle. Je suis malade, Isabelle, je souffre.

Isabelle ne dit rien. Son silence est lourd comme le Jugement. Elle voudrait bien dire quelque chose, la cadette qui s'en va à son tour, tandis qu'elle est encore vivante, mais elle en est incapable. Sa mère a raison. Elle lui fait même pitié. Comment peut-elle lui en vouloir? Reprocher à cette mère son corps et son âme qui n'ont connu, à peu de choses près, que la douleur de vivre? Où sont passés sa jeunesse, ses amours, ses aspirations? En a-t-elle déjà eues? Isabelle soupire, mécontente. Freud a bien posé la question: « Que veut la femme? » Depuis cent ans, d'un divan à l'autre, on tente d'y répondre. Quelle boue. Impossible de résoudre cette énigme, surtout lorsque la femme est sa mère. Isabelle ne peut s'empêcher de la détester, d'observer les taches brunes sur ses mains et ses bras, fixer son visage flétri aux traits affaissés et laisser en elle grandir la crainte de ressembler à ça un jour, d'avoir vécu sans vivre, de mourir sans comprendre. Alors elle lui parle en silence car à haute voix, tout cela serait impossible à dire. On n'accable pas une victime, même si on achève bien les chevaux. « Si tu n'avais pas passé tous tes jours dans un lit, un après l'autre, tu aurais pu me protéger, mais tu m'as laissée seule. J'ai enduré tous les jours de ma vie ce père imbu de la colère de Dieu. Il fallait me protéger, lui faire entendre raison! T'en occuper, pour qu'il ne passe pas tout son temps parti! Et Dieu sait avec qui! »

Impossible de faire entendre quoi que ce soit à cette femme dite sa mère. Tout cela est peine perdue. Pas d'écoute, pas d'ouverture. Que cette fatalité insupportable qui fait qu'on crève avant même de s'être débattu. Isabelle est persuadée que sa mère s'est réfugiée dans la maladie pour ne pas affronter l'existence, pour être en marge de la misère qui prenait trop de place dans la maison. Un sauf-conduit, voilà le mot qui lui vient en tête. Un piètre alibi contre le drame de vivre. Le mal de vivre.

— Comment feras-tu, ma fille, pour gagner ta vie ? On n'a pas d'argent pour te payer des études et te loger…

— Je travaillerai, tout simplement, et je payerai tout : le logement, l'université.

— Quel travail, Isabelle, y as-tu pensé ?

Isabelle n'entend rien. Ces questions-là font trop peur. Il y a tant à gérer pour avoir la chance d'une autre vie. Sur place, elle verra bien. Pour l'instant, le virtuel est une réalité, et, dans son esprit, au fil des scènes qu'elle imagine, Isabelle va bien. Elle étudie, elle entre dans les salles de cours, elle écoute les professeurs, elle prend des notes, elle rédige des travaux. Le soir, les week-ends, elle travaille. Dans son porte-monnaie, il y a des sous et des billets. Ils viennent d'un salaire. Au chevet de sa mère, Isabelle se répète qu'elle ne fera pas comme elle. Jamais. Les voix reviennent, dominées par la sienne : «Je ne resterai pas un instant de plus ici, parmi ces meubles qui suintent la douleur. Je suis libre, je pars. C'est tout. Pas plus compliqué que ça.»

11

En route vers Montréal, la distance opère. C'est magique. Un narcotique ne ferait pas mieux. Sans qu'Isabelle en souffre vraiment, tout s'éloigne au fur et à mesure des tours de roue du gros autobus climatisé. Passé, parents, amis, et même son grand-père et sa tante se dissipent dans le même nuage protecteur, hors de danger, tandis que la fuyarde s'achemine vers sa vie à elle, vers le jour un.

Déjà, Isabelle est coupée de ses soucis. Une vraie chirurgie. Le membre a été amputé presque sans douleur. Seuls quelques souvenirs la hantent encore. Cela relève sans doute de la culpabilité d'avoir décidé de se prendre en main et d'avoir la volonté d'en sortir – de désirer autre chose. Juste un petit moment difficile avant d'arracher le pansement sur la plaie. Elle suinte encore, mais, au sec, elle a toutes les chances de guérir. Le membre disparu se fait encore sentir, mais ce n'est rien qu'une douleur fantôme. Les autres laissés derrière, eh bien qu'ils se débrouillent… Ils n'ont plus rien à voir avec elle, et encore moins avec celle qu'elle deviendra.

Les heures passent. Isabelle s'en raconte un peu, a quelques mouvements de recul, car peut-elle vraiment survivre sans ceux qui l'ont aimée, tout comme elle les a aimés, malgré l'incompréhension et les différences ? Au fil des heures, Isabelle est confortée, elle intègre un sentiment d'indépendance. Elle le goûte comme un champagne bien frappé. Elle l'observe se cimenter en elle. Une fondation de béton. Elle se sent forte, pleine de possibilités, pleine d'énergie. Le nouveau l'interpelle de tous côtés. C'est encore impalpable, vague, mais c'est bel et bien là. Tout est à découvrir. Pour la première fois de sa vie, même si son cœur est un peu serré, Isabelle expérimente une vraie exaltation. Quelque chose qui pourrait durer... C'est enivrant. Elle croit qu'elle a définitivement mis une croix sur son passé. Elle ne sait rien encore des tourments qui l'attendent. D'où lui vient cette insouciance ? L'attraction qui l'appelle hors de son milieu la libère. L'Estrie qu'elle ne cessera jamais d'aimer, et qui l'habitera comme tout ce qu'on quitte, c'est fini pour toujours.

— Je me suis inscrite à l'Université du Québec, a-t-elle annoncé à des proches.

L'université, rien que ça. Pourquoi ne fait-elle pas comme tout le monde ? Il y a des solutions bien plus simples que d'aller étudier à l'autre bout du monde. On peut aller à l'Université de Sherbrooke, ou à Bishop quand on parle anglais, ou à Laval. Même aux States, c'est moins loin ! Qu'est-ce que c'est que cette lubie ? Pourquoi si loin ? Quitter les siens ? Tous ses amis ? C'est ingrat. Ça fait mal à tous ceux qui restent, la tante voyante, le grand-père si tendre, les amies d'école, le frère, les parents, les commerçants – tous ceux qui ont aimé Isabelle, même mal, trop ou pas assez.

— À l'Université du Québec on offre des cours qui me plaisent, entre autres un cours de littérature et de psychanalyse, dit Isabelle, placidement.

— Qu'est ce que c'est que ça ? Tu veux devenir psychologue ?

— Non, juste comprendre…

— Comprendre quoi ?

— Avoir des réponses à mes questions…

— Des questions ? Quelles questions ?

Isabelle soupire.

— J'ai besoin d'être poussée…

Poussée à quoi ? Au fond des cœurs, on l'envie, on est un peu jaloux. Tous les sentiments sont mêlés. Bons et mauvais.

— C'est bien, tu vas étudier et devenir quelqu'un !

— Écris-nous, reviens souvent !

— On ira te voir à Montréal.

Isabelle sourit, elle est heureuse. Elle a pris la bonne décision. Aucun doute là-dessus.

— As-tu pensé à tes parents ? À ta mère ? Veux-tu l'achever ?

— Ta sœur est morte. Elle, elle est partie parce qu'elle est morte, pas parce qu'elle avait des ambitions ridicules, comme toi. Tu veux en rajouter ?

— La littérature, dis-tu ? Tu veux crever de faim ?

— Les études… Quelle farce. Pas d'avenir là-dedans ! Trouve-toi donc un métier, comme tout le monde.

Isabelle ne s'est même pas recroquevillée pendant la lapidation. Elle a regardé dans les yeux ces oiseaux de malheur. Elle a eu mal, mais ces diatribes l'ont rassurée. Ce qui indiffère ne suscite aucune réaction. Isabelle a pris la bonne décision. Aucun doute là-dessus.

Malgré son âge, Isabelle a des certitudes, qui ne sont pas les convictions impulsives de la jeunesse, même si c'en est aussi. Sa lucidité est bien ancrée en elle, depuis toujours. Une sorte de solidité dans la pensée. Il y a le corps, certes, sa finitude, la précarité des choses que l'horrible vieillesse prouve indubitablement. Malgré tout, l'esprit est bien plus fort. Isabelle l'a toujours immensément senti. C'est une gigantesque scène sur laquelle une multitude de petites marionnettes s'activent.

Il est vrai que, dès l'enfance, Isabelle a trouvé dans les mots et les livres une soupape à ce flot dans son esprit – sa pensée : questions, doutes, douleur, angoisses, peurs, désirs. Ça n'a ni bornes ni mesure. Elle a compris, toute jeune adolescente, qu'un milieu, une ville natale, ne sont qu'une carte dans un jeu. En même temps, elle se ment. Car, hélas, elle croit en la fatalité. Jamais elle n'oubliera le tarot et ses présages. L'augure est bien fixé dans son esprit – même si son esprit est un torrent.

Isabelle ne l'a pas formulé clairement, ne serait-ce que pour elle-même : «Je suis intelligente. In-tel-li-gente. Je pense. Je pen-se. Je réfléchis. Je me réfléchis. Ce truc n'a pas de fin… C'est le pouvoir absolu.» À cela s'ajoute une impulsion tout aussi ambiguë et à la fois claire comme de l'eau de roche : la création. Le besoin d'exprimer. En lisant, en lisant sans cesse, Isabelle s'est découvert ce penchant, qui est bien davantage un appel. Histoires de meurtres, d'amour, d'aventures, le monde se déploie à l'infini dans les mots.

Elle est trop jeune encore pour saisir les tenants et les aboutissants de la question de la dépendance au contexte, mais assez pleine de vie et d'ambition pour s'en être physiquement éloignée. Émile Zola, pour ne citer que lui, aura travaillé toute sa vie à le dire et à le répéter. Même si un auteur se lance dans la science-fiction ou encore dans la critique littéraire la plus pragmatiquement construite, tout n'est qu'apparence. En filigrane, le vrai se lit, l'enfance, l'origine, la blessure, les obsessions – le contexte. On n'y échappe pas. C'est héréditaire. C'est un volcan en activité. La mère ne l'a-t-elle pas répété à sa fille ? Comme chez les Rougon-Macquart de l'auteur de *L'Assommoir*, les familles peuvent être marquées par des tares. Très jeune, Isabelle a entendu de la bouche même de sa mère, sans vouloir entendre, mais obligée d'entendre, les mots annonçant la tournure possible du destin qui, comme le contexte, ne peut pas changer : alcoolisme, démence. Elle a été prévenue. Comme Isabelle-Nelly le précisera dans *Putain*, ces mots sont une réalité à laquelle il est difficile d'échapper. Ceux qui ont été atteints par ces mots ne se sont pas méfiés. Isabelle doit se méfier ! « As-tu entendu ce que je viens de te dire, Isabelle ? Il faut que tu fasses attention ! »

Est-ce un goût chez elle ? Un besoin ? Le parcours tout tracé ? La suite logique des choses ? Isabelle veut surtout en apprendre plus en psychologie. Creuser ce côté-là des choses. L'inconscient. Cette affaire qui se loge dans l'esprit, la pensée, l'âme, où exactement ? Elle finira bien par le trouver. Un jour, dans une bibliothèque, elle est tombée sur un livre de Sigmund Freud. Ce jour-là a résonné dans sa vie comme un choc. Freud est devenu une autre passion. Tout comme le maquillage Chanel ou le culte du corps parfait. Tout compte fait, Freud, dans son registre à lui, n'est pas si éloigné de l'auteur de *Carrie*, de *Salem* et du *Fléau*. Que ce soit King, Freud ou la top model de l'heure, les passions sont des influences, tout comme l'inverse est vrai. Depuis qu'elle a ouvert le bouquin du père de la psychanalyse, Isabelle a voulu tout savoir sur ce médecin de l'âme – ce découvreur. Elle s'est reconnue dans ce qu'il a écrit, dans la façon dont il explique comment ça se passe, dans la tête. De son Autriche natale, Freud a gagné le monde. Elle fera pareil.

La réflexion, la lecture, l'étude, l'analyse sont pour la jeune fille des êtres familiers. Sa véritable famille. Ce désir d'apprendre et de savoir, tout autant que celui de changer d'air, ont motivé son départ à Montréal. Toutefois, Isabelle n'a pas révélé le fond de sa pensée ni la densité de ses intentions intellectuelles. Les lettres, oui, le cours de litté-rature et psychanalyse, oui, mais c'est bien plus que cela. Isabelle est une femme savante. Quand on est comme ça, l'exil est souvent l'inévitable étape. Et, à 249 kilomètres de chez soi, c'est l'exil.

À l'Université du Québec, Isabelle travaillera plus libre-ment. C'est ce qu'elle pense et espère. Seule, délivrée des questions des gens qui ne peuvent pas comprendre, elle pourra s'absorber dans ses recherches, étudier, avancer sur le chemin de sa quête, être cérébrale et en jouir en paix.

Ne plus avoir à être celle qu'on attend. Isabelle de qui on a tracé le parcours avant même qu'elle naisse et clairement depuis qu'elle vit. Une fille, somme toute assez jolie, saine et vigoureuse bien qu'assez petite, avec ces talents-là, ça danse, ça joue du piano, ça a de bonnes notes à l'école, ça fait un peu de sport, ça écrit, même, à ses heures, une fille comme ça, ça se marie, ça assure la lignée à Mégantic ! Ça élève ses enfants, ça sourit, ça fait des tartes, ça reçoit la visite, c'est content ! Ça meurt, ça va au fond de la terre, et après la progéniture prend la relève, plus personne ne s'en souvient. Comme c'est simple, la vie.

Isabelle pressent qu'elle va écrire. Un jour, même, elle publiera. Cela ne peut être autrement. Comme Freud. Comme King. Comme Anne Hébert. Le sujet de son premier texte n'a aucune importance. Elle porte en elle une œuvre. À l'occasion, elle n'a pas pu se retenir de le dire. Certains se sont moqués de ses visées. Pour qui se prend-elle ? Une vacherie de trop. Isabelle a aussitôt appris à se taire. Du moins pendant un certain temps. Une grande intuition quant à la façon de protéger l'artiste en elle la préserve de ces mesquineries. En cela, Isabelle a mille ans d'expérience. Socrate était son frère dans une ancienne vie. Elle a gardé ce don intact. Elle n'a jamais perdu ce talisman.

Isabelle n'a jamais été aussi forte qu'au moment où, débarquant à Montréal, elle a commencé sa nouvelle vie.

12

C'est l'automne. Juste avant les cours. Isabelle se sent un peu perdue dans cette bâtisse universitaire aux immenses halls flanqués d'escaliers de béton et d'interminables couloirs. Une énorme boîte sans vie, moderne et carrée, remplie de dédales. On y entre par une curieuse très grande porte surmontée d'un clocher. Vestige de l'église Saint-Jacques, et d'une autre époque. Patrimoine national. Bonne idée, mais quel trompe-l'œil. Un piège pervers à la Stephen King. Qu'est-ce que cela signifie ?… Est-on passé de la foi à l'instruction ? De la religion à la science ? Cette décombre ecclésiastique bien conservée n'a plus aucune vie. Là encore Stephen King est au rendez-vous et Freud s'interroge, tout comme Isabelle. Ce squelette architectural cache une ruche climatisée, chauffée, sale et abritant un autre sous-sol populeux dans lequel gronde le métro. L'endroit évoque l'enfer, et c'est là qu'on étudie ?

Aucun doute. Isabelle a pris la bonne décision, alors elle fait preuve de toute sa bonne volonté. Elle apprivoise cet endroit froid dans lequel elle se fond, inaperçue. Dans cette enceinte du savoir, il y a plus de monde qu'à Lac-Mégantic. Bien plus. Alors, bien entendu, grande ou petite, rousse ou châtaine, grosse ou maigre, ça n'a pas beaucoup d'importance. Foule anonyme d'étudiants qui marchent en tous sens, courent, se pressent pour s'entasser dans des ascenseurs bondés, sinon il faut grimper les escaliers quatre à quatre, la plupart sont toujours en retard, ça revendique, c'est l'université populaire. Un jeune, jeans troués aux genoux, sweater kangourou délavé, est assis par terre, le dos à un mur sur lequel on a épinglé des annonces multiples. Un regard se perd dans une cohorte grise. Enfin Isabelle a trouvé le chemin du département de français. Avec un professeur, elle a établi l'horaire de sa session. Les choses s'organisent. Un peu de concret dans ce désordre est tout à coup très rassurant.

À l'université, Nelly est encore Isabelle Fortier. Elle le sera jusqu'à l'explosion de *Putain*. Elle est toujours une fille des Cantons-de-l'Est, elle pourrait être d'ailleurs. L'origine a fort peu d'importance. D'ailleurs, elle ne peut empêcher un frisson de la parcourir, au cours de la première semaine de cours. Elle se pince, en vérité. Car vit-elle vraiment cette première semaine de cours ? Et si elle s'était trompée ? Et si elle rêvait, selon son habitude ? Elle qui a tant lu a une vision de tant d'univers. Rien ne la surprend vraiment. Mais là, les deux pieds dedans, c'est autre chose. Isabelle est très excitée, mais également mal à l'aise. Elle pense à son père, et l'entend sans arrêt, de toute façon, en bruit de fond, lui dire *ad nauseam* qu'elle est une fille perdue parmi d'autres pauvres âmes déchues. Et d'en rajouter : la ville est un lieu de perdition, on est forcé d'y abandonner ses valeurs, le sens de la terre et de la nature, on y corrompt son âme. Là plus qu'ailleurs, le passeport pour l'enfer est garanti. Beaucoup n'en sont jamais revenus. Isabelle porte sans pouvoir s'en défaire cette colère paternelle contre un univers de pervertis. Elle n'en finira jamais de porter en elle tous les péchés du monde. Si elle se laisse aller dans cette spirale de souvenirs, elle perd le souffle et surtout sa foi, sa foi à elle.

Pourtant, Isabelle ne s'est jamais sentie aussi bien. L'université lui ouvrira des possibilités immenses. Elle en est sûre. Elle sait qu'ici, elle apprendra à être libre, à penser autrement. Quand elle passe devant les salles de cours, elle tourne la tête, y jette un coup d'œil : elle voudrait entrer, absorber tout l'enseignement qui s'y donne, faire connaissance avec tous ceux qui y livrent leur savoir. Sa soif est inextinguible.

Puis, dans les salles de cours, une intimité, peu à peu, s'installe. C'est ce qu'elle se dit. Ce qu'elle croit. On reconnaît les visages, on observe des comportements. Des questions agacent et certains commentaires surprenants suscitent la réflexion. La neutralité des bâtiments du Quartier latin qui n'a rien de latin s'estompe entre quatre murs dont un, fenestré, permet à l'imagination de se balader quand la voix monocorde de certains professeurs fait l'effet d'une berceuse ou d'un chuintement agaçant. Isabelle observe tout autant les étudiants que le professeur. Elle apprend le monde, la ville. La différence avec l'institution religieuse qu'elle a fréquentée à Lac-Mégantic est hallucinante. L'Université du Québec est une autre planète. Certains étudiants dorment sur leur petit bout de table, mâchent de la gomme, mangent, parlent, interrompent le professeur. Le professeur « négocie » le plan de cours. C'est étonnant. Les étudiants consultés ont le droit de parole : quatre examens, c'est trop, deux dissertations trimestrielles, amplement suffisant. Doit-on lire tout *Phèdre*, ou se procurer un ouvrage qui en présente les meilleurs extraits pour gagner du temps ? Même chose pour *Du côté de chez Swann*? Doit-on se taper tout le texte? Et puis, il y a les autres, très concentrés, absorbés, qui prennent des notes et des notes à toute vitesse. Le professeur se tait, consulte un ouvrage avant de reprendre, et ceux-là griffonnent encore dans leur cahier.

Si Isabelle prend la couleur des hordes d'étudiants dans les couloirs, elle ne passe pas inaperçue dans ses cours. La plupart des filles ont une allure fermée, voire sévère, elles sont à leur affaire. D'autres ont des mohawks, des piercings, des tatouages, des bijoux en argent, les cheveux noir jais, des épingles à nourrice sur leurs vêtements. Quelques-unes, perdues peut-être, sont bon chic bon genre. Isabelle ne leur ressemble pas; son physique, comme une tulipe à la toute veille d'ouvrir, irradie une singulière aura. Elle porte des vêtements qui la distinguent des autres. Isabelle est coquette, mais elle ne fait aucun effort pour être cette femme qui attire les regards. Parfois, c'est vrai, il lui arrive d'aller aux cours chaussée de longues bottes de cuir, une courte veste serrant sa poitrine. Elle ne fait pas exprès d'avoir l'air d'une fille sortie tout droit d'un magazine, elle est comme cela, c'est inné, naturel, et tant pis pour ceux qui la jugent. Elle ne suit pas la mode, elle la devance. Sa silhouette fine et musclée fait envie. Son audace aussi, sa façon de changer de look comme de vêtements. Pendant quelque temps, elle se teindra les cheveux très noirs et portera un afro. Parmi les étudiants, rares sont ceux qui ne la remarquent pas. Et certains en ont beaucoup à dire.

— Regarde la fille là-bas, chuchote une étudiante à une autre, tu la connais?

— Elle se prend pour une autre, c'est clair.

— Elle emberlificote le prof. Une agace-pissette. Je ne sais pas ce qu'elle fait ici.

Les commentaires fusent. Isabelle est impassible. Le temps qu'elle passe à l'université est consacré à ses études qu'elle soit brune, blonde ou coiffée d'une casquette. Peu encline à vivre en groupe, elle demeure distante et ne se plaît qu'en compagnie de rares étudiants.

Une certaine froideur, chez elle, pourrait passer pour de la morgue. Mais ceux qui perçoivent cela ne voient pas au-delà de son armure, de la carapace qu'elle s'est forgée pour narguer les épreuves de la vie. Ils jugent son apparence. Beaucoup le feront. Cette contenance, assez surprenante chez une fille si jeune, n'est que de l'assurance tout comme une attitude pour cacher sa timidité, et cela est d'autant plus perceptible qu'Isabelle est ambitieuse et volontaire. Elle avance sur son chemin d'un pas déterminé. «Je sais que je peux faire peur», pense-t-elle parfois. Elle se rend bien compte, et cela l'étonne, qu'elle attire tout comme elle intimide. Elle se découvre soudainement une sorte de pouvoir fulgurant, spirales multicolores s'échappant de la lampe d'un génie. C'est confus, mais elle sait qu'elle fera quelque chose avec «ça», ce pouvoir, cet ascendant – son charisme. Ce mystère est un brouillard sous lequel vibrent des émotions encore trop fortes et indomptables pour être mises à jour, du moins sur le papier…

13

De Lac-Mégantic, Isabelle voyait Montréal comme un paradis clef en main. À présent, la voilà installée dans un petit appartement du centre-ville. Cachée. Terrée. Souvent, il lui arrive de se sentir carrément larguée. Le sentiment d'anonymat est très puissant. Elle est submergée par la densité démographique de cette ville grugeant son île d'un bout à l'autre. Elle se sent loin de chez elle. Le fleuve Saint-Laurent, même dans sa beauté la plus flamboyante, ne ressemblera jamais à son lac à truites. Elle se dit qu'au détour d'une rue sombre, elle risque tous les dangers. Puis elle se ressaisit : elle est heureuse, ici et maintenant. Pas de retour en arrière. Mais c'est en vain. Un coup elle pleure, un coup elle rit, décontenancée par ces fluctuations d'émotions. Elle se dit que c'est normal. Elle est seule, jeune, sans famille dans cette ville. Pour l'instant, elle a bien peu d'interlocuteurs, à part le cahier dans lequel, à l'occasion, elle couche ses pensées. Toutes sortes de pensées. Aspirations. Joies d'un instant. Espoirs, espoirs. Craintes. Et ces horribles pensées tourmentantes sur les siens... Étrangement, elle aime autant ses peurs, ses propres peurs à elle, et elle se nourrit de ses failles. Quand on est seul, c'est ce qu'on fait. Mais connaît-elle ses limites ? Car si cette ville la perturbe, elle l'aime tout autant, surtout la nuit. Rue Saint-Denis, à la fin des cours, elle marche devant les regards des gens attablés au Bistro à Jojo, au Faubourg Saint-Denis, au Grand Café, à l'Ours qui fume, au Saint-Sulpice. C'est troublant, gênant, et à la fois excitant. Mais Isabelle préfère la rue Sainte-Catherine, dans l'Ouest. L'artère a beau s'illuminer à la tombée du jour, toutes les vitrines des magasins scintillant de couleurs vives, Isabelle peut s'y fondre. Cela l'apaise, lui ressemble. Elle souffre moins de sa condition d'étrangère, car s'intégrer dans cette métropole est difficile.

Au fond, Isabelle ressemble à tous ces jeunes obligés de gagner la ville pour poursuivre des études supérieures. Elle n'est pas riche, et ces études coûtent cher, tout comme son petit appartement loué. Rien d'exceptionnel à cette situation. Pourtant, elle se sent à part, différente. Quand elle rentre, au terme de ses longues promenades, elle n'a pour l'instant qu'un seul ami. Pour qu'elle se sente moins seule, ses parents lui ont offert un petit chat. Isabelle les a toujours aimés. Ne dit-on pas que les chats sont les compagnons préférés des écrivains ?

Mais bien vite les choses changent. Les semaines, les mois défilent sans même qu'elle ne s'en aperçoive, tant elle étudie, tant elle travaille, tant il y a à faire. C'est déjà l'été, puis de nouveau l'automne... L'Université du Québec devient chaque jour plus agréable, nourrissante. C'est un bonheur que de s'y rendre. Aller aux cours, rencontrer les professeurs, bavarder avec les étudiants, traîner dans les rues. C'est vivant, ça fait vivre, Isabelle est de plus en plus à l'aise et en phase avec ce quotidien. En fin de journée, elle s'arrête souvent dans un pub très populaire fréquenté par les étudiants. Une véritable institution sur cette rue Saint-Denis, une sorte de quartier général des jeunes intellectuels et artistes en devenir. On y passe des heures à siroter des bières, à y refaire le monde devant un plat de couscous aux arômes de citron. Isabelle aime y retrouver des amis, ou tout au moins des camarades. Elle a un peu l'impression d'être chez elle. Il y a dans cet endroit bondé quelque chose de familier, de réconfortant. Ça la change surtout de son petit meublé. Elle respire, même dans la fumée. Ces moments de détente sont précieux : elle parle des livres à lire, des dissertations à écrire, elle aborde un peu l'avenir, ses projets. Car elle a des ambitions qu'elle ne partage pas avec tout le monde. Peu de gens savent qu'elle songe à écrire. C'est encore flou, et, de toute façon, elle ne pourrait s'ouvrir davantage sur ce sujet puisque la plupart de ses copains sont inscrits en concentration arts. Parmi eux, certains suivent des cours de théâtre.

— Tu devrais venir avec nous, lui dit l'un d'eux. Tu serais une bonne comédienne.

— Qu'en sais-tu ?

— Eh bien… tu es jolie.

— Hey !… Il en faut bien plus pour être comédienne. Je ne l'avoue pas facilement, mais je suis très timide…

Cette confession a de quoi étonner son copain. Pourtant, Isabelle n'a jamais été aussi franche. Malgré son apparence à la fois sobre et branchée et son côté sûre d'elle, elle est introvertie. Pudique, même. C'est difficile d'exprimer ce qu'on sait ou ce que l'on croit savoir à des copains plein d'idées, fougueux, confiants et plus jeunes qu'elle. Quand on lui demande son âge, elle dit qu'elle est née en 1975, comme la plupart d'entre eux. Oui, elle est leur égale. Et au fond, pas du tout. Isabelle est à part. Elle a plus de facilité à exposer ses vues à certains professeurs. Au moins, étant donné leur âge, leur expérience et leurs connaissances, ils peuvent comprendre, eux, ce qu'elle tente de dire, et surtout de concilier.

Fondamentalement, Isabelle est une fille joyeuse. On pourrait la croire mélancolique, lorsqu'elle baisse les yeux, et que, tout à coup, sa bouche prend une expression triste, mais elle aime la vie. Elle l'aime tant, elle en attend tellement! Isabelle est une passionnée. Son esprit vif et curieux n'en a jamais assez. Souvent, en silence, elle se félicite, presque stupéfaite d'avoir pris sa vie en main sans l'aide de personne. Surtout de s'être extirpée du joug de son père, d'avoir franchi ces obstacles familiaux qui paraissaient insurmontables. Aussi difficile que de sortir du ventre de sa mère. Autour d'elle, dans ce pub, des gens, plein de gens, jeunes, souriants, bruyants. Un ronron douillet, dissipant les voix caverneuses qui, toujours, résonneront en elle. Le père criant, et criant encore, réprimandant, condamnant, la mère geignant et la sœur morte hululant dans ce vacarme de la misère humaine.

Isabelle sourit. Comédienne... Drôle d'idée... Il lui a bien fallu l'être un peu pour trouver la force de se couper des déterminismes de ses origines. Elle a du cran, elle en est fière. Mais tandis qu'elle boit, riant avec les autres, son œuvre tapie dans ses pensées, elle devine que tôt ou tard, le contexte misérable pourrait la rattraper. Sous cette carapace qui plaît à tout le monde ou presque, se terrent des démons qui, elle le sait bien tandis qu'elle gagne du temps, reviendront la hanter.

14

Les fins de mois sont difficiles. À la pensée qu'elle pourrait avoir à abandonner ses études, Isabelle panique. Depuis des semaines, il lui est bien difficile de se concentrer. Il n'y a plus aucun calme en elle. Pas d'argent, ça veut dire l'échec, tout simplement. Comment rédiger ses dissertations ? Comment lire et comprendre ce qu'elle lit ? C'est impossible. Son existence n'est plus qu'un tracas. L'idée de ne pas arriver à assumer financièrement sa petite vie d'étudiante l'affole. Il lui faudrait alors retourner à Lac-Mégantic, pour quoi faire ? Expliquer quoi ? Elle ne veut pas être comme sa mère. Elle veut terminer ses cours à l'université, décrocher son diplôme de 1er cycle et même s'inscrire au suivant. Faire une maîtrise. Les études, c'est comme la chirurgie plastique. Quand ça donne des résultats, on en veut toujours plus. Or, avant ces soucis d'argent, survenus insidieusement ou brutalement, de toute évidence refoulés trop longtemps, Isabelle se réjouissait de ses progrès. Dans son esprit, ses pensées se mettaient en place. Elle comprenait mieux, et différemment, ce qu'écrire peut signifier, ce que dire peut apporter. Elle est sur le point de pouvoir faire un pas. Mais lequel ? Elle a toujours cette ambition. Décuplée devant l'adversité. Et qu'arriverait-il, faute de budget ? Budget, un nom de compagnie de location de bagnoles, ce petit mot affreux qui peut décider de tout.

Le cauchemar. Isabelle a pris l'autobus. Une longue route vers la forêt de conifères, la montagne noire, le lac profond – vers le même nulle part. Isabelle frappe à la porte, revient à la maison. Sa mère lève la tête de son oreiller. De la cuisine, son père tonne : « Tu vois, qu'est-ce qu'on t'avait dit ? Ça ne t'a rien donné d'aller en ville… Tout ce que tu avais construit ici est perdu. Tout cela parce que tu manques d'humilité. Parce que tu cèdes à la tentation, à ta propre volonté. Tu es comme les autres, ma pauvre fille. Rien de plus. Dieu te punit. »

La perspective de l'échec est insupportable. Celle du retour en arrière encore pire. Montréal ne sera pas son Waterloo.

Isabelle n'a plus le choix. Elle ne pense qu'à une seule chose : ne pas baisser les bras, trouver un emploi au plus vite. Un emploi payant. Faire de l'argent. Du fric. Du pognon.

Alors que le professeur, devant le tableau sur lequel il écrit rarement, aborde la question de l'avènement de la modernité littéraire au Québec, ou que son copain du pub d'à côté lui recommande le dernier film à voir, Isabelle écoute sans rien entendre. Elle décline les synonymes du mot argent, comme elle amoncellerait des liasses de billets et autant de lingots d'or.

Ses problèmes, curieusement, l'ont reportée dix ans en arrière. Isabelle n'est pas retournée et ne retournera jamais à Lac-Mégantic, sauf en vacances, ou à l'occasion avec un amant, mais, du jour au lendemain, comme si elle n'était jamais partie, elle a retrouvé son lit, son couvre-lit et les magazines au papier glacé dans lesquels, en long, en large et en couleurs, on explique la vie des gens riches et célèbres… Elle s'interroge. Pourquoi son esprit s'attarde-t-il dans cette petite chambre ? Qu'est-ce que cette soudaine plongée dans ce passé signifie ?

« Trouver un emploi au plus vite, travailler, j'ai besoin d'argent, d'argent ! » Isabelle s'en rongerait les ongles, mais elle ne fera jamais ça. Elle se ronge plutôt les sangs et le cerveau, rivée à son problème, clouée à sa condition, au maudit contexte. Les arguments sont comme des tourbillons, des balles qui ricochent sans arrêt sur les mêmes quatre murs. C'est existentiel. Isabelle glisse dans l'entonnoir, aucune prise, aucun filet, aucun plan B. Que le néant, le vide, l'effroi.

« Si j'ai un emploi stable, je devrai abandonner mes études ; je ne parviendrai jamais à concilier mon horaire de travail avec celui de mes cours. Quitter l'université. Je ne peux pas, je ne peux pas… » Et ça recommence, travailler ou étudier, étudier ou travailler, travailler et étudier. Il faut choisir. Il n'y a pas de choix à faire. Les deux sont à faire. Deux exigences contradictoires, paradoxales, qui sont Isabelle elle-même. L'étudiante bohème lui pue au nez, c'est la déprime la plus totale comme sa mère enfouie dans son matelas, toujours le même une vie de temps. Elle ne se reconnaît aucunement dans ces filles arpentant la rue Saint-Denis, assises dans les marches des restaurants et des anciennes maisons à trois étages, avec leurs grands sacs pendants, mous, achetés au Népal dans une autre vie, dans des Katman-dou de préhistoire, ces filles qui sourient, heureuses et fières d'être pauvres, la tête couverte de dreadlocks et qui rient aux éclats aux côtés de mecs en haillons. Cette mode ne sera jamais la sienne. Pas plus qu'elle ne se reconnaît dans ces autres filles à la tête à moitié rasée, des anneaux dans le nez, les mains couvertes de dentelles noires comme autant de toiles d'araignée et qui étudient, qui écrivent, qui sont en littérature. L'étudiante punk attardée, grunge ou wathever ce n'est pas elle, ça lui pue au nez ça aussi. Elle ne se sent pas plus, d'ailleurs, de réelles affinités avec ces très jeunes femmes qu'elle aperçoit parfois, lorsque ses pas la mènent jusque dans l'Ouest, dans le Golden Square Mile. Elles sortent en jacassant de chez Holt Renfrew avec leurs sacs griffés à deux mille dollars, leurs chaussures Ferragamo, leurs tailleurs Chanel achetés dans la boutique attenante – des femmes entretenues qui n'ont rien à dire vraiment, mariées, mères de famille, bonnes thaïlandaises à demeure, cuisinière et chauffeur, leurs doigts lourds de bagues en diamant, plus de pognon dans un seul doigt qu'il n'en faut pour effectuer vingt ans d'études universitaires. Cela la dégoûte. Elle les envie mortellement, et les méprise avec la même intensité. Est-il possible d'être une intellectuelle sexy, une littéraire fortunée, un écrivain riche ? Depuis son arrivée à Montréal, Isabelle n'a trouvé de réponse à aucune de ses questions.

Cette seule idée la rend malheureuse. Elle se dit qu'il ne s'agit là que d'un moment à passer. N'empêche, ce moment est très pénible. Harassant. La nuit, elle ne dort plus. Le matin, elle se lève et pèse une tonne. Sur la table de sa petite cuisine, minable à ses yeux, mais que beaucoup de hippies des temps modernes étudiants à l'Université du Québec trouveraient géniale, les comptes et les factures s'accumulent. C'est l'angoisse totale. Le pétrin insoutenable. Vers qui se tourner ? Son quotidien est gâché. Ses études compromises. Isabelle a la tête qui tourne. Comment faire pour avoir de l'argent, comme tant de monde en a jusqu'à ne plus savoir qu'en faire ? Elle ne peut pas se contenter d'un maudit petit pain. Elle ne veut pas ça dans sa vie, elle ne veut pas de cette vie-là, elle veut mieux, plus, que tout cela cesse !

Elle s'effondre sur son lit, dans sa petite chambre qui sent les odeurs de cuisine, elle s'effondre comme sa mère. S'est-elle même inscrite à l'université ? Quand elle est arrivée à Montréal, est-ce bien cela qu'elle a fait ou, parce qu'elle est venue là sur un coup de tête, d'adrénaline, d'envie de vivre et sans avoir rien préparé, elle s'est dit que, quand elle gagnerait de l'argent, elle s'inscrirait à l'université ?

À Montréal, Isabelle a commencé à devenir Nelly. Dès le premier jour, la brume s'est mêlée au scintillement. Qu'est-ce qui est venu avant ? La poule ou l'œuf, comme elle le demandera, en criant, dans *Putain* ? Qui est venu avant ? Isabelle Fortier, une bonne petite fille de la campagne qui s'est dès les premiers jours perdue dans les dédales de la grande université populaire jusqu'à ce qu'elle ait enfin dans son sac son horaire bien clair et sa vie toute dessinée ? Ou encore Isabelle Fortier, dénudée de sa vieille peau, lézard après la mue, sans identité ni domicile fixe ? Que s'est-il vraiment passé ? Qui s'est incarnée en premier ? L'étudiante avide de comprendre le vrai sens du texte par l'approche psychanalytique, ou encore l'émule des stars du jet set, n'ayant pour seul moyen, pour leur ressembler, que celui de se prostituer ?

Rien n'est sûr. Isabelle-Nelly était seule et l'a toujours été, distillant l'information au compte-goutte à ses connaissances, ses proches, ses amis, ses amants, et disparaissant bien vite, dès qu'ils en savaient trop.

15

Isabelle a beau ne pas se trouver belle (tout en le trouvant), et vouloir constamment être une autre, elle sait qu'elle attire les regards. Dans la rue, partout, elle les croise, furtifs. Dans ces regards, il y a toujours une étincelle. D'admiration ? De curiosité ? Cela ne change rien à son insatisfaction d'elle-même. C'est comme une maladie, une addiction, ou, bien pire, un vice. À moins que cela ne soit devenu une névrose. Incapable de se contenter d'elle-même, d'être satisfaite de son corps, de son visage, de sa chevelure, de son teint, elle se compare systématiquement à toutes les filles des affiches, des films et des magazines dont elle n'a jamais renoncé à la lecture. Des créatures flamboyantes, superbes, parfaitement dessinées, inaccessibles et à portée de main. On peut les caresser sur les couvertures glacées. On peut scruter des heures durant leur regard fixe pour trouver ce qui s'y cache peut-être. Le secret de la beauté… Qui sont ces filles dont elle convoite la carnation, la silhouette, la taille, les yeux, les cheveux, le galbe des jambes, la finesse des mains, l'attitude, le maintien, l'ovale ? Ces yeux, ces bouches et ces corps ne sont pas réels. Tout est retouché. Photoshop fait des miracles sur ces poupées vivantes, ces soldats de l'armée de la beauté soumis à un entraînement implacable – aucune pause, aucune permission. Il faut gagner la guerre. Isabelle veut-elle de leur pain quotidien ? Bistouri, injections, infiltrations, laser, teintures, épilation, liposuccion, régimes, privations, médication.

Pour arriver à être belle et à se plaire, il faut de l'argent. Pour étudier il faut de l'argent. Pour être anorexique et ne pas en mourir, il faut de l'argent. Pour rester à Montréal, il faut de l'argent. Comment faire de l'argent ?

Isabelle passe en revue tous les scénarios. Secrétaire, coiffeuse, vendeuse, serveuse, réceptionniste. Elle recommence, elle se met en scène dans tous ces cas de figure et rechigne. Rien de cela n'est possible. Elle est timide, farouche et, surtout, elle pense trop. Travailler avec le public est inenvisageable, tout comme s'astreindre à l'assommant neuf à cinq. Elle ne se voit pas faire ça. Elle n'a pas cette discipline. Ce rythme ne convient à aucun artiste. La perspective de se lever le matin pour aller faire le même sempiternel emploi lui lève le cœur. Il n'y a qu'une seule voie. Celle qui s'est ouverte à elle quand elle avait dix ans comme une révélation, une malédiction qui n'a cessé depuis de se préciser : le péché. Depuis ses dix ans, malgré la malédiction et le spectre de l'enfer, Isabelle, dans tous ses complexes, s'est découvert une aisance. Elle se déshabille sans gêne. Aucun problème avec ça. Étrangement, dans toutes les interdictions énumérées et répétées par son père tout au long de son enfance et de sa jeunesse, celle qu'il n'a jamais prononcée (sinon sous les termes obscurs d'adultère ou du péché de la chair), à savoir la nudité offerte aux regards des garçons, ne l'a jamais gênée. Pour être une top model, comme pour être une étudiante, aucune différence : la voie, ça peut aussi être montrer son corps, s'en servir et le vendre. Depuis la nuit des temps, la prostituée existe et fait partie des mœurs. Pourquoi pas elle ? Même dans les Évangiles, il y a des filles de joie ou des femmes de mauvaise vie. Dans tous les dictionnaires, elles ont leur place et leurs définitions.

Isabelle aime son corps. Isabelle n'aime pas son corps. Sans cesse, elle remet son corps en question, le traîne au banc des accusés, le déploie devant les glaces et l'observe en silence. Ainsi, comme une entité à part entière, son corps lui-même se propose comme la solution. De ce point de vue, elle peut aisément penser à l'exploiter, d'autant plus que cette impression de ne pas l'habiter, tout comme d'en être prisonnière, lui permet de se dédoubler. Sa chair a donc de la valeur, elle a un prix.

Le verbe se prostituer, un verbe pronominal, qui ne concerne que soi-même, qui n'a besoin d'aucun complément d'objet, direct ou indirect, sinon circonstanciel, et encore, n'est toutefois pas sans rebuter. Isabelle n'est pas prude, elle ne juge pas les autres ni les choses. Elle ne fait qu'analyser et ses conclusions glissent tout doucement sur son plumage de cygne-canard, ça dépend de l'histoire qu'elle se raconte. Isabelle n'a pas ces préjugés, mais il n'en reste pas moins que le mot prostitution a un poids. C'est un poids lourd. Un combat dont on peut ne pas sortir vivant. Un mot sulfureux marqué au sceau de la tentation et empreint de conséquences.

L'aspirante étudiante n'a pas oublié les leçons que lui prodiguait son père. Non seulement elle ne les a pas oubliées, mais elle vit corps à corps avec elles. Quand elle se parle à elle-même, et même dans le plus grand des silences, la voix de son père couvre ses paroles. Chaque fois, il lui faut faire un effort, une sorte de manipulation pour que la voix ne devienne qu'un bruit de fond. Comment peut-on être une bonne fille si on se vend au premier venu ? Isabelle assumera ses contradictions, elle le sait, mais ne cesse pas pour autant de se poser des questions. Peut-on vendre son corps sans entacher son âme ? A-t-on une chance d'accéder au paradis si, ici-bas, on s'est livré à cette pratique millénaire, ce truc banal et répétitif qui, pourtant, n'a jamais cessé de susciter le discours ? C'est épuisant.

Isabelle aurait bien voulu ne pas arriver à cela, et surtout pas avant même de mettre le moindre pied dans une salle de cours de cette université... L'université n'a été que l'alibi de départ, l'alibi pour accéder à une nouvelle vie, ce vrai désir impossible à réaliser, du moins pour elle, sans montrer sa culotte, sans la baisser devant le client qui a toujours raison. Isabelle aurait bien voulu que les choses soient autrement, mais c'est ainsi qu'elles se sont pourtant passées. La chair avant le verbe. La prostitution avant l'ins-truction. Le client avant le professeur. Aucune minute à perdre pour en arriver à pouvoir étudier, travailler, avancer, progresser, organiser les idées, classer les complexes, identifier les patterns, comprendre ! Pas une seconde à perdre pour pouvoir enfin dire. Le terrain d'études à saveur d'interdits, de non-dits et de sentences est le meilleur qui soit. La chambre de passe avant la salle de cours. C'est bien plus hot que l'inverse, bien plus fashion, bien plus intelligent et surtout plus noble que la petite provinciale avec son petit pécule qui commence ses petites études, un pas vers ses immenses aspirations et qui, un jour, se rend compte que, hélas, quel malheur, elle ne pourra y arriver sans être réduite (réduite !) à vendre ses charmes pour ne pas dire à se transformer en métaphore, en métonymie, en synecdoque, devenir le contenant pour le contenu, le signe pour la chose signifiée : être une vulve. La femme est une vulve. La prostituée est une vulve. Isabelle est une vulve. Une immense vulve comme la plante carnivore affamée jamais rassasiée, avalant les billets, encore et encore des billets et quelques pièces sonnantes qui permettent d'être belle, et de le rester, d'être savante, et de le devenir plus encore, de plus en plus savante et belle. Les billets qui permettent d'être, de vivre, de se réjouir, d'étudier, de tenir son journal intime, le coffre, le trésor. Dans quelque temps, dans quelque temps seulement, le temps de quelques années vulvaires, d'inves-tissement sexuel à tous points de vue et il s'ouvrira, livrant les bijoux, les pierres précieuses, les rivières de diamants, un enchevêtrement scintillant de joyaux qui sont autant de mots qui n'attendent que de voir la lumière.

Pour se blanchir, se purifier, se permettre cette solution, Isabelle rêve. Ça fait bien longtemps qu'elle rêve et qu'elle fait dans le Walt Disney et autres visions du monde. La blonde Catherine Deneuve bien habillée, bien douce, parfaitement belle, jamais un mot plus haut que l'autre, l'incarnation de la bienséance, des convenances, nue, attachée à un arbre, voluptueusement fouettée par un homme… Buñuel et sa belle-de-jour sont doux à l'esprit d'Isabelle. La double vie revêt un caractère désirable, esthétique, artistique : à la maison, le soir, l'héroïne est une épouse modèle et se transforme en putain, l'après-midi, dans une maison close. Ce n'est qu'une histoire idyllique du plus vieux métier du monde.

Jamais Isabelle n'aurait cru l'exercer. Et moins encore l'aimer et en jouir, curieuse et intriguée, quels sont vos fantasmes, à trois c'est encore mieux, je suis insatiable, je ne m'intéresse qu'à ça, j'ai une incontrôlable fascination pour le sexe, pour tout ce que cela représente, pour tous les tentacules que cela suppose, vous pouvez me prendre de tous les côtés, je ne serai jamais fatiguée, je n'en aurai jamais assez et j'en parlerai toujours, jusqu'à la dernière seconde.

C'est la descente aux enfers pour mieux atteindre le ciel. « Mon Dieu, mon Dieu, Toi en qui je ne crois plus, Toi en qui je n'ai jamais cru, Toi en qui je crois toujours, pourquoi faut-il descendre si bas ? Pourquoi m'as-tu abandonnée ? »

16

Ce matin, avant de se rendre à ses cours (ou seulement en pensant, fébrile, à ce scénario enfin à la veille de se concrétiser à la grâce d'une seule et petite décision, quel soulagement), Isabelle s'est arrêtée au magasin du coin pour acheter des journaux. Elle les a pliés et les a mis dans son sac de cuir, après avoir jeté un coup d'œil aux grands titres. De toute façon, l'actualité ne l'intéresse pas. Elle est trop préoccupée en ce moment par ses problèmes personnels. « Je lirai tout cela plus tard. » Elle se parle tout bas. Bien souvent, elle ne croit pas à un seul mot de ce qu'elle se raconte. Depuis trop longtemps, elle estropie la vérité. C'est devenu un art. Un yoga.

De retour dans son deux et demi, Isabelle se cale dans le sofa et allume la télévision. Elle décompresse. Ces moments-là lui sont précieux. L'écran n'est qu'un écran, mais aussi une porte s'ouvrant sur le voyage de ses pensées. Pendant qu'elle fixe l'incessant bombardement d'images sans le voir, elle pense. Elle médite. Maintenant qu'elle sait, car elle sait qu'elle fera le pas, la culpabilité et sa grande copine, la honte, se frayent en elle un chemin sûr et bien balisé. Le bélier mécanique fait son chemin, traçant un sillon large et profond empêchant toute repousse possible, ne permettant qu'une construction factice. Isabelle, bientôt Nelly, jongle avec les mots dans sa tête. Elle a toujours fait ça. Leur trouvant sans cesse un autre sens. Ainsi, ses noms de famille. Fortier. Ça évoque la force, de toute évidence, ça fait aussi penser à forcené, à mortier, à fort au sens de forteresse. On se cache derrière, on mène sa guerre, on est protégé, on n'en sort pas, on vit intra-muros comme dans une chambre de passe. Un Fortier, c'est fort, c'est lourd, solide. Personne ne peut ébranler ça. Isabelle est une Fortier. Et puis l'autre nom, le bât qui blesse, celui de sa mère : Mercier. Plus évident que ça, on meurt. Mère-sciée. Jamais Isabelle ne pourrait soumettre son évidente découverte à un prof d'université. C'est souvent méprisant un prof d'université – hautain, égoïste, narcissique. Sauf exception. Très rare exception vite engloutie au sein de la confrérie du pseudo-savoir, snob et condescendante. À un psychanalyste, celui que bientôt elle consultera jusqu'à trois fois par semaine (l'argent ça sert à ça aussi, aller se raconter pour mieux se perdre et peut-être, avec un peu de chance, se retrouver), au psy elle le dirait peut-être.

— Ma mère s'appelle Mercier. Jacynthe en plus… Mon Dieu quelle image… Et moi Isabelle… Belle ? Pourquoi m'avoir foutu cet adjectif insupportable sur les épaules ? C'est pire qu'une sœur morte. C'est tout simplement ridicule. On s'appelle Isabelle quand on est la bien-aimée de Thierry La Fronde, ou un personnage de conte de fées, et encore, mais dans la vraie vie ? Ce prénom de clone ? Trois cents Isabelle dans la même école ? Qu'est-ce que c'est que cette farce ?

— Mère… Mère sciée… Qu'entendez-vous par là ?

— Mais le mot le dit ! rugira Isabelle, insultée, tout à coup assise sur le divan des confidences. C'est clair comme de l'eau de roche ! Ma mère n'est pas, elle est sciée, coupée, découpée, comme la femme des foires, coupée en deux, en bas le sexe, en haut le cerveau, pas plus compliqué que ça !

Et tout ce qu'elle ne dira pas à son psychanalyste. « Êtes-vous un imbécile, un attardé, un simple d'esprit ? Est-ce que vous vous foutez de ma gueule ? Pour vous payer trois fois par semaine, à plus ou moins une pipe la fois ? Dois-je vraiment entendre cette remarque inepte ? À quinze dollars la remarque ? M'obliger à glisser dans la flaque que vous me désignez ? Ma mère n'est pas, tout simplement, elle n'est plus. On l'a tranchée, on l'a tuée, comme on le fait de toutes les femmes depuis toujours, ma mère est l'archétype de la femme, de ce que devient la femme à moins de résister de toutes ses forces ! »

— De toutes ses forces, comme une Fortier, dit la voix derrière le divan.

Isabelle regarde la télé, bien enfoncée dans son sofa, comme dans une coquille. S'ensevelir dedans – la seule issue. La télé récite ses inepties. Des palabres sans sens qui glissent sur le plumage du canard-cygne, la petite bête qui marche de guingois, attendrissante, trop mignonne, et sur l'oiseau au long cou, immobile dans sa trajectoire, un tableau vivant flottant sur l'eau glauque. Une copine lui a déjà dit qu'elle ferait mieux de moins regarder la télé. « Oui, je sais, lui répondit Isabelle – ou plutôt énoncé de la voix la plus normale, une voix de tout le monde, une fille comme les autres, prise dans les mêmes problèmes d'abrutissement. Oui je sais, la télé, ça rend idiot, mais parfois, comme tout le monde je suppose, j'ai besoin de faire le vide…»

Un café fort, un sandwich au jambon, rien de très appétissant. Qu'importe, Isabelle ouvre le journal à la page des annonces classées. Son premier réflexe est de chercher un emploi qui pourrait lui convenir. Plutôt trouver une aiguille dans une botte de foin. Aucune place pour elle dans ce fatras. Puis elle s'aventure dans la section réservée aux adultes. Après avoir parcouru les deux ou trois colonnes où l'on demande des filles dans des salons de massage, elle a brusquement un réflexe de dégoût. Cette chair qui s'étale en quelques mots, ces noms de stripteaseuses frivoles, tout cela la répugne. Puis elle se ravise. Pourquoi aurait-elle des scrupules? Elle se reprend, refusant de juger ce qu'elle lit: ces filles qui offrent leur corps sont autant d'histoires à respecter. Quand on est fort, on fait ces choses-là, on dépasse les stéréotypes, on ouvre les cuisses. Point final.

Isabelle se repenche sur le journal, fixe la page. Puis, subitement, elle en ouvre un autre, à la même page des annonces obscènes, le journal anglais cette fois. Dans une autre langue, les mots sonnent moins fort: elle a l'impression qu'ainsi elle se travestit, qu'elle devient une autre. Cela l'amuse presque. Elle reprend la liste des annonces pour adultes. *Girl wanted*. On veut une fille. Isabelle est happée par cette requête. *Beautiful girl*. «Oui, c'est bien cela, une belle fille comme moi, magnifique, même…», se dit-elle. En anglais ces annonces évoquent des images d'actrices américaines, de blondes opulentes et toujours enfants, de belles Californiennes faisant du sport sur les plages du Pacifique. Curieusement, girl est nettement moins difficile à porter. Ça prend tout à coup des airs de music-hall, les claquettes tintent au loin comme dans une vie très lointaine, c'est sympa des *girls* qui s'amusent ensemble, c'est une petite armée inoffensive, des majorettes gaies comme on n'en peut plus d'être gai. Isabelle est plongée dans un autre univers. Dans celui-là, rien de noir, pas de sous-sol à l'infini sous les pieds, dans lequel le mal vous entraîne jusqu'au fin fond de l'horreur.

Isabelle encercle une annonce. C'est là qu'elle appellera demain. Quand elle connaîtra l'adresse, c'est là qu'elle ira, sans tergiverser. La soirée est longue. Elle parle une grande heure au téléphone avec une copine. Un ronronnement de niaiseries apaisant. Lorsqu'elle se couche enfin, elle a du mal à s'endormir. Pourtant elle est décidée à aller voir ce qui se passe là-bas. Au fond, elle sait qu'elle choisit son destin.

Le lendemain matin, elle se lève de bonne heure, en forme, joyeuse, fraîche et dispose comme dans tous les romans Harlequin. Elle se dit que c'est une expérience qu'elle va vivre, que c'est une expérience qu'elle est en train de faire. Une étude. Un terrain. Un laboratoire. Elle est l'artisan de sa vie. Elle se sent libre.

17

Petite fille, elle aimait incommensurablement la campagne. Elle goûtait chaque saison avec le même émerveillement. Si ce n'avait été de son contexte auquel on n'échappe jamais, ou si rarement, elle aurait pu rester dans ce coin de pays. Non pas derrière les fourneaux, à cuire des tartes et des ragoûts, sabots aux pieds, tablier autour des hanches à attendre l'homme revenant des champs. Non. Isabelle aurait été cultivatrice et non femme de cultivateur. La nuance est importante. Elle aurait cultivé la terre de ses ancêtres. Elle aurait embrassé une vie agricole, à la suite de son grand-père. Isabelle ne s'est jamais vue dans le rôle de l'épouse d'un homme qui lui aurait donné un titre et encore moins une raison d'être. Elle a toujours désiré s'emparer de sa vie. Elle sait bien qu'elle aurait pu cultiver une terre. Autre temps, autres mœurs.

Dans sa vie à elle, son époque et son temps, étant donné les aspirations et les exigences de son esprit – ce harcèlement mental – voilà qu'elle s'est retrouvée en plein centre d'une ville grise, sans pour autant se sentir démunie. Au contraire, ce matin, elle sait qu'elle prend sa vie à bras-le-corps. L'expression lui convient; elle décrit parfaitement ce qu'elle s'apprête à faire. Une autre forme de culture, d'autres instruments agraires, s'occuper d'autres semences, bien au chaud l'hiver entre quatre murs, bien au frais l'été, au son de l'air climatisé.

Isabelle s'est habillée simplement. Son maquillage est discret. Elle veut passer inaperçue, et surtout ne pas avoir l'air d'une femme facile. Elle se répète que c'est un rôle qu'elle joue. Incarnant et mettant en scène ce personnage auquel elle prête ses traits. Elle ne s'investit pas entièrement, elle se regarde aller. Elle agit à distance. Ce matin, dans un cahier qui aurait plutôt dû lui servir à prendre des notes sur Victor Hugo ou Marie-Claire Blais, elle a recopié l'adresse de cette agence d'escorte dont elle va bientôt pousser la porte.

Ce n'est pas si loin de chez elle, de son petit logement qu'elle quitte en coup de vent. Elle marche vite. Rue Sherbrooke, elle ralentit un peu, juste le temps de jeter un coup d'œil dans une vitrine. Une mèche blonde caresse son front. Elle la relève délicatement, sa main lissant ses cheveux. Pendant un court instant, elle ne reconnaît pas ce visage que lui renvoie le reflet de la vitrine. « C'est comme si je rêvais », se dit-elle tout bas. « Mon Dieu, mon Dieu, comme cela est rassurant... La vie peut être tellement simple... »

Isabelle se remémore sa soirée de la veille, et cette longue conversation téléphonique avec une copine. À aucun moment elle n'a dévoilé ce qu'elle avait l'intention de faire. C'est un secret. « Mon secret. »

Soudain un souvenir traverse son esprit. Comment est-il survenu celui-là ? Au détour de quelles pensées, pourtant si claires et nettes en ce matin du début d'une autre vie ? C'était il y a longtemps. Au temps de l'enfance, comme toujours. Pas besoin de lire Bettelheim pour savoir que tout se joue lors de ces courtes années qui sont autant de courtes pailles. Qui aura la bonne vie ? Qui écopera de la mauvaise ? Ha ! Ha ! Ha ! Qu'est-ce qu'on s'amuse ! Tu as six ans, et déjà ta vie est toute tracée ! Ça dépend de ton père, de ta mère, de ton père et de ta mère... Morts ou vivants... Ça dépend encore de cela et de ce qui se passe à leurs côtés, sous leurs ailes, leurs habitudes, leurs façons de voir les choses, leurs névroses et leur quotidien, leurs troubles et leurs bonnes intentions. C'est assommant, étouffant, pourquoi ne pas mourir tout de suite étant donné qu'il n'y a pas d'issue ?

C'était dans l'enfance. Elle avait été à la messe puis, le lendemain, son père, percevant qu'il s'était passé une chose pas ordinaire, lui avait dit :

— Toi, tu as fait quelque chose de mal.

Baissant la tête, elle avait hésité un instant, puis, après avoir été dans sa chambre – « Punie ! Va dans ta chambre ! », elle en était revenue, les poings fermés.

— Qu'est-ce que c'est ? Que caches-tu là ? lui avait demandé son père d'un ton réprobateur.

Elle avait ouvert sa main gauche. Dans sa paume, il y avait une hostie.

— Sacrilège !

Elle entend crier son père. Elle voit ses bras levés, ses yeux remplis de rage, sa bouche déformée. Il crie, il menace, il est profondément déçu de sa fille, outré, consterné. Comment cela est-il possible ? Comment une enfant peut-elle même en arriver à penser faire une telle chose ? Comment a-t-elle osé garder le corps du Christ dans ses mains ? Les a-t-elles au moins lavées ?

Isabelle métamorphosée instantanément en sorcière qu'on vitupère et qu'on chasse de la maison. Héroïne de l'Inquisition. On ne ferait pas mieux d'une putain. On s'en approcherait en groupe, grappes d'hommes outragés rugissant et lançant des pierres jusqu'à ce que la putain soit couverte de trous et de plaies.

Isabelle sonne à la porte du rez-de-chaussée d'un immeuble banal. Elle attend, la tête vrombissante de contradictions. « S'il n'y a personne aujourd'hui, je reviendrai plus tard. Ces gens-là doivent faire la grasse matinée, leurs soirées se prolongent si tard dans la nuit. » Comme c'est soulageant de penser cela. Elle pourrait partir. Changer d'avis. Rebrousser chemin. Battre en retraite. Mais non… « Ces gens-là… » Les mots reviennent, et avec eux leurs possibilités infinies. Les expressions toutes faites, on les appelle lieux communs, stéréotypes ou préjugés. Pendant des siècles, les expressions toutes faites, appelées également idées préconçues, idées reçues, ont pourri la société, les façons de pensée, l'imaginaire collectif – surtout celui des femmes qui ont toujours payé plus cher pour l'ignorance et la bêtise. Isabelle est un esprit libre. Elle s'en réclame. Elle est affranchie des tabous qui engoncent la société.

La porte s'ouvre sur un homme habillé sport, chemise Ralph Lauren, jean foncé repassé et à pli, chaussures vernies. Il est un peu chauve. Cela lui donne un air intelligent, du moins sérieux. Cette insolite Madame Claude de bordel des temps modernes parle anglais, c'est normal, Isabelle a trouvé l'annonce de l'agence dans un journal anglophone. Il se reprend et demande en français avec un accent :

— Bonjour mademoiselle. Vous avez rendez-vous ?

— Non, j'ai vu votre annonce et… me voilà !

— Mais vous ne savez donc pas qu'il faut appeler avant de venir ici, et prendre rendez-vous ?

Isabelle le trouve arrogant et brusque. Madame de Guermantes n'aurait pas mieux traité une petite provinciale débarquant à Paris. Une riche bourgeoise de Montréal a peut-être accueilli la jeune Mary Travers arrivant tout droit de Gaspésie pour se présenter comme bonne avec la même distance cinglante. Mary Travers deviendra La Bolduc. Isabelle Fortier-Mercier, Isabelle Mercier-Fortier deviendra qui ? Elle se dit qu'elle n'a pas à perdre plus de temps. Elle a téléphoné. On lui a donné l'adresse. Qu'est-ce qu'il a donc à lui reprocher ? Alors qu'elle est sur le point de s'en aller, l'homme la retient.

— D'accord, c'est bon. Je ferai exception, lui dit-il d'un ton plus aimable. Vous êtes une jolie fille.

Le compliment ne la touche pas. La beauté, c'est son obsession. Aussi, quand les autres abordent le sujet de sa beauté, sans savoir que c'est son obsession, bizarrement, Isabelle y croit à peine. Vous êtes belle, c'est comme dire merci ou s'il vous plaît. C'est comme un lieu commun, ça a perdu tout son sens. Elle trouve que cet homme n'a rien de sympathique. Ce vieux beau, poudré et sentant le parfum, est l'exemple même du proxénète à la gentillesse mielleuse.

— Je m'appelle Rick, lance-t-il en tendant la main.

Isabelle la serre, en Fortier, solidement, immédiatement dégoûtée. Une main moite. En un quart de seconde, un film en trois dimensions dolby stéréo se déroule dans son esprit. Une fille couchée dans un lit – elle – et les hommes qui défilent, posant sur son corps et dans son corps leurs mains moites, sèches, rugueuses, sales, propres, douces, aux ongles longs, noirs, rongés, striés, aux doigts courts, effilés, boudinés, grossiers, malhabiles, pressés, experts. Le film d'horreur. Le piège s'est refermé sur la tentation et la répugnance.

Isabelle avance alors que l'homme l'invite jusqu'au fond de la pièce. Le bureau est petit, presque miteux. Le mur, qui mériterait une bonne couche de peinture fraîche, est tapissé de post-it, d'annonces de toutes sortes. Un calendrier d'un concessionnaire automobile est accroché au-dessus d'une lampe. Au fond, sur une armoire, l'affiche d'une pin-up des années 1950. Ça pourrait être un garage, une caserne de pompiers, un Speedy Mufler. Il s'agit bien d'une agence d'escortes.

Rick s'installe confortablement dans un fauteuil pivotant. Sans lever les yeux, il demande :

— Où as-tu vu notre annonce ?

Le tutoiement est profondément choquant. D'un seul coup Isabelle n'est plus rien. Elle n'est même pas une fille. Juste un tu, un objet. Déjà les rôles sont clairement établis. Le patron, l'employé. Le maquereau, la fille de joie, ou la femme de mauvaise vie, comme on veut. Le tu est d'usage dans le métier, personne ne saurait s'en offusquer, surtout pas une candidate au poste, à moins de passer pour la gourde de service, la sotte, l'ingénue, la Bretonne d'un autre siècle débarquant à Paris, l'idiote tombant dans les griffes de l'ennemi. Isabelle répond d'un ton froid :

— Dans un journal, *The Gazette*.

— *Do you speak English ?*

— *Yes.*

Isabelle explique qu'elle a choisi cette agence en particulier car elle souhaite que personne ne soit au courant des activités auxquelles elle compte se livrer. Elle n'en rajoute pas mais se répète en elle-même que jamais, au grand jamais, elle ne supporterait que sa famille découvre ce qu'elle va faire. Cependant, elle précise :

— Je préférerais rencontrer des clients francophones même si je me débrouille en anglais. Pour mieux les servir, bien entendu.

Rick enchaîne avec une blague salace qu'elle fait mine de ne pas comprendre. Il sort une feuille d'un tiroir. Ce formulaire doit être rempli en bonne et due forme comme quand on s'inscrit aux admissions d'un hôpital ou d'une université. Les questions portent essentiellement sur les préférences sexuelles des clients.

— Mets des X dans les cases des choses que tu veux faire. Nous, ici, on est compréhensifs. On prend toutes les filles, pourvu qu'elles soient honnêtes… et belles, dit-il en faisant un clin d'œil.

Isabelle ne cille pas. Des hommes elle en a connus, et plus d'un bien qu'ils ne soient pas si nombreux. Depuis très longtemps elle a compris l'importance de la sexualité dans leur vie, et leur rapport à leurs organes génitaux. La lecture de certains ouvrages de Freud lui a confirmé que la sexualité est l'unique définition possible de l'être. L'être ne peut être appréhendé en dehors de cette première réalité, primitive. Le questionnaire ne l'effraie pas. Malgré ses vingt ans, elle en est bien revenue, de tout en ce qui a trait au sexe.

Il lui revient en tête ses premières expériences, ses amours d'adolescente. Son premier béguin, à Lac-Mégantic, un jeune garçon à peine plus âgé qu'elle, qui avait alors une douzaine d'années. Elle se souvient du romantisme de leurs rencontres fortuites. Le lac si beau, si mystérieux, parfait décor pour les cœurs purs. Le ciel étoilé, une voûte qu'ils observaient, allongés, côte à côte, seuls au monde. Il l'appelait Isabelle. Isabelle, Isabelle, tu es si belle… Comme c'était enfantin, mais impossible d'en rire. C'était une musique dans la bouche de cet amoureux malhabile.

— Comment tu t'appelles ?

La voix sèche de Rick la ramène à la réalité. Elle fixe sa chemise Ralph Lauren, lilas, et imagine son torse, dessous. Poils poivre et sel, frisottés, beaucoup plus de poils que sur sa tête, couvrant peut-être une fine couche de psoriasis, ça sonne comme myosotis dans un jardin en friche. On s'habitue à tout.

— Cynthia.

L'homme fait la moue. Il trouve le prénom joli mais il préférerait quelque chose qui sonne plus glamour, un prénom comme Melissa, Angel.

— Je garde le prénom que j'ai choisi, déclare Isabelle d'un ton sans répliques.

— Es-tu prête à commencer demain ?

— Oui.

L'homme lui donne un carton sur lequel est inscrite une adresse.

— C'est un appartement près de l'Université McGill, avenue du Docteur-Penfield, précise-t-il sans la regarder comme un médecin qui griffonne une ordonnance en pensant déjà à autre chose.

— Bien, dit Isabelle.

— Notre agence embauche des escortes *incall*, c'est-à-dire que nos filles travaillent dans un lieu précis. Tu n'as pas à te déplacer d'un lieu à l'autre. C'est plus sécuritaire.

Tant mieux, mais quelle importance ? Rick n'a pas à faire de dessin. Tout le monde a son histoire d'horreur sur les dangers de la prostitution. Le plus vieux métier du monde est également un des plus périlleux. Isabelle ne peut s'empêcher d'être court-circuitée par son histoire d'horreur à elle. Un fait divers tout récent. Où donc a-t-elle lu cela ? Vu cela ? À la télé, qu'il ne faut pas trop regarder ?

Une jeune fille, une jeune pute, il faut bien le dire, s'est rendue chez un client. On a retrouvé son corps ensanglanté. Son visage a été lacéré. On a précisé que l'homme s'était acharné sur sa victime. Pourquoi tant de violence ?

Isabelle signe le contrat. Elle n'a pas peur. Elle est épargnée d'avance, elle le sait bien, de ce genre de catastrophe sensationnelle. Deux mots, et la voilà liée à cette agence. Cet emploi est peut-être sa chute. Elle a même un frisson en pensant… Les mots viennent à sa rescousse, enjolivant la fable maléfique. Elle pense qu'elle se jette dans la gueule du loup. «Je suis comme le petit chaperon rouge… La mère-grand, c'est le loup… Petit chaperon rouge, quel joli nom de call-girl…» Elle sourit pour elle-même, et même à Rick. Elle est coupée du monde. Isabelle Mercier. Isabelle sciée. Coupée en deux pour mieux exister. Le petit chaperon rouge, c'est elle. Le loup c'est l'argent. Juste faire attention aux dents. Ne pas être mordue jusqu'à l'écoulement total du sang. L'intense obscurité de la forêt la fascine. Isabelle ne peut faire autrement. D'un pas sûr, elle vient de s'y engouffrer.

18

C'est un immeuble à étages. Grandes fenêtres et balcons. Un édifice à appartements de prestige du centre-ville. Du Golden Square Mile plus exactement. Surplombant les Universités McGill et Concordia. Dominant d'autres immeubles résidentiels, des édifices à bureaux, banques, compagnies d'assurance, firmes d'avocats, cabinets de médecins, abritant des milliers et des milliers de clients potentiels.

Rick l'attend dans le hall. Ils se saluent. Prennent l'ascenseur. Au bout du couloir, l'appartement. Une pièce exiguë et sombre, aux murs nus. Rick lui dit de toujours laisser les rideaux fermés.

— Il ne faut pas que les voisins se doutent de ce qui se passe dans cette chambre. Il y a cette télévision, tu la laisses toujours allumée, mais pas trop fort. Juste ce qu'il faut pour qu'on n'entende pas de bruits…

Rick n'a pas besoin de terminer sa phrase. Couvrir quoi exactement ? Les cris de jouissance fausse et réelle tout au long de la journée de travail ? Les cris de douleur quand le client abuse ? Les cris des clients ? Toutes ces directives amusent Isabelle. Elle les considère comme la mise en scène de la pièce de théâtre qu'elle s'apprête à jouer. Bien sûr, elle y tiendra le premier rôle. Elle a plus ou moins le trac. Il y a quelque chose d'excitant dans cette chose inconnue qui l'attend.

— Demain, même heure. Voici la clef. Je ne serai pas là. Tu as compris ? Pas de questions ?

— J'ai compris. Pas de questions.

Le lendemain, même heure, elle prend le même ascenseur. Seule. Marche jusqu'au bout du couloir. Ouvre la porte numéro… «Ne donne jamais l'adresse de ce studio à personne. As-tu compris ? Personne ne doit savoir ce qui se passe ici, je te le répète car je ne veux pas devoir te le répéter. » Pénètre dans la chambre quelconque, comme il y en a dans des millions d'hôtels au confort dit américain. Au centre, un lit, bien fait, édredon bordeaux, oreillers bien en place, prend toute la place. «Pas étonnant, se dit-elle, après tout, il s'agit de mon outil de travail. » Isabelle fait un pas vers l'unique fenêtre qui donne sur quelques bâtiments du campus de l'Université McGill. Elle tire légèrement le rideau pour voir ce qui se passe un peu plus bas. Des étudiants se pressent pour aller à leur cours. Des voitures circulent sur l'avenue. Une femme, sur le trottoir, ramasse la crotte de son chien. Son chien jappe à l'arrivée d'un autre chien. Un lévrier afghan sent le cul du bichon maltais. Isabelle aurait envie de rire, tandis que les deux chiens se tournent autour, l'un insistant, l'autre tentant de fuir, tous deux tenus en laisse, mais elle ne rit pas. En ce moment précis, elle se demande même si elle pourra rire un jour.

La veille, elle a reçu le téléphone de Rick, et écouté attentivement ses instructions. « Demain après-midi, 14 heures, c'est confirmé. Avenue du Docteur-Penfield, là où je t'ai dit. Tu es bookée jusqu'à 18 heures. »

Quatre heures. Le temps de recevoir trois clients.

Isabelle attend le premier. Elle est nerveuse mais pas anxieuse. Au contraire, elle a presque hâte de voir comment ça se passe. Briser la glace, enfin, de ce métier. Qu'on en finisse. Cette chambre pourrait appartenir à n'importe quelle célibataire, ou encore être un lieu de rendez-vous pour amoureux. Une garçonnière d'un autre temps, où tout, croit-elle, était plus intense. L'endroit est propre. Tout est en ordre. Surtout, rien ne doit indiquer un laisser-aller. Rick a dit :

— Quand tu auras fini, n'oublie pas de changer les draps et de ranger les serviettes de bain. La poubelle aussi, veilles-y. Vide-la régulièrement. Si elle est remplie de capotes usagées, ce n'est pas très bon pour le client.

Pas besoin d'explications plus détaillées. Au fond, c'est très simple : il suffit de se conduire en bonne ménagère. Que toute chose qu'on n'a pas envie de voir disparaisse. Comme la bonne mère de famille nettoie en vitesse les traces de chocolat dont ses turbulents enfants ont maculé le divan avant que son mari ne revienne de sa journée de travail. Nettoyer les dégâts, prête à l'accueillir, robe ajustée, talons hauts, chignon refait avec soin, fraîchement remaquillée.

Isabelle n'a presque rien dit. Quand Rick parlait, elle acquiesçait en hochant la tête. Puis elle a demandé clairement comment se faisaient les transactions monétaires.

— Dans le tiroir de la table de chevet, il y a un coffret de sécurité. Tu mets la moitié de l'argent que le client te donne dans une enveloppe. Le reste, tu le gardes, évidemment.

Isabelle n'a pu s'empêcher de sourire. Dans toute la fougue de ses vingt ans, elle n'a même pas pensé que ce moment marquait le début d'une longue carrière qui exigerait énormément d'elle. Bien plus qu'elle ne pourrait jamais l'imaginer. Ainsi, les directives que Rick lui a données d'une voix sèche ont-elles plutôt évoqué un film de suspense dans lequel elle aurait joué le rôle d'une James Bond girl. Une belle fille séduisant un homme puissant et riche. Mais l'histoire de Pretty Woman n'arrive qu'à Julia Roberts et Richard Gere, pas dans ces garçonnières de fonction.

L'appartement aseptisé, sans personnalité, le lit auquel on pourrait donner le qualificatif de nuptial, cela fait partie du décor. C'est factice. Isabelle ne pourra continuer de se bercer de ces images de prostituée qui s'en sort par miracle. Bientôt, la réalité prendra sa place. Fin du virtuel.

On sonne à la porte. Le cœur d'Isabelle bat très fort. Ce premier client, comment est-il ? Du coup, elle a peur. Elle se demande si elle sera à la hauteur de la tâche. Déjà elle doute de ses capacités. Tout remonte d'un coup. Le dénigrement du père, l'absence de la mère. Elle est toute seule. Elle ajuste sa minijupe et le col de son chemisier blanc fermant à peine sur sa poitrine. On dirait une collégienne de bonne famille qui s'apprête à faire une mauvaise blague.

L'homme lui sourit. « C'est un habitué », lui a-t-on précisé, à l'agence. Si elle croisait ce mec dans la rue, elle ne le remarquerait même pas. S'il était dans un bar, elle ne lui adresserait pas la parole. Cet homme ne lui inspire rien. Il est pressé. Il retire sa veste, déjà il baisse son pantalon. Isabelle ne sait pas trop quoi faire, comment entrer en scène à son tour. « Allons-y, dit-il sèchement, déshabille-toi. Je dois être au bureau dans une heure. »

Tant de faussetés et de fables ont été véhiculées à propos de la prostitution. Des écrivains, des réalisateurs et des peintres ont brossé du métier une image trop souvent sublimée et directement issue de leurs propres fantasmes. Corps de rêve, longues jambes, sexes en fleurs. La péripatéticienne aux lèvres pulpeuses, aux dents blanches, aux yeux lumineux a toujours grand cœur et fait ce métier innocemment, elle n'a aucun vice. Elle sourit, elle tend la main. Elle exerce une profession nécessaire puisqu'elle donne du bonheur aux hommes en mal d'amour, ravivant leur confiance en eux. Par son dévouement, elle évite la multiplication des viols. Elle protège les vierges. La prostituée est une putain respectueuse. Dans ce scénario à l'eau de rose, elle termine sa carrière au bras d'un richissime gentleman. Elle épouse un beau prince charmant qui la délivre de l'enfer dans lequel, autrement, elle aurait sombré. Ce rêve de midinette, à vingt ans, on le porte dans son cœur, en secret. Isabelle, comme des millions d'autres racolant à la grandeur de la planète, espérera qu'un jour ce happy end se produise dans sa propre histoire. Elle l'espère, comme une femme espère l'homme de sa vie. Derrière le sexe, l'amour peut toujours se révéler. Pourquoi pas ? Jamais Isabelle ne dévoilera ce rêve, cette attente bien normale. Longtemps, presque jusqu'à la veille d'en finir, elle aura, comme n'importe qui, souhaité que cette chose-là existe – l'amour – tout en s'acharnant à raconter le contraire avec sa panoplie d'arguments irréfutables à l'appui. Et puis la vie, bien plus forte, du moins jusqu'à ce qu'Isabelle en termine avec elle, lui fera miroiter l'opposé. Dans quelque temps, elle rencontrera un jeune homme, ce sera l'amour, ça ne durera pas, et il y en aura un autre, puis un autre, puis encore un autre, jusqu'à la corde. Assez pour y croire. Assez pour éperdument souffrir.

Une agence d'escortes est une grosse machine, une espèce d'usine qui dispense du plaisir comme on offrirait n'importe quel objet de consommation. Le sexe, une marchandise, répond à la demande. Une offre alléchante.

Isabelle apprend très tôt à mettre de côté ses sentiments, à les ravaler, en observatrice détachée. Pourtant, avenue du Docteur-Penfield, tandis qu'elle attend le prochain client, elle se surprend à soudainement perdre le moral, à ressasser des regrets. Une peine lancinante se glisse dans tout son être, et lui glace le sang. « Si je n'avais pas eu besoin d'argent, si j'étais riche, je ne serais pas prise dans cette merde, cet enfer. » Le mot la fait frémir. Elle entend encore et encore les litanies de son père à ce sujet. Ses démons viendront-ils toujours la hanter? La laisseront-ils un jour tranquille? Ces maudites pensées parasites, des fourmis dans un bol à fruits, gâchant tout, le moindre éclat de rire, le plus piteux des sourires et la pensée la plus pure à l'idée que le client soit un être humain à aimer et à respecter, tout simplement. L'argent est sale. C'est parce qu'elle est sans le sou qu'Isabelle est obligée de vendre son corps. C'est parce qu'elle est pauvre qu'elle doit s'affubler du titre d'escorte et plus précisément exercer le métier. Le mot d'escorte peut passer, mais celui de pute sonne dur. Il cogne dans les oreilles sans arrêt, sans la moindre seconde de répit. «Je suis une escorte», se répète Isabelle tandis qu'en elle, tout autour d'elle, elle entend : « Putain, putain, tu n'es qu'une putain. »

À l'agence, on lui a dit : «Tu ne poses pas de question. Jamais de question à un client. Tu fais la belle, la bonne fille, tu es gentille. Compris? Ton job, c'est d'être au service des goûts particuliers des clients. Tu te soumets à leurs caprices. Chez nous, le client a toujours raison. En retour, nous, on te protège. Tu ne risques pas de te faire frapper, comme les filles qui font le trottoir. On n'est pas des pimps, on est des agents. Ça n'a rien à voir. Tu la comprends la différence? Avec nous, tu peux faire de l'argent, tu peux vivre. T'as qu'à bien travailler et te la fermer. S'il y a un danger, tu nous appelles à ce numéro spécial. »

Et ils en ont rajouté une couche, Rick et les autres, ses employés.

— Tu es une es-cor-te, lui a-t-on répété en détachant chaque syllabe, tu accompagnes un homme, tu partages avec lui un bon moment. Tu lui fais passer une heure exquise qu'il n'oubliera jamais. C'est comme si tu étais une geisha. C'est un art.

Isabelle n'est pas stupide, elle sait comment se comporter. Pas un détail de ces règlements qu'on lui explique par le menu ne la surprend, et encore moins ne l'effraie. Elle n'a jamais été une sainte nitouche. Le monde glauque de l'érotisme mercantile n'a pas de secret pour elle, comme si elle le connaissait depuis toujours. Elle en a tranquillement appris tous les rouages et les subtilités dans les revues de mode. Les filles habillées simulent systématiquement la gymnastique sexuelle. Jambes écartées, croupes relevées, langues léchant leurs lèvres, bouches ouvertes, yeux mi-clos, mains se baladant sur leur maigreur enviable. Ces photos-là, indiquant comment la femme doit être, ces encyclopédies de la femme, Isabelle les connaît sur le bout de ses doigts, jusque dans le moindre de ses neurones qui ne cherchent plus aucune explication à cet état de choses. Car Isabelle sait. Tout est clair dans son esprit. Ce cirque lui est familier comme son propre corps.

Cependant, Isabelle n'a que vingt ans. Parfois, elle se le rappelle. « Tu as vingt ans, ma vieille, quel âge divin, c'est le temps de profiter de la vie ! »

Quelle vie ?

Il y a des jours où Isabelle est si triste qu'elle pourrait en mourir, sans lames, sans corde et sans barbituriques.

19

Isabelle pense beaucoup à son histoire. Elle revient souvent, au hasard, sur tous les épisodes de son existence, cherchant le sens de chaque étape, de chaque tournant, d'un nouvel aiguillage, d'un événement. Elle décortique, remet en place – singulier jeu de Lego. Ses réflexions n'aboutissent pas à grand-chose puisque, dans tous les cas, quoi qu'elle fasse, elle a l'impression d'avancer sur une ligne toute tracée, même si sa tante ne voyait rien dans son avenir. Elle est devenue cette jeune femme remplie d'attentes, et à la fois complètement désillusionnée. D'une lucidité à faire frémir. Depuis cinq ans, par exemple, elle songe placidement au suicide comme on envisage un voyage. C'est un projet. Non pas un projet parmi d'autres, puisque celui-ci sera définitif, mais cette perspective établit une certaine balise. Isabelle se dit : «À trente ans, je me tue.» Comme elle pourrait dire : «À trente ans, j'irai m'installer en Nouvelle-Zélande. À trente ans, j'aurai écrit un livre, je pourrai alors mourir. À trente ans, je n'aurai ni enfant, ni mari, ni maison monstrueuse dans une banlieue atrocement déprimante de Montréal. À trente ans, j'en finirai pour ne pas voir la suite. Car la suite, ma tante l'a dit, il n'y en a pas !»

C'était au moment de son arrivée à Montréal. Le jour où elle a posé le pied dans cette ville, avec sa grosse valise remplie de mensonges. « Je me suis inscrite en littérature à l'Université du Québec. Surtout, ne vous en faites pas pour moi. J'ai déjà un petit emploi de waitress dans un casse-croûte juste à côté, rue Saint-Denis, comme c'est pratique. J'ai correspondu dans mon enfance, te souviens-tu maman ? Julie, une fille qui habitait Ville d'Anjou, eh bien, on s'est réécrit, on va se voir, on va devenir amies, aucun souci à se faire, des gens m'attendent à Montréal. »

Isabelle pense beaucoup à son histoire. Tous les détails sont bons pour comprendre comment il se fait qu'elle en soit là, dans cette chambre de passe, au service de clients se succédant sur son corps rentabilisé jusqu'à la lie. De petite fille de bonne famille à pute, il y a une marge. Isabelle cherche ce qui, en elle, a opéré cette transformation, ce qui, dans son existence, a annoncé cette étape qui sera peut-être la dernière, elle en a bien peur, car que faire d'autre pour ne pas manquer d'argent, en avoir toujours, ne pas ramper, s'enfoncer dans le macadam comme la grande majorité des anonymes ?

Au moment de son arrivée à Montréal, Isabelle a accepté de faire des photos coquines, sinon carrément pornographiques, pour un site Internet. C'était grisant comme idée, et sans conséquence, vraiment. Cela ne faisait qu'exciter son désir de séduire. Cela fouettait son audace naturelle. Une façon de se mesurer, de s'évaluer. Se montrer, s'exposer, en effet, a quelque chose d'exaltant, ça ouvre les valves de l'adrénaline, ça fait battre le cœur, frissonner le corps, ça réchauffe, ça conforte, même. Mimant des poses suggestives avec une aisance innée, Isabelle a joué Lolita pendant quelques semaines. Un agréable dévergondage. Son corps fin et bien dessiné, évoquant une certaine fragilité, et surtout une très grande jeunesse, était parfait pour le rôle. Elle avait encore cet air de petite fille si essentiel pour se livrer à ce genre d'activités, cet air que, d'ailleurs, elle conserverait jusqu'à sa fin. Isabelle n'avait pas tardé à être choisie pour des séances compromettantes et n'avait pas hésité une seconde, gaiement, en riant souvent, à faire glisser sa culotte le long de ses cuisses, à découvrir sa petite poitrine bien ferme et insolente, à prendre la pose – les milliers de poses qu'elle avait observées toute sa jeunesse avec l'attention fascinée d'un entomologiste scrutant une araignée aux proportions démesurées. Experte, elle avait été, Isabelle. Époustouflante. Voilà pourquoi elle était aussitôt devenue l'un des mannequins les plus prisés de la petite compagnie de porno. Et puis ce chèque qu'elle avait reçu, autant dire une fortune, le jackpot. Des centaines de dollars, comme ça, juste pour baisser sa culotte et jouer de la croupe ! Jamais elle n'avait eu entre les mains une si grosse somme. Puis, du jour au lendemain, sans qu'elle le voie venir, son côté Poissons était venu brouiller les cartes. À moins que ce fût la Roue de Fortune ? L'arcane enfin révélé ? Bref, du jour au lendemain, subitement écœurée, elle avait renoncé à cet emploi facile. L'aventure, sans crier gare, lui avait déplu aussi vite qu'elle lui avait plu. Aussi n'avait-elle pas renouvelé son contrat. Finies les séances pour des sites pornos. Les photographes avaient râlé, avaient même proposé des augmentations et fait peser la culpabilité : « Tu as tout pour réussir là-dedans, ce n'est pas le cas de toutes les pitounes qu'on voit défiler, on te le dit ! Alors qu'est-ce que tu fous, Vicky ? Reste avec nous ! »

Vicky… Isabelle rit. Elle avait oublié ce prénom parmi tous les autres. Une de ses identités déjà lointaines. Quand arriverait-elle donc à la sienne ? Peut-être jamais ?

Isabelle croyait ce passage de sa vie bien enfoui dans sa mémoire. Pourtant, sur ce lit de labeur, attendant le client en tirant parfois nerveusement sur son string un peu trop court, et reprenant aussitôt la pose, elle se surprend à revivre ces séances de photos comme si elle n'avait jamais cessé d'en faire. Un souvenir réapparaissant en trois dimensions, dans le moindre détail. Isabelle ne peut pas en faire fi. L'image la sollicite. Ce passé réclame des comptes. Elle se dit que ces sottises de photos étaient l'annonciation de l'étape suivante. Le corps livré dans une cellule de fonction. À l'abri des regards. Comme tout est clair, coulé dans le béton. Aucune issue.

Dans cet appartement où elle est devenue une putain, et où elle exerce désormais sa putasserie (elle utilise systématiquement ces mots pour se désigner, elle et son travail, comme pour se flageller), elle se met à angoisser sur ce court épisode de son existence. Cela devient une obsession. Une autre, comme si elle n'en avait pas assez, déjà, de ces satanées obsessions à gérer, à classifier : « Toi tu restes là, toi tu vas dans cette catégorie et tu n'en sors plus, toi, le père, tu es toujours là, O.K., mais baisse le ton. » Au plus fort de l'anxiété, Isabelle en arrive presque à implorer une force supérieure : « Que ces photos ne circulent plus, qu'elles soient effacées, perdues, anéanties par l'action d'un problème informatique effaçant tout, d'un coup ! » Que le mot virtualité prenne ici tout son sens. Ça y est, maintenant c'est le corset à armature souple payé très cher (toute la première paye) qui la démange. Après le string, le bonnet de dentelle qui frotte le mamelon alors que le client va débarquer dans deux minutes, pas question d'y appliquer un baume, ça démange, c'est tout, faire comme si ça n'existait pas, je ne sens rien du tout, ça n'existe pas comme les photos sur les sites Internet. Petit à petit, le visage d'Isabelle se contracte, une ride sur son front fraye son chemin, sa bouche se durcit, elle serre les mâchoires, paniquant à l'idée qu'un jour, quelqu'un, un homme, peut-être un amant, un homme qu'elle aimerait enfin découvre par hasard ces images qu'elle renie. Toute femme ayant livré sa nudité à un objectif à un moment donné de sa vie le regrettera, tôt ou tard. Si les écrits restent, les photos gardées dans les serveurs s'enracinent à jamais. Aucun site d'enfouissement pour en venir à bout. Photos vivaces, fleurs qui reviennent chaque année, sans le moindre travail, aucun soin, aucun arrosage requis, même les plus laides d'entre elles, celles qu'on ne veut plus voir garnir une plate-bande, reviennent fidèlement, ressortent du fond de leur terre. «Au moins, se dit Isabelle, le travail que je fais aujourd'hui ne porte pas à conséquence. Je ne suis pas obligée de dire à qui que ce soit que j'en suis réduite à faire le plus vieux métier du monde, même si c'est aussi un goût, je ne me le cacherai pas. Je garde secret ce travail. Personne n'a rien à en dire ni à en penser. C'est mon affaire. Je fais cela dans l'ombre, aucune preuve.»

Au fil des jours, elle se prend d'affection pour ce rôle et cette tâche. Elle apprivoise la pute et sa putasserie avec la meilleure volonté du monde. Elle veut assumer fièrement, sinon se faire la défenderesse de toutes celles qu'on humilie. Elle est née fille de bonne famille, de bonne petite famille honnête et pratiquante, tout le monde à l'église sauf sa mère lorsqu'elle est trop fatiguée pour se lever de son lit de misère. Isabelle appartient foncièrement à cette catégorie de gens qui font de leur mieux, même si le mieux signifie choisir le moindre mal. S'il est rare, tout compte fait, que des putes naissent de cette extraction, c'est pourtant son cas. De sa chambre bleue de la maison de Lac-Mégantic, elle a fait une pause dans un meublé du centre-ville pour très vite aboutir dans une maison close. Quel parcours…

Une fille de bonne famille ça se tait. Ça fait toujours les choses dignement, aucune maladresse dans le comportement, ni dans le discours. Mais il y a plus : Isabelle est pensante. Chez elle, le corps et le cerveau, tout comme la chair et l'esprit, sont parfaitement partagés. Autre rareté humaine. La pute qui pense. La pute bien-pensante. Cependant, quelque chose de plus fort, un élan de tout son esprit la pousse à vouloir révéler ce qu'elle fait, à mettre à nu ce qu'elle est. Cela viendra bientôt. Bien plus vite qu'elle pense, car, quand les choses se mettent en place, ça part en flèche et parfois ça dégringole et ça se termine d'un coup. On ne s'était pas même aperçu, ou à peine, que cela avait commencé.

À cette minute où Isabelle a mentalement et moralement épousé le métier de prostituée avec les meilleures intentions et pour le meilleur et le pire, on frappe à la porte. Le client. Enfin. À l'agence, on lui a dit qu'elle recevrait cet après-midi-là un Asiatique. On ne donne jamais trop de détails. Isabelle se lève et se dirige vers la porte en espérant que l'inconnu la trouvera comme on la décrit dans l'annonce : belle, jeune et blonde.

Une heure et des poussières plus tard, la putain compte les billets, plus de deux cents dollars. Isabelle a le cœur léger, l'envie folle de se précipiter rue Sainte-Catherine et enfin acheter cette robe qu'elle reluque depuis une semaine dans la vitrine d'Urban Outfitters. Son métier est ainsi. Une fois la passe accomplie, le client reculotté et parti, le salaire empoché, la fille a l'impression d'être une autre. Elle prend une bonne douche à l'eau tiède, se savonne le corps avec un gel aux arômes d'agrumes. Isabelle-Cynthia ne s'est jamais sentie plus fraîche, plus désinvolte. Cet homme qui l'a baisée, et encore une fois, exigeant deux ou trois spécialités, elle l'a déjà oublié. Ce n'était qu'un inconnu, un client qui s'est leurré lui-même en achetant un corps jeune et beau une toute petite heure. Le Japonais a eu l'air satisfait. Semble-t-il que Cynthia a été une impeccable geisha, allant sans hésitation au-devant des fantasmes du jour de ce client suant et grommelant à chaque coup de reins. Un autre homme qu'elle pourra analyser pendant des heures, quand elle choisira de s'en souvenir pour tuer le temps en en attendant un autre.

Acheter, ou plutôt pouvoir acheter, est le plus grand de ses plaisirs quand elle se retrouve enfin devant le comptoir de cosmétiques d'un grand magasin du centre-ville. Devant, derrière, partout, de gigantesques pancartes offrent à la vue et à l'envie des beautés resplendissantes. Le monde de la mode et de la beauté, dont elle sait très bien la frivolité, Isabelle l'aime jusqu'au tournis. Ce festival de couleurs et de teintes la ravit. Elle voudrait tout. Connaît tout. Le fond de teint de Dior dépasse tous les autres. Seul le rouge à lèvres Chanel tient correctement toute la journée. On n'en a rien à foutre qu'il soit rempli de plomb et qu'il puisse éventuellement donner le cancer des lèvres. Mac est bien à tous égards, mais pas vraiment

127

pour les vernis à ongles. Isabelle a essayé toutes les marques. Elle se laisse toujours tenter par la couleur. Le vernis est médiocre? Tant pis, puisque la couleur est géniale. Au comptoir des parfums, elle s'enivre des fragrances à la mode. Capiteuses et musquées, citronnées quand on veut passer plus inaperçue. Poudrées aussi. Les bouteilles de Versace, Calvin Klein, Givenchy, Lolita Lempicka, Issey Miyake sont des œuvres d'art. On les veut toutes chez soi, sur l'étagère de verre de la salle de bain. Juste parce que c'est beau et que les noms sont à eux seuls des romans-fleuves: Truth, Chance, Bright Crystal, Euphoria.

Isabelle se dit pour la centième fois depuis qu'elle a commencé à putasser (elle aime ce mot, elle en fera son leitmotiv) qu'elle ne pourrait plus se passer de ce train de vie. Elle pense aussi qu'elle est peut-être prisonnière d'une existence dont il lui sera difficile de se libérer.

À la caisse, quand la vendeuse lui dit que ses achats lui coûteront cent-quarante-deux dollars, Isabelle déplie les billets sans ciller. En ce moment même, vêtue de son jean serré, bleu très clair, et d'un petit t-shirt assorti, elle est une fille comme tout le monde. Elle regarde la vendeuse dans les yeux en souriant.

Lorsqu'elle sort du magasin, poussant d'une épaule les portes tournantes, elle est convaincue. Jamais la vendeuse, ni personne d'ailleurs, ne pourrait penser, en la regardant faire des achats bien ordinaires, que, tout à l'heure encore, sous de fébriles mains nippones, elle gagnait les dollars pour les payer.

Tout va bien.

Toutes les nuits – car elle travaille le jour, belle-de-jour, la nuit c'est trop déprimant, ça sent la mort – Isabelle revient chez elle. Dans son petit logement, le chat l'attend. C'est avec lui qu'elle dort. Il se love au creux de son dos. Il ronronne. Chaque fois, cela l'attendrit. Avec le chat tout contre elle, quelle qu'ait été sa journée, cinq clients, huit clients, un gros, un nauséabond, un autre qui avait presque l'air d'un acteur de cinéma, elle en aurait juré même si cela lui paraissait tout à fait insolite et impossible, Isabelle s'endort. Au ronronnement du chat s'ajoute son ronronnement à elle, cette berceuse qu'elle se chante sans plus même s'en apercevoir. C'est son mantra depuis tellement longtemps qu'il est probablement complètement éventé. «Un jour, je trouverai un homme avec qui je filerai des jours tranquilles. J'aurai une maison, un jardin. Un chalet bien à moi, comme celui de grand-papa. Des enfants. Plusieurs enfants.» Mais chaque soir, en dépit de son insistance, le mantra est assourdi par l'autre voix qui s'élève, couvrant bientôt la mélodie qui tintait en toute innocence. La mélodie du bonheur. Isabelle, peut-être aussi à cause des tarots qui n'ont jamais rien vu, est convaincue au plus profond d'elle-même qu'elle appartient à une génération de femmes condamnées à vivre seule. Pourquoi se mentir? Pis: pourquoi rêver à l'impossible quand tout indique indubitablement le contraire? Les mecs, il n'y a en pas. Quand il y en a, ils sont déjà mariés et partis pour la gloire. Quand ils divorcent, ils ne passent pas plus de deux semaines seuls. Il faut les attraper au vol. Les happer. Quand, par extraordinaire, ils sont célibataires, quel mot douteux et honteux, c'est parce qu'ils ont des problèmes: ils sont laids, pathologiquement timides, malades, pas bien dans leur tête, remplis de conflits, pris dans la mère ou le père, qu'en sait-elle? Il n'y a pas un mec à la ronde qui soit

129

véritablement libre. À Lac-Mégantic ses amies sont déjà
casées pour la vie, enceintes, mères, tantes, marraines, et,
dans très peu de temps – la vie passe tellement vite, on vit
si rapidement – grand-mères. C'est une réalité écrasante.
Pas d'hommes. C'est la tare de l'Occident. En ce qui
concerne la seule ville de Montréal (Isabelle ne sait plus les
chiffres tellement ils sont écrasants), on parle de six
femmes pour un homme, si tant est que cet homme en soit
un. C'est bel et bien la réalité à laquelle on ne peut échapper quand on est à part, en marge dans un rôle fatal,
quand on a le malheur d'être belle et intelligente et, par
conséquent, d'avoir du caractère. Tout le monde le dira,
les copines les premières : les hommes ne veulent pas des
femmes compliquées.

Isabelle s'endort toujours d'un sommeil agité par ce
miasme dichotomique. C'est la partie de squash perpétuelle dans son esprit.

Le matin, quand elle se réveille, elle est fatiguée. Dès
qu'elle ouvre l'œil, et plus précisément avant même qu'elle
l'ouvre, la machine à paroles dans sa tête la bombarde de
la même pénible litanie.

Un jour, cela devient insoutenable. Même les achats
compulsifs et enivrants ne parviennent pas à faire en
sorte que cette tourmente mentale soit tolérable –
vivable. Isabelle ne peut plus supporter ce vacarme dans
ses pensées. Il faut l'orchestrer, s'en occuper, faire
quelque chose pour que cela change. Comme quand il a
été question de gagner de l'argent. Alors Isabelle s'est
montré Fortier. La solution ne s'est pas fait attendre.
Isabelle a décidé de faire la pute. C'est le même principe.
Depuis ce temps, mon Dieu que ça va mieux. Du moins

côté fric. Maintenant, il s'agit de régler la question des idées noires. Le temps fait son œuvre. Dans l'esprit d'Isabelle, en constante ébullition, les idées, en effet, ne bouillent pas n'importe comment. Elles se taillent un chemin vers une méthode, une organisation. Pute, bientôt étudiante, car c'est bien dans cet ordre que les choses se passent, le sac Louis Vuitton rempli de pognon, Isabelle est sur la bonne voie.

20

Enfin! Grâce à l'industrie du sexe, Isabelle commence ses années d'université. Elles sont une forme de rédemption et d'exutoire. Elle pourrait écrire *La putain consolée*. Quitter le body de dentelle pour le jean anonyme de l'aspirante au savoir est une thérapie. Comme toujours, Isabelle change de peau sans aucun problème. Elle sort d'une couche de satin dans laquelle elle a subi les assauts des hommes, souvent brutaux, et se retrouve sur une chaise droite, derrière une table, dans une salle bien remplie, prenant des notes avec application. Le jour, le soir, les gens qui lui adressent la parole sont diamétralement opposés. L'un dit : «Tourne-toi, donne-moi ton cul…», et l'autre demande : «Avez-vous des questions sur le rapport entre la démarche esthétique de Jean Basile dans *La jument des Mongols* et celle d'Hubert Aquin dans *Prochain Épisode*?» Isabelle garde ses mondes pour elle. À l'Université du Québec, elle est une jeune fille que l'on remarque parce qu'elle est mignonne, qu'elle porte des talons et qu'elle a un beau sourire. Une fille gentille, à son affaire, un air déterminé, un peu froide tout de même. Personne ne se doute que cette fille est une petite guerrière du sexe et que, dès qu'elle revêt son autre costume, elle redevient ce qu'elle est fondamentalement : une cérébrale.

Le cours qu'elle préfère s'intitule *Littérature et psychanalyse*. En plein dans son créneau. Une matière inespérée. Les troubles de la personnalité et les voyages de l'inconscient à la lumière des textes sont proprement fascinants. La prof, Anne Élaine Cliche, a le don des rapprochements. En cela, elle lui fait penser à son grand-père. Un texte, quel qu'il soit, affirme-t-elle en effet, est pétri de références. C'est ce que cette femme, auteur de *La Pisseuse* et de *La sainte famille* explique tout au long du cours et d'un cours à l'autre. Références bibliques, christiques, musicales, esthétiques, sociales, littéraires, historiques, mythologiques... Ainsi, et c'est ce qu'Isabelle comprend, on peut être à la fois moderne et classique, transformer le langage, dompter la langue, réinventer Œdipe, actualiser Médée ou mettre l'écriture automatique à la recherche du sens. C'est tout à fait le langage de son grand-père qui, dans sa conversation de tous les jours, prononçait avec la même aisance les mots apocalypse, café, nuit des temps, magasin, veau d'or et labour. À l'université, Isabelle comprend avec un grand soulagement que l'on peut être complexe sans être dérangé, profondément pensant sans être fou. Du reste, elle montre un fort penchant pour les troubles de l'esprit, le moi, le surmoi, le ça, le délire, la paranoïa, la schizo-phrénie, et s'intéresse plus particulièrement aux auteurs qui ont vogué dans ces eaux-là : Baudelaire, Nerval, Gauvreau et Nelligan dont on se pose encore la question s'il était bien dément, atteint de langueur, ou autre chose de plus honteux.

Elle obtient des notes correctes. C'est une bonne élève, sans rien de transcendant. Ses dissertations seraient beaucoup plus percutantes si elle savait écrire. Mais dans tous ses textes, les fautes s'accumulent, la syntaxe est boiteuse, le style boueux, la ponctuation catastrophique. Cependant, certains profs, dont Cliche qui en a vu d'autres aux universités d'Ottawa et de Toronto où elle a également enseigné avant de se retrouver dans le temple québécois, voient clairement se profiler une pensée sous cette écriture handicapée. Isabelle a de la rhétorique, elle n'est pas à court d'arguments, et parfois, souvent même, elle pose des raisonnements très originaux et d'une extrême maturité. À l'occasion, sous les erreurs de ses phrases, se révèlent des formulations qui pourraient être qualifiées d'apophtegmes. On pourrait faire un florilège de ses aphorismes. Isabelle multiplie aisément les locutions qui, dans les meilleurs cas, atteignent l'incantation.

Ce talent, ou du moins cette authentique inclination pour la logique, ne fait cependant pas l'admiration du corps enseignant dans son ensemble. Isabelle a beau être docile et faire preuve de bonne volonté, elle déteste certains de ses cours, tout comme ceux qui les donnent. Si elle s'ennuie, elle ne peut le cacher. Son imagination glisse aussitôt vers son quotidien. Tandis qu'elle entend vaguement discourir de structuralisme, de linguistique, de sémantique, et que Saussure, Barthes ou Starobinski se bousculent dans la démonstration monotone, Isabelle, de son banc d'école, passe à son lit de labeur. Dans ces cas-là, il lui arrive de se demander si, vraiment, la littérature vaut mieux que la prostitution.

De retour dans son usine, le lendemain, l'inverse se produit. À quatre pattes, les fesses livrées à l'acheteur, Isabelle marque la cadence en réfléchissant à ses travaux de session, la face contre la tête de lit. Sous les coups et les grognements de jouissance, elle élabore la thèse du texte à faire sur l'herméneutique de la poésie première manière de Saint-Denys Garneau, ou l'antithèse du devoir à remettre dans trois semaines sur le désir de réclusion dans *L'Avalée des avalés*. Tandis qu'on râle dans son dos, Isabelle rêve du rêve le plus sublime, celui qui s'est produit pour Réjean Ducharme, qui, à vingt-quatre ans – son âge – a été unanimement consacré comme étant l'un des plus grands écrivains de sa génération.

Pendant des années, jusqu'à presque trente ans, Isabelle soignera de front ses deux industries : l'art du corps et l'art de la pensée. Dans l'une comme dans l'autre, elle est également talentueuse.

Un équilibre s'est ainsi établi au cours de sa vingtaine avide de tout.

Mais il y manque toujours cet essentiel après quoi elle courra en vain, se sachant perdue d'avance sur ce point.

Voilà qu'Isabelle constate que, depuis plusieurs semaines, elle a pris l'habitude de tenir un journal. Elle y annote ses impressions et ses idées, au hasard de phrases qui lui viennent en tête. On lui a dit que c'est une méthode efficace pour faire sortir les idées sombres. Libérer la créativité. La parole est créatrice, libératrice. Tous le disent, depuis les évangélistes aux psychanalystes, et jusqu'aux nouveaux prophètes : Emmet Fox, Julia Cameron, Joseph Murphy, Eckart Tolle. Le journal intime est également une façon de tromper la solitude qui lui pèse de plus en plus. Jetés pêle-mêle, sans orientation précise, les mots disent son mal de vivre. Ils la révèlent tout simplement à elle-même.

Le journal est un moyen de décoder le langage, de lire entre les lignes de soi-même. Une analyse sans psy, qui a l'avantage de ne rien coûter. Cependant Isabelle est trop perspicace et trop avertie pour se leurrer sur son compte. Ses propres mots le lui disent, quand ils ne le lui crient pas. Elle commence à ne pas s'aimer. Ou alors elle s'aime de moins en moins. Ou, plus exactement, elle déteste l'image que le travail d'escorte lui renvoie. Au début, elle tirait de la satisfaction de la sale besogne. Du plaisir, même, pour être franche. Elle se découvrait remplie de pouvoir devant ces hommes, jamais les mêmes, ou parfois oui, ces clients avec chacun leurs fantasmes à combler, à devancer, c'était presque cool d'arriver intuitivement, ou en toute connaissance de cause, à les épater, et de plus en plus vite. Une expérience humaine de premier ordre, elle vivait, Isabelle. Dans la science du sexe, elle était un chercheur à qui rien n'échappe. Cette étude de l'homme avait du bon. Elle la renseignait dans les moindres détails sur la véritable histoire de l'humanité. Elle lui permettait de développer sa pensée tout au long de la rencontre, autant dire de la consultation. Ajouté à cela, l'argent, le premier moteur de la justification de cette activité, suffisait à la contenter presque parfaitement.

Tous les jours ouvrables, c'est bien le cas de le dire, Isabelle respectait une routine en tous points semblable. Le client parti, elle courait faire la tournée des grands magasins, un feu d'artifice, une récompense qui, vraiment, lui mettait du baume au cœur car chaque vêtement, chaque crème de nuit ou de jour, effet lifting ou aux acides de fruits, chaque accessoire, bijou, lunettes ou écharpe la remplissait d'une petite joie toute nouvelle, une coupe de champagne chaque jour, et l'euphorie qui vient avec. En soirée, et parfois jusque tard dans la nuit, elle sortait dans des bars, tous branchés, aucun endroit commun ou boudé d'une certaine clique de Montréal. Au comptoir, juchée sur un tabouret, aguichant sans rien laisser paraître, en toute dignité même dans l'évidence, elle goûtait les regards posés sur elle, tout comme les liqueurs alcoolisées. Elle avait alors l'impression d'être une vedette, inconnue, mais une vedette tout de même, et de faire partie d'un micro-cosme de jet set. Elle devenait – elle était enfin, grâce à ce fabuleux métier – une de ces filles des magazines à qui elle se mourait de ressembler dans sa lointaine jeunesse, à Lac-Mégantic, où elle retournait de plus en plus rarement, un jour par-ci par-là, un long week-end, et mentant toujours sur son compte : « Les études avancent bien, j'ai lu l'œuvre complète de Jacques Poulin, mes notes sont bonnes, peu à peu, je corrige mes faiblesses en français, syntaxe, grammaire, oui j'adore étudier, quelle bonne idée j'ai eue d'aller à Montréal ! »

Mais, peu à peu, une certaine désinvolture devant la réalité s'est transformée en amertume.

Isabelle est passée à une autre étape.

21

Un soir, en compagnie d'une copine, la seule à qui elle accepte de se confier vraiment, Isabelle se lance :

— Ce travail que je fais… dit-elle tout bas.

— Tu veux dire, ton travail d'escorte ?

Isabelle soupire. Tout cela, d'un coup, est devenu si lourd à porter.

— Oui, pute. Tu es l'une des rares à qui je l'ai dit… En fait, tu es la seule.

— Ne dis pas ce mot, tu es plus que ça, Isabelle. Ça te dénigre. Tu gagnes ta vie… Parfois, on n'a pas le choix.

Isabelle élève sa belle main aux doigts longs, gracieuse, toujours impeccablement soignée, aux ongles faits, aujourd'hui couleur géranium.

— Je n'ai pas peur des mots…, enchaîne-t-elle avec cette dureté que parfois son ton peut prendre quand elle refuse de minauder, quand elle cesse de jouer.

— J'ai un problème, poursuit-elle. C'est comme un flash que j'ai eu, l'autre jour, dans l'appartement.

— Un rêve ?

— Non. J'attendais un client. Comme d'habitude. Puis, tout à coup, pour la première fois, j'ai eu vraiment peur. J'ai pensé que je pourrais ouvrir la porte, et que l'homme, derrière, serait mon père…

Isabelle caresse distraitement son verre et fait la moue.

— Ça me dégoûte, souffle-t-elle.

— Mais ce ne sont que des idées noires, s'exclame son amie. C'est même tout à fait normal. Tu dois chasser cela de ta tête, faire le vide. Tu as besoin de vacances. Viens donc dans le Nord avec moi… On passera une semaine dans les Laurentides.

Isabelle accepte. Les deux filles se payent du bon temps pendant sept merveilleux jours, assez pour toute une création. Une terre nouvelle. L'humanité entière remplacée par une autre, libre et généreuse. À l'agence, Isabelle a justifié au maximum de son imagination une si longue absence : règles et, pas de chance, la chiasse… Mais elle sait bien que ce ne sont pas quelques jours loin de chez elle et de ce métier qui lui feront oublier cette idée dont elle ne pourra plus se débarrasser.

Cette idée, certainement surgie par les bons soins des pages griffonnées dans le journal, s'est bien installée dans son esprit. C'est un raz-de-marée, dévastant tout sur son passage. L'idée a pris toute la place. Toutes les autres idées ne sont plus que des satellites plus ou moins obsolètes dans un cosmos chaotique. Le désespoir devient de plus en plus pesant. Isabelle fait des cauchemars : sans arrêt, sans aucun répit, l'image de son père revient la hanter. Et avec lui toute la question des pères qui fréquentent des putes qui ont l'âge de leurs filles.

Une idée à faire vomir. C'est insoutenable. D'un coup, Isabelle a l'impression de supporter la détresse de toutes ces filles sans défense, exploitées sur le Net, dans les bordels, dans les maisons les plus ordinaires, les bureaux, les usines, les manufactures, abusées tous azimuts.

À défaut de trouver la paix, il faut faire cesser cet ouragan dans son esprit, ou son âme, partout dans son cosmos à elle. Isabelle sait bien comment, tout au moins songe-t-elle à une solution. Depuis l'enfance, et ses longues conversations avec son grand-père, Isabelle a toujours été fascinée par la psychanalyse. Quand elle a souhaité s'inscrire à l'université, c'était pour approfondir ce champ particulier. Attaquer Freud de front, et tirer cela au clair. Tout naturellement, ou circonstances obligent, elle en arrive à se dire qu'elle devrait faire une cure. Bien qu'elle sache que cette démarche pourrait ne lui être d'aucun secours – combien l'ont dit ? – elle est prête à tenter l'aventure. Que peut-il lui arriver de plus décevant que cette vie décevante ? Elle fait un effort, une fois de plus, pour parvenir à surmonter ses hésitations et faire un pas dans la vie, plutôt que dans la mort – ce projet de suicide qui est sa bouée de sauvetage, son sempiternel plan B qui n'est rien d'autre qu'un compte à rebours. Elle prend sa décision quand on lui suggère un psy. Un Français débarqué au Québec depuis peu, grand fan de littérature québécoise et sculpteur de surcroît. Il a fait du théâtre et s'est surtout occupé d'enfants. Il a même enseigné à l'université. Tout pour plaire à Isabelle, c'est dans ses cordes. Enfin, il est toujours plus facile de faire le pas lorsque la recommandation – une garantie – vient d'un ami. «Tu verras, c'est quelqu'un qui est vraiment en mesure d'écouter sans juger.» Car elle le reconnaît : Isabelle veut surtout dire qu'elle est pute et déverser son histoire de putasserie, pour ne plus être la seule à la porter jusqu'à l'écroulement.

Dans le cabinet du psy, à deux pas du cimetière de la Côte-des-Neiges (quel rapprochement!), quelques jours plus tard, Isabelle obéit à la toute première demande. Plus précisément à l'invitation de la part de l'homme lui désignant le divan. Aussitôt, elle se soumet à la méthode et s'y allonge. Aussitôt elle est Anna Freud, la fille du maître ; déjà, sur ce divan, une authentique méridienne, quel décor, elle a ouvert sa valise d'affabulations. C'est Isabelle Mercier-Fortier qui doit être couchée là, et non une autre de ses nombreuses personnalités qu'elle revêt comme une des multiples toilettes de Barbie, ça dépend des circonstances : boulot, retour au bureau du registraire pour modifier ses cours au département de français, cocktail avec ses amies escortes qu'elle aime beaucoup, ou petit-déjeuner chez Beauty's avec l'amant du moment, une peluche de circonstance auprès de laquelle il fait bon dormir depuis que le petit chat est mort d'ennui et de solitude. Là, c'est sur un divan que ça se passe. Idéalement, il faudrait pouvoir s'y allonger nu. Impossible. Tandis qu'Isabelle s'efforce de se détendre, elle sombre dans un autre siècle, un autre pays, dans la maison même du médecin viennois. Elle se dit que ses patients devaient être comme elle : nerveux, inquiets, prêts à fuir et gardant un œil sur la porte fermée.

— Détendez-vous, lui dit la voix de l'homme assis derrière elle.

Isabelle ne bouge pas d'un pouce, tandis que toute son âme est prise de convulsions.

Un long silence. Tellement long qu'il devient bruyant. On entend bien les sirènes d'une ambulance, le ronronnement de la ville, par-dessus le sien, par-dessus celui de son chat mort.

Puis :

— Dites ce qui vous passe par la tête. C'est tout…

Comme si c'était facile d'ouvrir les vannes de son âme. Par quoi commencer ? Son âme a des milliers d'années. Si elle en croit son grand-père, son âme en est peut-être même à sa dernière vie puisque, selon lui, cette vie est sur le point de s'éteindre pour l'éternité, tout comme tous les astres ainsi que tous ceux qui n'ont jamais été découverts par l'homme. Isabelle a si longtemps retenu la vague. Le barrage érigé par elle-même ne suffit bientôt plus à la freiner. Le flot de paroles se répand dans un océan qui la noie. Elle parle sans arrêt pendant trois quarts d'heure. De son enfance, de ses parents, de la religieuse qui l'a réprimandée car elle ne s'était pas nettoyé la bouche après avoir mangé un sandwich à la crème glacée. De Lac-Mégantic, elle atterrit dans le lit de passage, sous ces hommes, huit par jour, parfois moins, quarante-cinq par semaine, parfois plus s'il y a des extras. Elle raconte comment elle en est venue à se prostituer. Et puis, comme si elle savait qu'il faut en dire le plus possible pour que ce soit rentable, elle crache le morceau.

— Récemment, j'ai eu le malheur de demander à un client s'il avait une fille. Il m'a dit oui.

Un peu plus, et cela l'étonne, elle en pleurerait. Son menton tremble même alors qu'elle poursuit, vaillamment.

— Je lui ai demandé… Je lui ai parlé. Vous savez, c'est interdit. Rick, enfin le patron… On sait, nous les filles, qu'on ne doit poser aucune question. Eh bien moi j'en ai posé une, au risque de perdre ma job. J'ai demandé au client ce qu'il ferait s'il retrouvait sa fille en face de lui, nue les jambes écartées, la chatte… Non. Je n'ai pas dit les jambes écartées, ni la chatte d'ailleurs. Vous savez, je suis une fille de bonne famille. Même si ma famille avait des problèmes. Évidemment, le client n'a pas aimé se faire poser ce genre de questions. Depuis, c'est plus fort que moi : je demande à tous mes clients s'ils sont des pères et s'ils aimeraient voir leur enfant se prostituer.

— Et que vous répondent-ils ?

— Ils sont mal à l'aise. Je sais que je ne dois pas parler comme ça à des clients. Mais c'est plus fort que moi. Ça m'obsède. L'autre jour… Hier ? Non… C'était la semaine dernière. Déjà, mon Dieu que le temps passe vite… J'ai si peur de vieillir. Rick, à l'agence, m'a fait venir au bureau. Il avait eu une plainte, pas très grave. Il m'a juste répété que dans mon travail, je ne dois pas avoir de conversation avec les clients. Il m'a rappelé mes droits et mes devoirs. J'ai eu peur. Vraiment peur qu'il me foute à la porte. Autant dire à la rue…

Nelly continue de parler pendant quelques minutes. Vite. Sachant qu'elle ne dit plus rien. Elle a déjà tout dit, donné assez de matière au psy pour qu'il l'aiguille sur quelques liens à faire, car elle sait depuis longtemps que ces associations se nomment liens, que le psy, ce technicien, l'engage sur le chemin du ou des liens à faire à la lumière de cette histoire de demander aux clients des trucs sur leur vie privée, leurs filles nues devant eux, eux nus devant elles, c'est atroce, ça coupe le souffle.

— On va s'arrêter.

Wow… Isabelle se lève, comme une automate, coupée dans son élan, tranchée comme sa mère-sciée. Quand elle se lève, elle ressent une immense fatigue et un poing qui martèle le creux de son corps. Elle sait que cet exercice est épuisant. Cela prend tant d'énergie et de volonté pour livrer ses sentiments les plus secrets, pour les formuler avec précision. Que ce soit clair pour ce médecin de l'âme. Elle sait aussi qu'elle peut aller encore bien plus loin.

— J'ai peur, lui dit-elle d'une voix éteinte, pleine d'espoir, attendant un commentaire qui lui en dirait encore plus long sur l'aiguillage, la voie à prendre pour que cette souffrance cesse au plus vite.

Le psy ouvre son agenda.

— La semaine prochaine, j'ai le mercredi, à 11 heures et quart.

— C'est plus difficile puisque je travaille, dit Isabelle en bafouillant presque.

— Le soir alors.

Le ton de l'homme est froid, sec. Isabelle en a un frisson tant elle espère autre chose que ces mots parcimonieux qui évoquent plus la sentence que l'accueil.

— Oui, souffle-t-elle.

— Alors, lundi, vingt heures.

L'homme a souri. Un très bel homme d'ailleurs. Isabelle lui donnerait le monde entier, tant elle lui est reconnaissante.

22

Au début ce fut une fois, puis deux, puis trois. Les clients payaient les séances du psy et tout le reste. Isabelle avait maintenant un vrai train de vie, une vraie vie. Elle pouvait enfin se permettre d'étudier, d'aspirer à décrocher ce diplôme de premier cycle tant annoncé, envisager le suivant, travailler le jour avec ses clients et se dire, le soir, à cet homme en qui elle avait confiance, à qui elle avait envie de parler, ce psy d'un beau quartier, presque la campagne en comparaison de l'avenue du Docteur-Penfield. Lui, peut-être, saurait, avec sa science et son écoute, la conduire vers la lumière. Mais quelle broussaille ! L'inconscient, la vie, les choix, les actes manqués, les rêves récurrents… C'était bien clair, il y en avait pour sept ans minimum pour remettre le terrain en l'état.

La principale broussaille était encore la multiplication des personnalités et des rôles. L'analysante couchée sur la méridienne trois fois par semaine, l'escorte, la pute ou la prostituée selon l'humeur du moment, et, depuis quelque temps, l'étudiante aspirant à la maîtrise. Isabelle oubliait peut-être un rôle, le premier, celui qu'elle jouait à la perfection, confondant tous ses interlocuteurs, clients, patron, psy, amis et camarades d'université, amants et amoureux : celui de comédienne. Isabelle louvoyait dans ses diverses enveloppes avec la chance du joueur débutant. Cela en faisait hurler plus d'un, surtout les hommes qui la croisaient dans des bars ou dans des salles de cours et auxquels elle échappait avec une pirouette et un sourire absolument charmant, sautant d'un rôle à l'autre, sans que personne sache sur quelle scène.

Et puis, dans ce tourbillon de mieux en mieux organisé et prometteur, le petit pain qu'on mange tous les jours, chacun le sien, même quand on accumule les millions : la solitude. Isabelle se sent très seule. C'est son lot depuis son installation à Montréal, et elle trouve ça très dur. Elle a bien quelques copines avec qui elle passe des soirées dans des bars remplis à craquer de gens à qui elle n'adresse guère la parole puisque dans ces endroits bondés on se tient en petits groupes, parmi les autres et à part des autres. Les vraies rencontres sont rarement fortuites, elles se font le plus souvent quand quelqu'un réussit à pénétrer dans le petit groupe, quand un intrus s'impose. Isabelle a aussi des camarades de classe, qu'elle aime bien. Ils parlent de littérature, ils s'échangent des livres. Parfois, avec l'un d'eux, elle va au cinéma ou au théâtre. Mais les liens sont limités. Ce ne sont que des moments en surface, marqués d'échanges un peu superficiels, aucune conversation bouleversante qui, soudainement, transformerait la vie en autre chose… Et puis il y a la principale activité, celle qui ne peut faire autrement que prendre toute la place : la baise avec d'innombrables hommes. Des clients qui la font vivre, qui lui donnent de l'argent pour ce que le catalogue de l'agence offre, comme un menu de pizzeria : fellations, relations complètes, cunnilingus, etc., indiquez vos choix, l'heure désirée du rendez-vous, la fille de service. Des hommes qu'elle préfère servir en levrette pour ne pas voir leur visage. « Pourquoi ? », lui demande le psy. Ah !… Elle pourrait écrire tout un livre là-dessus.

— Qu'attends-tu pour laisser ce travail ? lui a lancé sa meilleure copine pas plus tard que la veille alors qu'elle se montrait lasse de conjuguer à l'infini le verbe tapiner.

Comme si c'était facile de lâcher le métier. Comme si elle pouvait se priver de l'argent que lui rapporte ce job. Isabelle ne veut plus être pauvre. Jamais. Sortir de l'avenue du Docteur-Penfield est inenvisageable. À moins d'un genre de miracle…

La présence chaleureuse de son psychanalyste la rassure. L'homme est un pilier dans son existence. Le seul être dans cette ville avec qui elle a vraiment l'impression d'un rapport intelligent – égal. Même avec les profs, elle n'a pas ça. Il ne peut y avoir cet échange. On n'est jamais un à un, ou si rarement, après avoir fait la queue dans le couloir pour un moment privilégié et souvent décevant à parler du travail à accomplir. Isabelle ne manque aucun rendez-vous avec son psy. Elle arrive en avance, mais ne croise jamais personne. La petite salle d'attente est bien aménagée. Une porte s'ouvre, l'autre se ferme. L'analysant en attente, derrière un paravent, ne croise pas le précédent. Une véritable maison close. La pièce dans laquelle le médecin de l'âme qui maintenant n'a plus rien de viennois la reçoit est sobre. Isabelle en aime l'ambiance feutrée et les tableaux abstraits au mur, plus ou moins remarquables, mais c'est sans doute le but : à les regarder sans rien y voir, la pensée fait sa route.

Un jour, après une séance exigeante, Isabelle dit au psy :

— Vous m'avez suggéré de prendre en notes mes rêves. Je le fais, tous les matins, déjà depuis un bon moment.

— Oui.

Le silence s'installe. Au cours d'une séance de quarante-cinq minutes, il peut y en avoir dix, cent, aucun, mais chaque silence est un choc, une déstabilisation. Il installe une gêne en Isabelle. Elle imagine tout. Ce qu'elle dit n'est pas intéressant. Le psy s'endort, il la juge, il la trouve sotte. La preuve : ses questions au compte-goutte, ses approbations évoquant plutôt des marmonnements. Isabelle sait qu'elle ne peut attendre cent ans, comme la belle au bois dormant. Si dans le conte, le prince vient la réveiller de son long sommeil avec un baiser (cela se peut puisqu'elle a enfin rencontré un garçon qu'elle aime !), ça n'arrive jamais dans les cabinets de psychanalyse. Pas de ça chez Freud, pas de ça chez Lacan. Le silence est lourd de sens. Alors Isabelle reprend toujours le fil elle-même quand elle sait que le silence pourrait durer bien plus que cent ans, mais l'éternité.

— Je rêve beaucoup à Lac-Mégantic.

— Cela vous manque ?

Enfin ! Le psy l'emporte. C'est comme s'il lui disait qu'il l'aime, qu'il goûte la moindre de ses paroles car ces paroles ont une signification très importante, là, tout de suite, en ce moment même.

— Ça ne me manque pas, mais le lac m'obsède.

— Expliquez-vous.

— Quand j'étais petite, je me promenais sur la grève, le long du lac. Il y avait quelque chose dans les vagues, toujours les mêmes vagues, somme toute, qui me fascinait.

— Un lac est la métaphore du miroir, vous le savez, n'est-ce pas?

— Bien sûr. Je savais que vous diriez cela. Je connais le mythe de Narcisse qui se mire dans l'eau jusqu'à s'y noyer.

Le psy soupire derrière la méridienne. Un soupir presque complice, de soulagement. Sourit-il? Il est peut-être heureux qu'elle ait elle-même trouvé une piste qui pourrait mener à sa guérison? Mais quand? Faut-il vraiment s'allonger sept ans, voire dix, pour enfin voler de ses propres ailes? Narcisse et le lac, la noyade, c'est un grand chapitre de la séance d'aujourd'hui. Quand Isabelle déverse de grands chapitres, elle constate que le psy, chaque fois, l'amène à un autre sujet. Du moins en apparence. À moins que ce soit une mise en abyme du sujet, toujours le même, comme les deux ou trois passions qu'un artiste reprend inlassablement pour les exprimer.

— Vos parents savent-ils le travail que vous faites?

Cette fois, c'est Isabelle qui pousse un long soupir. La solitude veut qu'on parle d'elle.

— Je suis seule à Montréal. Mes parents ne savent rien de ma vie. Ils pensent que j'étudie. Ce qui est vrai, d'ailleurs, j'ai même commencé une maîtrise en lettres.

— Vous avez déjà un sujet de mémoire?

— J'étudie les rapports entre la littérature et la folie dans les mémoires du colonel Schreber… Vous connaissez *Les Mémoires d'un névropathe*?

— Bien sûr. Sigmund Freud en traite dans *Cinq psychanalyses*. Un cas célèbre de désir de persécution.

— Je prépare ce travail, je raconte mes rêves chaque matin dans un cahier et, en même temps, je tiens un journal. Ce sont des notes.

Isabelle ajoute timidement que, parfois, lorsqu'elle se relit, elle se dit que ce journal pourrait être un manuscrit comme tant d'autres, attendant sa publication.

— Je ne sais pas si c'est bon. Ce texte, c'est la façon que j'ai trouvée pour m'épancher, j'ai l'impression d'avoir quelqu'un à qui parler.

— Vous ne vous trompez pas, déclare le psy. Je suis bien placé pour vous comprendre, et pour le savoir. Ma compagne est écrivain. J'ai également publié.

Étrange rencontre. Isabelle se dit qu'il n'y pas de hasard. Grâce à cet homme qui connaît le milieu de l'édition, pourrait-elle avoir la chance d'être publiée? Pour une fois, est-ce que cet être pourrait représenter quelque arcane lui révélant enfin un pan de son avenir? Le bateleur, peut-être? L'impératrice? L'empereur, certainement. Du coup, Isabelle est très, très excitée. Elle a l'impression de retrouver son énergie de petite fille.

— Accepteriez-vous de lire ce que j'ai écrit? ose-t-elle demander, avec un enthousiasme qu'elle ne peut dissimuler.

— Pourquoi pas ? Je serai franc avec vous, je vous dirai si, oui ou non, ce texte me semble bon.

Isabelle pourrait lui sauter au cou.

— On va s'arrêter, dit-il de sa voix invisible.

23

Isabelle n'a pas eu à attendre longtemps. Elle est parvenue à contrôler son impatience et surtout son anxiété, cet immense doute d'elle-même qui resurgit sans arrêt, à la moindre inquiétude. Elle a fait du chemin avec la psychanalyse. Ça valait l'investissement, et le volumineux cortège de clients pour y arriver. Chaque fois que le doute, toujours lui, se pointe, elle répète en respirant profondément : « Si, dans trois séances, il ne m'a toujours rien dit, c'est que mon texte n'est pas bon… Ce n'est pas plus grave que ça. » Ayant établi ses limites, ses propres règles du jeu, elle est restée calme à la première séance, puis à la deuxième.

Le jour de la troisième séance, il fait beau et chaud. Tout se met en place pour le bon augure. Et c'est, en effet, l'apothéose du bonheur. Un immense soulagement. Une fierté pas possible. Dès qu'elle s'allonge sur le divan, le psy, contrairement à son habitude, à l'encontre de la méthode, dit d'entrée de jeu :

— J'ai lu. J'ai aimé.

Jamais Isabelle n'oubliera le tressaillement dans son corps, dans toutes ses cellules, pas une seule exception, l'impression que l'âme enfle, se déploie, une formidable énergie au niveau du cœur qui gonfle comme s'il voulait sortir du corps et avoir sa propre vie.

— Oui…

C'est à son tour de dire oui, de montrer le chemin au psy.

— Je vous suggérerais d'envoyer ce manuscrit en France.

En France?… Cette fois Isabelle tombe des nues. Jamais elle n'aurait eu cette idée, et moins encore cette audace. La France lui semble si loin, si éloignée d'elle et du mode de vie américain, de tout ce qu'elle aime. La France, pour Isabelle, est le pays d'autres siècles qu'elle a imaginés, de ses lectures, de la mode, un pays existant en rapport avec d'autres, la Russie ou l'Autriche, l'Allemagne ou la Prusse, mais jamais avec une fille de la toute fin du XXe siècle, née à Lac-Mégantic, étudiante dans une université populaire, putain de surcroît!

Sur son divan, Isabelle éclate de rire, tandis que le psy entonne le refrain de la mélodie du bonheur.

— Ma femme publie au Seuil. C'est une maison toujours à l'affût de textes personnels et originaux. Essayez. Voyez ce que cela peut donner.

Du coup, Isabelle finit par y croire. Cette chose-là pourrait être possible. Pourquoi pas? D'autant plus que son psy, un Français, le lui propose. Il sait de quoi il parle. Paris… «Ce serait trop beau», pense-t-elle. Il faut faire le saut. Pas plus dur que de quitter sa campagne ou que devenir prostituée. Si elle ne tente pas sa chance, elle ne saura jamais si elle a l'étoffe d'un auteur dont la renommée pourrait dépasser les frontières. Un nouveau Réjean Ducharme. Une nouvelle Anne Hébert. Quelle prétention ! Mais Isabelle a confiance en son psy. Il ne saurait lui mentir, pour la faire souffrir encore plus. Elle connaît le travail de sa femme. Elle a lu ses livres et les aime. Ce jour-là, le jour de la reconnaissance du psy, Isabelle est devenue Nelly Arcan. Son nouveau personnage lui va comme un gant. Elle se sent bien dedans comme dans une robe qu'on a payée cher et qui tombe parfaitement parce qu'elle est merveilleusement coupée. Une seconde peau. Au cours des semaines qui suivent, rien d'autre ne compte, après les clients expédiés en vitesse, que de terminer ce journal intime. Isabelle-Nelly écrit sans relâche. C'est un flot d'indépendantes juxtaposées, des phrases de trente lignes ponctuées par des virgules, à la fois saccadées et d'un souffle très puissant. Au moment de choisir un titre, il n'est pas question de poétiser, ni de tomber dans la métaphore qu'elle analyse jusque dans ses recoins les plus obscurs à l'Université du Québec depuis bientôt trois ans avec ses professeurs férus de ces figures de style signifiantes. Le manuscrit s'intitulera *Putain*. C'est clair et honnête. C'est modeste, finalement. Mais le nom de l'auteur de *Putain*, toutefois, appartient, lui, à la lignée des noms métaphoriques des plus grands de la littérature : La Rochefoucauld, Voltaire, le marquis de Sade, Chateaubriand, Saint-Exupéry.

Nelly Arcan fera couler de l'encre.

À l'automne 2000, un matin, après une de ses plus belles nuits d'amour avec le garçon qu'elle aime et qui l'aime – la vie est si belle – elle met son manuscrit dans une enveloppe et l'adresse rue Jacob, au Seuil.

Avant de le glisser dans la boîte aux lettres rouge, à deux pas de chez elle, elle fait un vœu : « J'espère une réponse dans les plus brefs délais. Une réponse positive. »

24

Putain.

Putain! Quelle aubaine que ce titre au pays où ce vocable est roi – l'interjection par excellence. «Putain, fais chier!» «Donne-moi tes putain de clés!» «Putain, quel film magnifique!» «Oh, putain, je te parle!» «As-tu lu *Putain*? Un putain de récit…» Au Seuil, on a fait fort. Cette Nelly Arcan, surgie d'une enveloppe comme un génie de sa bouteille, succède dans cette écurie d'écrivains de premier plan à l'immense Anne Hébert, l'incontestable impératrice des lettres québécoises, ou canadiennes-françaises, comme on veut. Trois ans plus tôt, l'auteur québécois fétiche du Seuil depuis 1958, cette mystique et mystérieuse Anne Hébert, y a fait paraître un roman intitulé *Est-ce que je te dérange?* Comme si, par une étrange alchimie, Anne Hébert avait ouvert le chemin au scandaleux *Putain*, annonçant une autre voix venant de chez elle. Une voix plus contemporaine, d'avant-garde et unique comme la sienne l'a été et l'est toujours. «Est-ce que je te dérange?» Oui, incontestablement, oui. Nelly Arcan s'inscrit dans une lignée on ne peut plus digne avec un tel prédécesseur.

Au Seuil, on a pour principe de publier des auteurs étrangers, et, chaque année ou presque, au moins un du Québec, quand il y a de quoi à se mettre sous la dent dans l'amas des manuscrits insipides et trop souvent mauvais. D'un point de vue politiquement correct, en effet, il ne faut pas négliger le Québec, cette lointaine colonie où l'on parle vaguement français, un territoire qui, dans des temps immémoriaux, a jadis appartenu à la petite France pour, bien vite, être englouti par la toute-puissante Angleterre. Se réclamer de cette possession par la littérature tout en ne s'engageant pas trop est une chose à faire.

Putain a passé au crible de la suprême langue française. Il a été lu, relu et révisé avec un œil de faucon. L'œil de la Bretonne Françoise Blaise, l'éditrice même qui s'est occupée d'Anne Hébert pendant plus de dix ans. Aucune fiente à saveur québécoise, régionale ou ridiculement archaïque ne transparaîtra donc dans le petit bijou scanda-leux de Nelly Arcan. Heureusement, la tâche n'a pas été si difficile et, tout compte fait, pas frustrante du tout. Il y a du talent dans ce *Putain*. Des tournures uniques, des associations de mots singulières, des images percutantes. Un style ? Bien sûr. Un souffle à n'en pas douter. Un phrasé proprement musical, extrêmement contemporain avec ses dissonances et ses accords tonitruants. Avec un tel titre, ce sera une bombe. Une bombe ayant l'avantage de n'éclabousser aucune Française s'instituant auteur et qui aurait pu écrire la même chose, autrement dit traiter ce sujet qu'il fallait, de toute évidence, traiter. En 1993, Virgi-nie Despentes a soulevé tout de même la tempête avec *Baise-moi*, paru chez Florent Massot, un inconnu ambitieux dès lors spécialisé dans la découverte de jeunes auteurs. Depuis, Virginie Despentes fait dans le trash. Un an avant *Putain*, elle a adapté son roman à l'écran. *Baise-moi* a enflammé la critique. En 1999, pour sa part, Christine Angot a battu des records de ventes avec *L'inceste*, paru chez Stock. La mode est à la provocation. Nelly pourrait s'inscrire dans ce courant licencieux. Mais rien de tout cela n'amoindrira son succès. Au gigantesque Seuil, on s'arrangera pour la propulser au rang d'auteur intellectuel de grand talent.

Tiendra-t-elle le coup ? Bien sûr : rue Jacob, tout est mis en œuvre pour formater le produit et bien le publiciser. *Le Monde*, dans lequel tout bon écrivain souhaite être cité, prévient : ne pas se fier au titre, il s'agit de littérature. Le mot sacré est prononcé. Lit-té-ra-tu-re. Quelle protection, quel rempart. Un tapis rouge de dix centimètres d'épaisseur, bien moelleux, bien doux aux pieds. Ainsi présente-t-on la jeune Nelly au nom romantique. Ainsi la pousse-t-on dans l'arène dans laquelle nul lion, étrangement, n'a l'intention de la mordre et de la déchiqueter jusqu'aux os sous les cris du public. Nelly Arcan est une étudiante en lettres, une fausse putain. De quoi rêver. Les photos de promotion sont travaillées. Comme pour le roman, la matière est bonne, il n'y a que quelques retouches à apporter. On construit un look, on fixe une image. Nelly évoque une star hollywoodienne, les cheveux gominés, platine, la bouche boudeuse, un air mutin, des yeux durs, un teint de porcelaine. Est-elle jolie ? Un peu impitoyable peut-être, du moins sur la photo, métier oblige, mais dans les faits, elle est vraiment adorable. À la fois sûre d'elle et fragile.

Les premières interviews de Nelly lèvent toutefois le voile sur le mystère des photos et la force du texte. La vérité est moins sibylline et, pour beaucoup, un brin décevante. La personne qui a écrit ce texte d'une remarquable maturité est une femme encore jeune, presque une jeune fille. Pimpante, avec quelque chose d'usé. Mignonne et coquette, mais pas si sophistiquée (les photos ont déformé la réalité). En fait, si on l'observe bien, elle a quelque chose de mal dégrossi. De très juvénile et à la fois de plus jeune du tout. Les regards sont sans pitié. Nelly connaît très vite le lot des stars qui suscitent l'idolâtrie, l'indifférence ou le mépris. Dans tous les cas, qui suscitent quelque chose. Bien obligé. Les stars à qui on ne pardonne rien sont partout, dans les couloirs des métros, sur les colonnes Morris, les tables basses des châteaux, des maisons et des appartements, aux pieds des cuvettes de toilette. Emportée dans le tourbillon de l'immédiate célébrité, Nelly Arcan n'a pas une minute pour se préparer aux attaques. Même si, pendant des années (toute sa vie, à vrai dire), elle en a connu d'autres, et des cruelles, elle n'est pas aguerrie au mépris typiquement français de certains Français. Ce sera, immédiatement, son plus grand cheval de bataille. La marche qu'on manque, qui fait qu'on trébuche et qu'on déboule.

Le succès de *Putain* est fracassant. Le titre est sur toutes les lèvres des deux côtés de l'océan. Depuis Anne Hébert, Marie-Claire Blais et Réjean Ducharme, aucun auteur du Québec n'a mérité autant d'attention. Les critiques de tous les journaux sont unanimes : Nelly Arcan est la découverte de l'année 2001. En quelques mois, son éditeur a réussi à faire connaître celle à qui plusieurs accordent une voix originale, sinon unique. Le mot révélation est prononcé. Ce n'est pas peu dire. Nelly est en effet une pionnière américaine d'expression française de l'autofiction, la meilleure représentante de ce genre.

— Quand j'ai écrit mon livre, dit-elle et répète-t-elle, car on lui pose souvent les mêmes questions, je ne savais même pas ce qu'était vraiment l'autofiction. En dehors des lectures obligatoires de mes études, je lisais surtout des polars et des auteurs américains. Mon écrivain préféré est Faulkner.

En septembre, elle accorde des entrevues au Québec. Tous lui demandent ce qu'elle ressent à la perspective d'une carrière littéraire en France, parmi les grands. Elle confie sa joie mais aussi ses appréhensions. Cette réussite fulgurante (qu'elle a souhaitée), il s'agit maintenant de la vivre, de l'absorber. Ce n'est pas une tâche facile. C'est bien plus simple d'être étudiante ou pute, bien confortable dans l'ombre, et de se retrouver trois fois par semaine sur le divan du psy qui a fait sa gloire pour se décharger de ses malheurs et, enfin, bien plus facile d'être une fille amoureuse, follement amoureuse comme elle l'est depuis plus d'un an – quel miracle !

En ces années du tournant de son destin, Nelly ne peut plus vivre qu'au jour le jour, une seconde à la fois.

Au programme ? Eh bien, c'est toujours le même, rien n'a changé. Au programme : le succès de *Putain*, inattendu et exceptionnel, soûlant comme la diffusion internationale en direct des trois jours de festivités d'un mariage royal. On ne parle que de cela. Dans la vie de Nelly, qui n'a plus le temps d'exercer son autre métier, ce succès prend toute la place. Bien sûr, il a été orchestré de main de maître par les éditeurs du Seuil. La maison prestigieuse, qui fait partie du fameux trio raflant la plupart des prix littéraires, le

Galligraseuil (Gallimard, Grasset, Seuil), croit au talent de
cette Québécoise, bien qu'on entende souvent dire qu'un
laideron n'aurait certainement pas eu cette chance. Mais
Nelly Arcan est plus qu'un beau minois et une fille qui n'a
pas froid aux yeux. Son récit est un coup de poing.
Personne avant elle n'est allé aussi loin dans la description
de la putasserie, ce mot arcanien. Quelques semaines
seulement après la sortie du récit, on évoque sérieusement
la possibilité que Nelly décroche un prix littéraire. Sur les
listes qui circulent des livres à couronner, *Putain* est
toujours en lice. Une rumeur a même couru, voulant que
cette Arcan pourrait avoir le Goncourt. Nelly a chaviré. La
pretty woman des lettres ne sait plus où donner de la tête.
Mais l'attachée de presse la ramène au vrai : « Il faut être
réaliste, lui fait-elle comprendre. Il est plus probable que tu
décroches le Fémina, dont le jury est composé de femmes,
ou encore le Médicis, que ta compatriote, Marie-Claire
Blais, a eu pour *Une saison dans la vie d'Emmanuel*. Ce prix
souligne le talent d'un auteur qui n'a pas encore une
grande notoriété. Ou pourquoi pas les deux puisque ton
nom apparaît sur la liste de chacun ? Ne t'inquiète pas, ma
puce, tu as toutes les chances de ton côté avec *Putain*. »

Alors Nelly redevient une enfant à qui l'on promet un
beau cadeau. Elle se dit qu'après tout, elle mérite ces
reconnaissances. Quand enfin elle prend l'avion pour
Paris, elle est gonflée à bloc, remplie d'espoir et sûre d'elle
malgré quelques inquiétudes inhérentes à sa nature. Elle
est un personnage balzacien, Rastignac à la fin du *Père
Goriot*. « À nous deux ! », se dit-elle intérieurement.

Cette fois, son ambition est sans limites.

25

Des éditions du Seuil, on l'appelle régulièrement. Il y a eu ci ou ça dans tel journal, telle mention en ondes radiophoniques, encore des rumeurs de prix littéraires, des horaires de signatures en librairie et des confirmations de présence dans divers salons du livre.

Mais ce jour-là, au Seuil, on jubile.

— Nelly, tu te rends compte ? On te veut sur le plateau de Thierry Ardisson !

Nelly sourit en silence, même si elle a tressailli. Un courant glacial, une seconde, l'a traversée. En même temps, l'euphorie la prend. Elle fait tout son possible pour garder son calme. Ce n'est pas une émission de télévision qui va lui faire perdre le nord.

— Ah bon…

À l'autre bout du fil, on n'en croit pas ses oreilles devant tant de passivité.

— Tu ne te rends pas compte, Nelly, s'écrie l'attachée de presse. *Tout le monde en parle* est une super émission qui bat des records d'audimat. Ardisson est un provocateur, il peut déstabiliser, mais il a plus que la cote. Des gens donneraient n'importe quoi pour être invités là. Un seul passage sur ce plateau et ton succès peut tripler. Comprends-tu la chance que tu as ?

Nelly allume une cigarette. L'idée de passer à la télévision ne lui déplaît pas, au contraire, même si la perspective de s'y regarder est loin de l'enchanter. Surtout, elle ne veut pas s'en mettre trop sur les épaules. Et puis il y a toujours cette angoisse qui la tenaille, comme une petite voix malfaisante venant gâcher le plaisir. Depuis qu'elle est en France, Nelly mène une vie trépidante, stressante. Vivre à Paris est une expérience exténuante. Elle en rêvait, mais voilà qu'elle a l'impression d'être atteinte du fameux syndrome de Stendhal. La Ville lumière l'éblouit, toute cette beauté lui donne le tournis. Elle a entendu quelqu'un raconter (où ? elle ne s'en souvient déjà plus), qu'Anne Hébert, débarquant pour la première fois à Paris, en a eu les jambes tout simplement coupées. Sciées. L'auteur du *Tombeau des Rois* sidéré par tant de beauté, pétrifié comme la statue de sel de voir cette ville tant de fois imaginée vivre enfin sous ses yeux. Une apparition. La résurrection. Son frère devait la soutenir pour qu'elle puisse même faire un pas devant l'autre. À Paris, il y a tant de monde, tant d'ébullition artistique, intellectuelle et sociale. Nelly grimpe soir et matin dans un wagon de montagnes russes. Puis elle saute dans un autre manège. Cocktails à répétition. Dîners. Fêtes. Interviews. Déjeuners. Ça ne s'arrête jamais.

Parfois, un court instant, fermant les yeux, elle revoit la petite fille de Lac-Mégantic. C'était hier. La nostalgie la prend à la gorge. Elle croyait alors que rien n'était plus grand que son lac. Elle entend la voix de sa mère :

«Isabelle, fais attention, ne va pas trop loin, tu pourrais t'égarer.» Aujourd'hui, elle voudrait être près de ce lac pour s'y mirer, et pourquoi pas s'y noyer. Car au milieu de ce tourbillon d'adulation ponctué de quelques injures, privée de la présence de celui qu'elle aime, elle ressent souvent une solitude immense et souffre d'être à part des autres. Certains la regardent d'un œil torve. Elle entend parfois les commentaires blessants des méchantes langues. «C'est une provinciale, une plouc. Une Québécoise!»

— Nelly!

L'attachée de presse insiste.

— As-tu conscience de ce qui t'arrive? Je connais des dizaines d'auteurs qui voudraient être à ta place. J'en connais plus d'un qui marcherait sur les genoux pour aller au show d'Ardisson. Des millions de gens vont te voir. Tu t'habilleras sobrement, B.C.B.G. Un look élégant et moderne. On verra ça ensemble de toute façon. Pas trop de bijoux. Tu dois avoir l'air d'une intellectuelle branchée.

Nelly sourit encore.

Elle se dit qu'on pourrait aussi lui demander d'avoir l'air d'une pute.

Dans la voiture qui la conduit dans Paris vers les plateaux de la chaîne de télévision France 2, Nelly, peu à peu, perd de son assurance. Sur la banquette arrière, elle croise et décroise les jambes, se surprend à se tordre les mains. Si au moins celui avec qui elle vit la plus grande histoire d'amour de toute sa courte existence était à ses côtés ! Mais non, il travaille, il mène sa vie tandis qu'elle grimpe les échelons de la gloire. N'empêche, s'il était là, l'idée d'entrer dans la fosse aux lions lui paraîtrait moins terrifiante. Car à cet instant précis, dans son petit chemisier bleu ciel couleur Vierge Marie (les conseillers de Nelly n'y sont pas allés de main morte pour proposer ce bustier à manches longues assorti à la couleur de ses yeux, et pour donner à la pute un look de petite innocente), dans son petit chemisier bleu qui, toutefois, moule très joliment ses seins gonflés de silicone, Nelly sent la panique la prendre.

Dans la voiture, on se rend bien compte de son trouble.

— Nelly… Calme-toi. Des millions de gens te verront dans cette émission. Tu dois être calme. Posée. Ne t'inquiète surtout pas.

— Chacun sait qu'Ardisson pose des questions épouvantables aux gens ! s'écrie Nelly. Ça me fait peur.

— Nelly… Après ce passage, tu seras connue. C'est capital que cette émission te permette de t'exprimer. Les gens ont besoin de savoir qui est derrière un texte. Ne sois pas naïve. Un livre, c'est un objet comme un autre… Ne fais pas la moue non plus. Tu écris pour être lue, n'est-ce pas ? Alors, il ne faut pas lever le nez sur ce type d'émission, crois-moi. Et tu as d'autant plus de chance d'y être invitée, que tu n'es pas française. *Tout le monde en parle*, c'est une chasse gardée.

Pas besoin de lui faire un dessin, et de lui rappeler ses origines. « Toi, la petite Québécoise arrivée à Paris comme un cheveu sur la soupe avec ton livre à scandale, tu prends la place d'un des nôtres, tu prends beaucoup de place, alors fais gaffe et montre-nous de quoi tu es capable ! »

C'est que Nelly écrit. Une Québécoise qui écrit, c'est bien plus menaçant qu'une chanteuse, qu'une comédienne ou une célèbre animatrice débarquant du Québec pour gagner le public de ses pseudo-cousins. Un écrivain, ça marche sur le terrain de l'intelligence et de la réflexion, bien plus glissant et escarpé que celui de la scène ou du plateau de tournage.

— D'accord, dit Nelly pas vraiment convaincue. Je ferai de mon mieux.

Puis elle se dit que de se présenter à une demi-douzaine de clients par jour, nue, ouverte de partout, cinq jours par semaine et parfois plus, c'est bien plus facile que de se tenir debout et ne pas perdre la face devant des gens habillés jusqu'au cou qui vous scrutent pour vous prendre en faute.

Elle sort une cigarette d'un paquet à moitié vide. Anticipe les questions. On va encore lui demander si son livre est autobiographique. À cela, elle ne se dérobera pas. Elle n'a pas honte de s'être prostituée. L'argent n'a pas d'odeur. Pas de sot métier, que de sottes gens… Mais Nelly tremble. Elle retourne en pensée avenue du Docteur-Penfield. Elle fait ça tout le temps, retourner là-bas. Elle revoit le client au petit bras, un moignon pendant comme une feuille à son arbre, ainsi qu'elle l'a écrit dans son premier récit. En ouvrant la porte, elle a eu un mouvement de recul, pas sûre de pouvoir caresser un petit bras… Il lui a fallu toute sa générosité et son sang-froid pour que le client ne se rende pas compte de sa répugnance. Elle s'est immédiatement rappelée à l'ordre, car Nelly est intègre et honnête : une escorte est une bonne fille. Une escorte accueille sans juger. Une prostituée, ça sert à ça, accueillir les hommes dont aucune femme ne veut.

L'homme s'était montré gentil et doux. Ils avaient même parlé. Isabelle-Cynthia n'avait pas regretté l'heure de plaisir que, finalement, ils avaient partagée. Un inconnu parmi tant d'autres souvent bien moins aimables. Dans la chambre de passe, elle l'admet, elle a déjà eu peur, comme dans cette voiture louvoyant à toute vitesse vers France 2 – on est en retard, bien entendu. Nelly devra d'abord se rendre à la salle de maquillage. Elle repense à la chambre de l'avenue du Docteur-Penfield. Il lui est même arrivé d'être épouvantée. Des tarés, des fous, des regards d'une violence inouïe, d'un tel mépris qu'elle en frissonne encore. Un regard sans aucune bonté, comme celui qu'Ardisson va poser sur elle.

Sur la banquette, Nelly recommence à gigoter.

— Nelly… Rassure-toi. L'émission est en différé : on coupe les mauvais moments. Même si on te fait parler pendant une heure, on ne te verra que dix, vingt minutes environ, celles qu'on juge les plus intéressantes.

« Je n'aime pas ça, pense Nelly. C'est un piège. »

Tout à coup, elle est un petit lapin, une patte dans le collet. Mais elle n'a pas le choix, impossible de refuser, hors de question de trouver une excuse, d'invoquer un malaise subit. Elle ira. Elle parlera de *Putain*. C'est l'étudiante de maîtrise se spécialisant peu à peu dans le système des relations des êtres à Dieu, à l'origine du délire de Daniel Paul Schreber, qui parlera, la pensante qui parlera, la lectrice et l'écrivain structuré, pas la pute qu'on bafoue.

26

Tout le monde en parle est d'abord le show d'un seul homme : Thierry Ardisson. Depuis les années 1980, après des années de journalisme à *Rock and Folk*, et l'interview-choc qu'il a faite avec Yannick Noah (le joueur de tennis a avoué qu'il fumait du haschich), Ardisson a grimpé en T.G.V. l'échelle de la notoriété pour en arriver à produire comme bon lui semble des émissions branchées et incontournables. Pour beaucoup, se faire voir avec lui est une consécration. Ardisson a un style : on l'aime ou on le trouve insupportable. Il ne laisse pas indifférent. Pour ce dernier show qu'il anime, le plus populaire, il a créé une atmosphère de fête et de laisser-aller sympathique. L'homme en noir, comme il se nomme lui-même, fait jouer des jingles pour souligner des phrases que tous reprennent en chœur. Il a établi avec le public en studio une complicité désarmante. Il aime choquer, c'est sa façon à lui de se faire remarquer. Un polémiste des temps modernes. Narcisse d'un étang aux eaux croupies.

Dans les coulisses du plateau de *Tout le monde en parle*, Nelly a été revue et corrigée, comme *Putain* son récit, sous des spots de salle d'opération. La maquilleuse a été gentille tandis qu'elle a enlevé tout ce que Nelly avait appliqué avec le plus grand soin sur son propre visage. La maquilleuse a poliment expliqué : « Vous savez, le maquillage pour la télévision n'a rien à voir avec celui qu'on se fait tous les jours, ou même le soir… On doit même maquiller les hommes politiques! Ils s'y soumettent comme des petits chats qu'on caresse. Ne vous en faites pas, vous êtes très bien…» Puis Nelly a attendu plus d'une heure dans une salle, livrée au trac et, déjà, à l'humiliation. Personne ne lui parle. Elle n'est qu'un vague sujet de la cour d'Ardisson, l'empereur Ardisson qu'on salue bien bas. Soudain on l'appelle. «Ce sera votre tour dans une minute! Soyez prête, c'est bon!» L'empereur sourit de toutes ses dents: la caméra le prend en gros plan.

— Ma prochaine invitée… Nelly Arcan!

Sous les applaudissements, Nelly avance sur le plateau, et s'assoit près de Michel Loeb. Devant elle, et à côté, des vedettes qu'elle ne connaît pas. Quant à Laurent Baffie, il n'est pas encore le fou du roi qui donnera à l'émission un ton encore plus grinçant.

Nelly a l'air de tout sauf de la protagoniste de *Putain*, et encore moins de son auteur. Inoffensive. Souriante. Un peu repliée sur elle-même. Ses cheveux, couleur miel, lisses, sont tirés en un chignon strict et même démodé. Un chignon de Seconde Guerre mondiale. Elle pourrait passer pour une Allemande. Son chemisier bleu ciel, une couleur qu'on ne porte pas à Paris, ou si peu, donne heureusement à ses yeux une clarté magique. Sa bouche est bien rouge, sensuelle, dans ce visage qui correspond bien peu à la photo glamour de la quatrième de couverture de *Putain*. Nelly répond d'une voix un peu nasillarde et surtout hésitante aux premières questions. Elle prend soin de bien prononcer, elle fait même un effort pour ne pas trop esquinter les «i» et les «a». «Oui, *Putain* est son premier livre, oui, elle a été prostituée.» Chacune de ses réponses commence par un marmonnement. Elle déglutit, intimidée, mal à l'aise, mais tout de même vaillante et surtout pleine de bonne volonté. Elle n'a rien de ce franc-parler, de cet aplomb et moins encore de cette sophistication qui la caractériseront dans quelque temps à peine, quand sa personnalité prendra de la maturité. Ânonnant presque ses réponses, patinant car ne sachant pas vraiment quoi dire, et surtout comment réagir avec le ponte qui l'interviewe, Nelly donne d'elle-même une bien piètre image de l'écrivain star d'avant-garde à qui rien ne fait peur. Entre l'auteur de *Putain* et cette fille qui bredouille des réponses d'enfant timide et embarrassé, il y a un fossé grand comme une crevasse. Nelly s'en rend bien compte, mais c'est trop tard. Elle ne peut qu'offrir un sourire indiquant qu'elle s'amuse aussi, et qu'elle n'est pas tout à fait une gourde qui n'a rien à dire, avec la circonstance atténuante qu'elle doit traiter d'un sujet plus difficile à exprimer par la parole que par l'écriture. Ardisson la voit flancher. Il la retourne sans manière comme une pâte à pizza. Puis, selon la règle de cette émission de variétés, vient le temps des questions insensées et arrogantes qui font la joie du public car elles mettent en boîte la plupart des invités. Après lui avoir demandé ce qu'elle trouvait de plus beau chez elle et de plus sexy (« Mes yeux », a-t-elle répondu très timidement, comme si elle en avait honte), Ardisson se tait. Il exulte à l'idée de poser sa prochaine question. Il la formule en goûtant d'avance la gêne dont il va envelopper cette godiche.

— Nelly Arcan, qu'y a-t-il de moins sexy en vous ?

— Je ne sais pas…

— Ah ! Moi, je le sais !

— Dites-le-moi, s'écrie Nelly.

— Non.

Elle insiste pourtant. Tous ceux qui connaissent l'animateur se doutent que la pauvre fille est piégée. Que va-t-il lui dire ? Il ne manquera pas de la blesser : il aime provoquer, c'est son style. La question est à ce point vicieuse qu'on peut croire qu'il ira droit au but avec sa flèche.

Mais non : contre toute attente, il se lève et se dirige vers Nelly. Se penchant à son oreille innocente, toute prête à entendre pour comprendre et évoluer, il dit, à voix haute :

— Il faut perdre cet accent canadien !

Aussitôt, la salle éclate de rire. Nelly laisse tomber un « ah » déçu. Ardisson ne lui a rien appris. Elle n'éprouve pas cette honte de mal parler que certains Québécois ont jusqu'à se transformer en Français pour avoir la paix, et susciter au moins le respect, sinon le silence. Nelly n'a pas vraiment de problème avec cet aspect de son identité.

Alors qu'il revient à sa place, Ardisson en rajoute :

— On ne parle plus comme ça depuis le XVIIIᵉ siècle !

Il aurait pu dire : « Retournez chez vous, mademoiselle, c'est bien, vous pouvez disposer… Non seulement vous n'avez à dire, mais vous ne savez pas le dire… » Mais il n'en a plus rien à faire de cette invitée même pas assez forte pour qu'on en rie plus longtemps.

L'émission qui devait la propulser n'a fait que montrer d'elle-même une image bien ordinaire, sinon carrément décevante. Le mépris d'Ardisson restera toujours associé à la première apparition de Nelly sur un plateau de la télévision française.

D'un seul coup, la magie s'est dissipée.

C'est donc à l'émission de Thierry Ardisson que, au début de sa gloire, qui en sera à la fois le faîte, Nelly Arcan-Isabelle Mercier-Fortier a manqué la première marche du somptueux escalier de son piédestal. Commençait-elle à prendre de l'assurance, à s'enorgueillir de sa réussite? *Putain* encensé partout, par les critiques les plus capricieux… Il y a de quoi s'enfler la tête. Mais Nelly n'est pas comme ça. Au fond de son âme, en permanence, il y a ce lac, le lac Mégantic qui oscille, profond et glauque, avec ses montagnes noires en toile de fond. Nelly était heureuse, au contraire, amoureuse en plus! Une vraie petite fille à qui on a enfin fêté l'anniversaire. Devant elle un gâteau au glaçage reluisant, avec des bougies qui scintillent aux couleurs de matin de Pâques. Nelly a écouté les questions d'Ardisson sans se méfier. Trop sincère, trop vraie, trop vulnérable, trop Québécoise. En France, et plus exactement à Paris, on a une éducation; depuis des centaines d'années, on raffine un code et chacun se reconnaît. «Il est d'Auteuil; elle est du VIIe; quels provinciaux!» L'art du comportement chez ces Français bien élevés, sans reproche, toujours impeccables, est un art justement. Dans cette perspective, Nelly fait figure de chien dans un jeu de quilles. Cet art, Nelly aurait beau l'étudier pendant mille ans, elle ne le maîtriserait jamais. En effet, elle ne savait pas, dans son innocence, et surtout son enthousiasme, que l'étalage de la joie peut paraître stupide et vulgaire dans certaines couches de cette société bien policée. La familiarité est la pire manifestation du manque de savoir-vivre, du manque de manières, d'éducation, d'intelligence! En effet : on ne raconte pas sa vie privée sur un plateau de télévision, à Paris ; on ne dit pas, même si l'animateur a posé la question, que l'on vit depuis un an, un an et quelques mois même (quelle précision lamentable !), qu'on vit le plus grand amour de sa vie. On peut le dire, certes, mais avec la manière de le dire, une façon très subtile, car tous s'observent entre eux sans pitié ou avec une admiration démesurée, mais toujours en guettant la faille, prêts à activer la guillotine. Alors, dans cet impitoyable jeu du langage et des attitudes, bien peu se trompent car ils ont appris à sauver la mise à tout prix, et la plupart en sort, par conséquent, avec la tête toujours bien en place sur les épaules.

Le grand animateur suffisant de l'émission de variétés a reproché au grand auteur extraordinaire sorti de nulle part, c'est-à-dire du Québec, de ne pas savoir parler le sacro-saint français. Un accent à chier, un putain d'accent dégueulasse, affreux et débandant. Nelly n'oubliera jamais cela, même si elle dira avoir moins souffert ce jour-là que le jour de son passage à *Tout le monde en parle*, version québécoise.

Ce jour-là, Nelly n'a fait que tressaillir sur son tabouret, sous les spots aveuglants. « Que le fond de teint, je vous en prie, mon Dieu, que le fond de teint appliqué par la maquilleuse si gentille ne fonde pas sous une telle intensité, un tel affront. » Pis encore : que la larme perlant au coin de l'œil bleu, l'œil de l'actrice d'Hollywood un peu idiote et victime de sa popularité ne se voie pas. Thierry Ardisson a observé les dommages de son air prétentieux. Profondément satisfait, l'Ardisson. Très fier de lui. Une fois de plus, il a frappé et profondément blessé. Bravo! Quelle belle contribution à l'histoire de l'humanité. Des millions d'êtres humains crèvent de faim, naissent et meurent dans la rue. Des millions ont été massacrés depuis la nuit des temps. En a-t-il quelque chose à foutre, le cul bien calé dans son fauteuil d'animateur tyrannique? Le satyre est roi. Empereur, empereur! La connerie règne. Nelly a ravalé. Avalé. L'avalée des avalés. Comme elle l'a tant fait, pendant tant d'années.

Mais l'insulte, et surtout l'immense remous que cette insulte a créé, l'a ravagée.

2001. L'année de *Putain*, l'année des tours démantelées.

Le terroriste de France 2 a attaqué le premier.

L'édifice mettra huit ans à s'effondrer.

27

Nelly se prête au jeu de sa propre histoire. Elle s'est métamorphosée, comme le vilain petit canard qui, au fond, était un cygne. Ce n'est plus un rêve, ça s'est vraiment produit. Mais maintenant, il faut assumer. Et chaque jour est un peu plus difficile quand la vérité n'est pas dite. Quand elle est tronquée, travestie, adaptée, pétrie par les exigences du marketing, et qu'elle l'est tout autant par l'intéressée elle-même. Or, c'est bien connu, la psychanalyse est à la base même du principe voulant que la vérité – la parole – libère et donne des ailes. Nelly n'est pas tout à fait dans le faux, pas tout à fait dans le vrai. Elle jongle depuis l'enfance avec ses désirs d'identité, et il y en a qui se concrétisent mieux que d'autres. Néanmoins, on croit à son histoire. Les journalistes ont été les premiers à entrer dans la danse, et à ériger la légende. *Putain*…, c'est une bouteille à la mer. Miraculeusement, alors qu'elle ne s'y attendait pas du tout, le Seuil a lu, aimé, publié ! À qui ce genre de fable arrive-t-il, sinon à la petite Isabelle, née Fortier, sortie de nulle part, ou plutôt de quelque part ?… Nelly sait, elle, quand elle penche son joli visage sur la fine ligne de poudre blanche, dans les toilettes de tous les bars qu'elle fréquente à Montréal, que son histoire n'est pas

aussi merveilleuse. Mais Nelly est elle-même un personnage de roman, une inspiration pour tant de gens, une
sorte de miroir, de but impossible à atteindre. Une muse.
Une icône. Comment s'en sortir ? Elle renifle. Renverse un
peu la tête. Sourit. Son cœur ne se calme pas pour autant.
Il palpite, mais en suspens. Il palpite comme si une fine
chaîne de métal l'enserrait, juste assez pour qu'il ait mal,
mais pas assez pour qu'il étouffe. La torture chinoise fera
son œuvre, dans tous les sens du terme. Si Nelly offre
l'image du succès, de la chance et de la beauté sur les
couvertures retouchées des magazines, ou lors de ses
passages à la télévision, souvent brillants après la catastrophe ardissonnienne (car elle s'est sophistiquée en un
rien de temps, plus question, jamais, d'avoir cet air lamentable), son âme n'est pas tranquille. Même quand elle rit
aux éclats, car fondamentalement sa nature est joyeuse, et
son esprit plein d'humour, quelque chose au fond d'elle-
même ne cesse de tinter, de chuchoter, jusqu'à ce que la
voix devienne de plus en plus forte : « Isabelle ! Nelly ! Tu
dérives. Tu délires. Pourquoi ce bourbier ? La vérité, qu'en
fais-tu ? »

Des détracteurs, à Paris et à Montréal, auront dit docte-
ment que Nelly Arcan est un produit entièrement fabri-
qué. Pour preuve : sa navrante apparition à *Tout le monde en
parle*, lors de laquelle, en un misérable quart d'heure, on a
compris que l'auteur de ce récit controversé, cet écrivain
brillant, voire grave, aurait toute la peine du monde à être
cette jeune femme plus ou moins bien dans sa vie et dans
sa peau, incapable de formuler une pensée qui ne se
tienne vraiment sans hésiter d'abord, et encore. Une
farce, une vraie farce malgré les 80 000 exemplaires
vendus et le contrat, avec le Seuil, que Nelly a signé en

donnant l'exclusivité à la digne maison de ses deux prochains ouvrages. Comment, en effet, cette Québécoise aurait pu débarquer soudainement comme le messie dans l'univers barricadé des lettres françaises, et plus précisément parisiennes, balayant les autres d'un seul coup de balai de sorcière bien-aimée ? À l'ère du faux, de Photoshop, même les talents sont créés de toutes pièces, tout comme les œuvres qui viennent avec sont savamment formatées. Alors *Putain,* on pourrait en parler longtemps. Comme si le Seuil, qui reçoit des centaines de manuscrits chaque jour, avait à disposition une équipe incorruptible pour ouvrir toutes les grandes enveloppes remplies d'espoir, en sortir les rames de papier, parfois reliées, parfois éparses, et lire attentivement d'un bout à l'autre la prose le plus souvent atroce, pour ne pas dire pathétique, d'auteurs de fortune se prenant pour des écrivains. Alors quand il s'agit d'une étudiante d'une université obscure du Nouveau Monde qui, pendant deux ans, exaspérera sa directrice de mémoire car pas une seule phrase de ses démonstrations n'est correctement écrite, il y a de quoi s'interroger, en effet.

La vérité est que tout fonctionne bien différemment, à Paris, comme à Montréal, comme ailleurs. Les phénomènes qui prennent possession de la place publique du jour au lendemain sont, justement, des phénomènes. Rares. Rares, pour ne pas dire impossibles.

L'esprit de Nelly papillonne. C'est comme des ailes d'un petit colibri tout mignon. Ça va vite, vite. Accoudée au bar, ses bras fuselés sous les regards, la croupe voluptueusement calée sur le tabouret, elle sautille, immobile, dans son passé. Il y a eu tant de rencontres avec le psy, pour sortir toute cette boue mégantique... Elle a tant et tant écrit pour tenter de découvrir par les mots – les siens – la pierre d'achoppement, le pivot de son drame à elle, de ce mal-être qu'elle traîne comme une glue sous des dehors de superwoman à qui tout réussit. Du moins aux yeux du public. Et ceci malgré quelques dérapages médiatiques. Certains de ses amis (rares comme des phénomènes) sentent, eux, le gouffre au-dessus duquel elle joue à la funambule. Le psy a dit : «J'aime vos textes. Ce sont plus que des réflexions, ils dépassent la recherche. Je parlerais d'autofiction…» Puis il a dit, après des minutes de silence qui coûtent une fortune mais qui permettent d'avancer : «Ma femme est écrivain… Elle a des contacts.» Le mot magique : contact. Contact, ça veut dire clé, ça veut dire porte, ça veut dire espoir, ça veut dire réussite, ça veut *tout* dire. Mais le mot contact n'existe pas dans les contes de fées. L'intervention merveilleuse est bien autre, elle vient de l'au-delà, pas des basses couches terrestres où ça pue.

Ainsi les textes qui ressemblent à de l'autofiction ont-ils été acheminés, pas comme une bouteille à la mer, mais en bonne et due forme, à la bonne personne et au bon moment, avec le mot de circonstance : «Auriez-vous, cher monsieur, chère madame, l'obligeance de jeter votre œil averti à ces lignes, fort prometteuses. Un manuscrit, d'ailleurs, est achevé…» À toute offre une demande ; à toute demande une offre. En 2001, tous les projecteurs, pendant quelques semaines, daigneront balayer un petit quartier de Montréal. Daigneront, tout en se prenant au jeu, braquer le phénomène après que la bonne personne en question ait briefé ledit phénomène en bonne et due forme. «Ce roman, ce récit à vrai dire, c'est de la littérature… La vôtre, avec l'avantage de la vérité, puisqu'il s'agit de votre propre histoire… Vous-même êtes de la littérature. Nelly

Arcan, c'est joli, ça fait ange, ça fait archange, ça fait un peu peur aussi. C'est du pur roman... Alors il n'est pas question de décevoir le public ni son imaginaire. Disons que vous avez envoyé votre manuscrit par la poste et que vous avez, de l'autre côté de l'océan, envoûté la personne qui a eu la chance d'ouvrir la merveilleuse enveloppe...»

«Mais!»

«Il n'y a pas de mais. Un livre est comme une voiture, un ordinateur: c'est un produit dans le commerce. Personne ne niera votre talent. Ou du moins la valeur du texte. C'est tout ce qui compte. Maintenant, écrivez le prochain! Et surtout, ne tardez pas.»

Le long du bar, Isabelle vacille. Folle. Elle pense qu'elle va devenir folle. Le titre explose dans sa tête, comme la deuxième détonation de la guerre qu'elle perdra.

28

Peu après le succès de *Putain*, après quelques mois passés à Paris, tentant d'y vivre sans pouvoir y parvenir, Nelly revint à Montréal. Cela surprit bon nombre de ses amis persuadés qu'elle se serait installée définitivement en France, comme tant de Québécois avant elle. Mais Nelly n'y est pas arrivée, avec Paris. Elle a même refusé l'offre de son éditeur : il trouverait un meublé bien sympa, et en paierait la caution, afin que son petit poulain d'écrivain puisse rester le plus longtemps possible dans la capitale française. À cette offre on ne peut plus aimable, l'éditeur lui a brossé en prime le topo de ce que seraient ses jours à Paris :

— Au début, ce sera difficile. Tu devras frapper à des portes qui se fermeront. On ne voudra pas savoir comment tu t'appelles, et on ne s'intéressera pas à ce que tu fais. *Putain*, tu auras beau l'invoquer, ce ne sera rien… Les gens sont durs, ici, Nelly. Il y a beaucoup de monde. Ça fait des siècles qu'on se bat. Les succès font leur temps. Surtout quand ils suscitent une telle envie. Et n'oublie jamais (de toute façon tu ne pourras jamais l'oublier, et on ne te le fera jamais l'oublier) : tu es Québécoise. Cela veut dire qu'ici, on n'a pas besoin de toi. C'est toi qui as besoin de nous. À Montréal, tu publierais chez un petit éditeur obscur, sans envergure, et ta carrière s'étiolerait en un rien de temps. Ici, c'est le contraire : des dizaines d'auteurs naissent tous les jours et veulent tous être publiés. Ils veulent des prix aussi. Le Goncourt, le Médicis, n'importe quel prix. Pour cela, la plupart se livreront à des bassesses que, bien que tu aies écrit *Putain*, tu ne peux même pas imaginer. Les esprits les plus fous croient qu'ils décrocheront le prix Nobel de littérature. Le moindre écrivaillon parle de son travail comme d'une œuvre... c'est un monde d'illuminés. Des manuscrits, il en pleut, les éditeurs, et Dieu sait qu'il y en a, n'ont pas assez d'une vie pour passer au travers de cette masse.

Nelly a écouté attentivement son éditeur. Elle savait tout cela, elle aurait pu dire ses paroles avant même qu'il ne les prononce tout en songeant à des histoires douloureuses, comme celle d'Anne Hébert. L'auteur de *Kamouraska*, accueilli au Seuil, a accepté le compromis de l'exil. À moins que cela ait été un choix. La rumeur voulait aussi que la poétesse ait quitté son pays pour oublier un homme, un homme très près d'elle, mort subitement, et peut-être suivre une femme. Pendant des années, Anne Hébert a vécu chichement dans le sud de la France, inconnue et pauvre, mais écrivant. Nelly ne veut pas vivre comme son aînée, dans une cabane, puis isolée à Paris dans une chambre de bonne en attendant le succès. Cette ambiance – ce contexte, encore lui ! – peut-être propice à la création littéraire, ne correspond pas à son idéal de vie. La solitude est intenable dans une grande ville de plus de dix millions d'habitants. Pour cela, il faut y avoir une vie, des racines. C'est le même principe que pour Lac-Mégantic. Pour vivre isolé, loin de tout, il faut une famille, un sentiment d'attachement.

Mais Nelly… À vingt-huit ans, Nelly n'a aucune carte en main pour envisager un enracinement de cet ordre. Elle a adoré Paris, mais elle ne voudrait certainement pas y vivre comme une étudiante sans le sou, et devoir s'abaisser à quêter l'attention bien qu'elle y ait fait ses preuves littéraires. Elle a passé l'âge de la vie de bohème et le métier d'escorte l'a habituée à un tout autre train de vie. Bien sûr, le choix de faire de Paris sa ville d'adoption aurait été plus facile si elle y avait rencontré quelqu'un. Toujours la même rengaine. La même maudite condition *sine qua non*. Voilà qu'une fois encore ce rêve fou est venu la surprendre. Car ce vague amoureux qu'elle a évoqué sur le plateau de *Tout le monde en parle* n'est déjà plus dans le décor, si tant est qu'il y ait déjà été. Cet amoureux absent, peut-être fantôme, ne faisait plus le poids, ni dans la réalité ni dans son imagination. Nelly a vite compris ce qui peut se passer à Paris, et qui, pour elle, ne se passera pas. C'est-à-dire ce qui peut se passer quand on a de la chance. Ainsi, à Paris, on peut, comme Nancy Huston, épater la galerie avec ses publications, subir moins d'insultes et de moqueries (aucune insulte, aucune moquerie en vérité) du simple fait d'être canadienne-anglaise et plaire instantanément à un intellectuel aussi éminent que Tzvetan Todorov, en avoir un enfant et ne plus jamais retourner dans sa Prairie natale. Nelly aurait-elle jamais cette chance ? Mais non, mais non ! Elle a rêvé fébrilement à ce qui, pour elle, pourrait se produire. Seul le dépit a répondu. Elle aime les Français pour leur culture, leur aisance à discuter de tout et de rien. Tout comme Nancy Huston, elle s'est vue partager la vie d'un intellectuel, en être la muse, et que cet homme, dans sa grande intelligence, soit fou d'elle et de sa beauté. Nelly a rêvé d'Alain Finkielkraut, de Pascal Bruckner. Le rêve impossible. Jamais ces intellectuels de premier plan ne s'intéresseront à cette vedette de passage. Il aurait fallu, pour cela, crever l'écran de *Tout le monde en parle* par une intelligence fulgurante, des propos renversants, une remarquable classe, un corps mystifié. Ce soir-là, sous les rires d'Ardisson, Nelly a eu tout faux, et perdu toutes ses chances de vivre le conte de fées de l'auteur des *Variations Goldberg*, autre titre génial de la foire aux livres.

Ainsi Nelly revint à Montréal épuisée de son séjour à Paris. Aussitôt, elle fut sollicitée par les journalistes. En toute humilité, bien simplement, répondant à leurs questions, elle argua que le rythme français, du moins de la capitale, ne lui convenait pas. L'épisode Ardisson était encore très vif dans la mémoire, au pays natal. Nelly, pour sa part, avait décidé de laisser derrière elle ce mauvais souvenir. Cette affligeante entrevue lui avait laissé des cicatrices, des bleus à l'âme, et c'était d'autant plus douloureux qu'elle devait sans cesse remettre ça sur le tapis, parce que tout le monde lui en parlait. On ne sort pas indemne de railleries et de mesquineries aussi média-tisées. Du reste, tout Québécois risque d'essuyer ce genre de rebuffade en France, à moins de se métamorphoser en Français comme par miracle, comme certains comédiens le font au point de faire oublier à leur pays d'adoption qu'ils sont nés dans la province des gros sabots. Aussi, Nelly ne s'en faisait pas trop à ce sujet. Les Français finiraient bien, à force de la lire, par l'accepter telle qu'elle était. Elle ne pensait pas du tout que, pas plus intéressés que cela par sa personne et son œuvre, ils l'oublieraient tôt ou tard comme on finit par tout oublier. Non, le pire, à Montréal, pour Nelly, n'était pas le souvenir d'un accident de parcours, mais bien davantage les compatriotes malveillants, ces envieux qui la regardaient d'un œil moqueur, satisfaits de son ratage. La petite Québécoise qui s'était prise pour une autre en s'adressant directement au Seuil plutôt que d'abord se soumettre à l'expertise de quelque grande maison locale venait de se planter, tout simplement. C'était tant pis pour elle. À bon entendeur, salut. Meilleure chance la prochaine fois !

29

Cela fait presque deux mois que Nelly a repris son train de vie à Montréal. Dans un appartement rue Sherbrooke qu'elle adore – quelle récompense –, elle continue d'écrire. En vérité, ce sont des notes éparses, griffonnées sur l'impulsion du moment dans deux, trois cahiers, et non le véritable chantier d'un deuxième livre. Maintenant, elle ne vit plus rien de percutant, ou presque, sauf voguer à la vitesse de croisière de *Putain*. Quant à l'avenue du Docteur-Penfield, ce n'est plus qu'un épisode du passé. Pour écrire, la matière est mince. À ses proches, Nelly déclare sans conviction que le prochain livre sera sans doute une autre autofiction, mais qu'il ne s'agira plus du monde glauque de la prostitution. Depuis qu'elle est sortie de l'agence d'escortes, elle se sent libre. Grâce aux ventes de *Putain*, elle vit bien. Elle ne veut plus se prostituer. D'une part elle vieillit, même si elle est très jeune, et cela la terrifie, et, d'autre part, parce qu'elle veut être payée pour ce qu'elle sait faire le mieux : écrire. Dire ! Elle est un écrivain. On l'a dit, on l'a écrit, elle y croit. C'est son vrai métier. Point final. Donc, il n'y a qu'à écrire.

Mais quoi ?

Ses habitudes sont chaque jour les mêmes : elle travaille le matin, au réveil, même si parfois elle se lève à midi. Elle écrit d'une traite après avoir bu son café, parfois un autre, et encore un autre. Puis elle se repose pour être en forme et avoir tout le temps de se préparer avant de sortir. Le soir, ses amis et ses fans, car elle en a plein, la retrouvent dans des bars branchés du Plateau-Mont-Royal et de la rue Saint-Laurent. Avec ses bottillons à talons aiguilles, ses pulls aux cols échancrés, ses collants, elle se confond avec la faune du Java ou du Bily Kun tout en s'en distinguant, car Nelly a une sorte d'aura, Nelly est Nelly Arcan, entourée de monde et de parasites, sollicitée et critiquée, une vedette urbaine du moment.

Au demeurant, ce soir, c'est plutôt dans un bar au nom sidéral qu'elle se rend, rue Saint-Dominique, accompagnée d'un ami, un D.J. très en vogue. Elle a rendez-vous avec des copains. Dans le club, l'atmosphère est à la fête. Elle s'assoit à une table et commande un verre. Nelly n'a jamais été aussi heureuse que ce soir, cet étrange soir. Elle a une sorte de pressentiment. Elle se dit que tout est possible. Les hommes sont beaux. Elle les regarde. Elle voudrait tous les séduire. Alors qu'elle se rend au bar, elle croise le regard d'un homme qu'elle n'avait jamais vu là auparavant. Aussitôt, le désir l'ébranle comme une décharge électrique.

C'est un coup de foudre. Comme au cinéma. Deux amants se sont reconnus dans une foule ; ils ont appris par cœur les répliques d'un scénario écrit d'avance. Une attraction puissante et incontrôlable. À quoi donc la comparer, sinon à la force des astres perdus dans l'univers qui percutent l'un contre l'autre ? Nelly n'oubliera jamais, et peut-être cela l'a-t-il hantée lorsqu'elle a rendu son dernier souffle, l'émoi qu'elle a ressenti quand elle a fixé ce regard sombre. Ces yeux noirs. Cet homme unique parmi les autres qui n'existaient plus.

Le cœur de Nelly s'est mis à battre très fort. Craignant de vaciller, elle a cherché un endroit où s'appuyer. Qui a souri à l'autre en premier ? Elle ne sait plus si c'est elle ou lui. Elle sait qu'elle a craint qu'il ne détourne la tête, mais l'homme l'a fixée effrontément. Déjà il la dominait, sachant qu'il était le gagnant. Du coup, elle a voulu croire qu'elle avait enfin trouvé ce qui s'appelle le bonheur – le calme, le luxe et la volupté chantés par Baudelaire.

Elle ne s'est pas approchée de l'inconnu instantané-ment. Il lui a fallu quelques minutes pour reprendre son souffle. Nelly a aimé des hommes avant lui. Du moins l'a-t-elle cru. Mais cette fois, elle sait que c'est cet homme-là qui lui fera connaître l'amour, le vrai, celui qui ne s'oublie jamais. Nelly a peur, et pourtant elle ne se défile pas. L'alcool aidant, elle domine mieux sa timidité. Avec une audace qui la dépasse elle-même, elle lui parle et l'invite à sa table.

— Je suis avec une fille, dit-il.

Nelly ne peut s'empêcher de faire une moue de dépit.

Du coup, il précise :

— Mais ce n'est pas ma blonde !

— Alors qu'elle vienne avec toi. Moi je suis avec mon chum D.J… c'est juste un copain, dit-elle en riant.

L'homme a un accent français. Nelly l'a tout de suite perçu malgré le bruit dans le bar au nom d'étoile. Il est beau, il est sûr de lui. Tout ce qu'elle veut, c'est lui.

— J'irai te voir tout à l'heure, dit-il encore.

De retour à sa table, elle feint de s'intéresser à ce que racontent ses copines. Le D.J. qui l'accompagne lui dit à l'oreille : « Tu es belle, Nelly, tu n'as jamais été aussi belle. » Une fille qui passe en la frôlant presque la regarde aussi, très intensément. Sans doute a-t-elle reconnu l'auteur de *Putain*. Mais Nelly sent plutôt que cette fille a deviné ce qui s'est passé avec l'homme au bar. La fille reconnaît cette métamorphose, cette aura dont seul l'amour est responsable. Elle lance à Nelly un regard envieux. Nelly prend une cigarette et la fume, savourant chaque bouffée, maîtrisant comme elle peut sa fébrilité. À intervalles réguliers, elle porte à ses lèvres un cosmopolitan. Sa langue effleure doucement le bord du verre. Bien sûr, c'est très sexy. Quand elle constate que le jeune homme s'approche de sa table, elle lui trouve un air de Romain Duris, et se dit que la partie est gagnée. La musique est forte, la rumeur des conversations monte, la soirée avance, le bar va bientôt fermer et Nelly se demande comment elle pourra être seule avec cet homme qui vient tout simplement de l'envoûter. Il faut qu'il largue sa copine – elle doit se débarrasser de son D.J. Elle ne veut surtout pas rater ce bateau qui passe, le vrai, celui qui n'a aucune chance de couler. Après s'être assis à sa table quelques minutes, le jeune homme se lève et retourne au bar. Nelly l'imite immédiatement et salue ses amis. « Je vous appelle demain. » Puis, se frayant rapidement un chemin dans la foule, bousculant des couples qui s'embrassent et d'autres dont les corps ondulent, elle va vers lui. L'inévitable. Il est là. Il l'attend. Alors ils ne sont plus que tous les deux. Seuls parmi la centaine de danseurs déchaînés, dans le bruit de la fête techno qui n'aura peut-être jamais de fin. Jusqu'au last call, ils feront connaissance, ils s'apprivoiseront. Avant l'aube, ils seront amants.

30

Dans le bar au nom sidéral, quand il a croisé ses yeux, reconnaissables entre tous, bleu piscine, profondes pupilles noires, il savait qui elle était. Nelly Arcan, une star du monde des lettres. À son actif, *Putain*, un des plus gros succès de l'année. Il se souvenait aussi l'avoir vue à la télévision, lors d'une émission consacrée aux femmes et à la littérature érotique. La présence de Nelly y était éclatante, bien qu'elle eût l'air d'une collégienne, se tenant droite et docile. Sur le plateau, il y avait aussi une Française connue. Elle venait de publier un livre sulfureux, sinon scabreux, dans lequel elle dévoilait sa vie sexuelle dans les moindres détails. Il se souvenait très clairement de cette apparition à la télévision parce qu'alors il s'était dit : « Cette Nelly Arcan est une ambitieuse. Elle veut réussir. Elle n'est pas de ces écrivains qui se cachent, qui jouent les farouches et refusent les projecteurs. Au contraire, elle flamboie, elle est une étoile qui scintille plus que toutes les autres, une planète. » La comparaison lui était venue tout naturellement. Tout jeune, il avait été initié à la connaissance des étoiles et des astres par son père, fanatique d'astronomie. Mais jamais il n'aurait cru un jour rencontrer cette étoile-là. Et moins encore devoir s'y mesurer jusqu'à sa propre mort.

L'homme qui a frappé Nelly en pleine trajectoire est d'une beauté un peu sauvage, comme elle les aime. Grand, brun, quelque chose de ténébreux et de rebelle. Quand Nelly a croisé son regard, ses yeux si extraordinairement sombres, elle a baissé les siens pour mieux écouter l'homme lui parler, subjuguée et non sans crainte, car Nelly, même complètement défoncée comme cela lui arrivera de plus en plus, ne perd jamais la carte et voit clairement dans les âmes bien qu'elle feigne ne rien y voir quand la vision est insoutenable, pour mieux vivre l'histoire qu'elle se raconte.

Le jeune homme d'une trentaine d'années est journaliste et travaille à la pige. Né en France, il vit au Québec depuis un certain temps. Nelly n'est pas surprise d'avoir aussitôt été attirée par ce Français. Elle a toujours eu un faible pour cet accent qu'elle perçoit comme une marque de supériorité intellectuelle. Elle n'y peut rien. Elle est encore sous l'emprise d'un complexe d'infériorité. Son séjour à Paris n'a guère amélioré les choses à cet égard et, de toute façon, elle traîne cette gêne depuis longtemps. Quand elle est arrivée à Montréal, huit ans plus tôt, elle a tout de suite ressenti sa différence. Elle venait, de toute évidence, d'une petite ville. À Montréal, elle était du Lac-Mégantic. Un jour, à l'université, à propos de rien, quelqu'un lui a fait remarquer qu'elle avait une allure bizarre. « Viens-tu de la campagne ? », a-t-il demandé en se moquant. Nelly s'est sentie blessée par cette remarque désobligeante, ce rappel inutile à ses origines. Comme si elle ne se rendait pas compte qu'elle venait d'ailleurs. Oui, à cette époque, elle était une exilée dans son propre pays, et cette sensation l'accablait plus encore quand elle se retrouvait seule dans son petit logement d'étudiante. Il avait fallu des années de prostitution pour se débarrasser de cette enveloppe locale si reconnaissable, et circuler avec un peu plus d'aisance dans un monde cosmopolite. Maintenant, à Montréal, Nelly passait pour une avant-gardiste. À Paris, elle aurait traîné de la patte. Quel sort ironique.

— Pourquoi m'aimes-tu, toi qui as toujours préféré les brunes ?

Avec cet homme, cet impressionnant Français, un autre Français dans sa vie, Nelly ne gagne pas en assurance, au contraire. Trop intimidée. Transie d'émotions. Une vraie groupie devant sa rockstar de prédilection. Elle pose toutes sortes de questions, souvent futiles, en faisant des mines, tâtant sans arrêt le terrain, juste pour savoir, juste pour comprendre. La trouve-t-il jolie ? Est-il vraiment séduit ? Comment se fait-il que cet homme-là ne soit pas envoûté par elle comme les autres ?

— Est-ce vrai que toutes les filles que tu as aimées étaient des brunes ? Pourquoi ? Pourquoi maintenant une blonde ?

L'amant français répond qu'elle est la première blonde de sa vie, la seule. Dans sa bouche, l'expression prend un double sens. Il sait qu'au Québec, une blonde, c'est une fiancée, une petite copine.

Nelly le croit quand il lui dit qu'elle est la première. Elle veut que leur histoire ait un véritable début, un début qui leur appartienne – exclusif. Être assurée que cet homme l'aime et n'en aime aucune autre. Qu'il soit attiré par elle, et par elle seule. Alors, elle s'embourbe, effrayée elle-même de poser des questions de plus en plus puériles.

— Je suis une fausse bonde, dit-elle en baissant les yeux. Je décolore mes cheveux, tu le sais bien, non ?

— Tu veux ressembler à Marilyn Monroe ? Tu crois que les hommes préfèrent les blondes ?

Il se moque d'elle, mais il n'est pas méchant. Aux premiers instants de leur passion, il a pour elle une véritable tendresse. Quant à Nelly, elle est conquise. C'est elle, pour une fois, qui est ensorcelée. Tout ce qu'il dit lui semble une caresse. Elle boit ses paroles, et, tandis qu'il parle, elle rêve, étonnée de ce qui lui passe par l'esprit – il est châtain foncé, elle est blonde ; il est la nuit, elle est le soleil ; signes du destin – des considérations de fille de quatorze ans qui a gagné le cœur du plus beau garçon de l'école. Elle sourit et rit en silence. Leurs différences sont bien davantage des complémentarités. Quant à leurs ressemblances... Mais ils n'en sont pas encore là. Les ressemblances qui les sépareront mieux que n'importe quelle divergence d'esprit, ou façon de voir les choses, seront la pierre d'achoppement du couple qu'ils ne formeront jamais vraiment. Nelly songe à sa tante. Elle se transporte dans sa cuisine, s'assoit à la table. Se concentre. Toutes ces divinations peuvent se faire à distance. La télépathie opère, mais la tante ne sort pas ses tarots. Cette fois, elle bat un jeu de cartes bien ordinaire, et le tend à Isabelle.

— Coupe de la main gauche, dit la tante.

Isabelle coupe le paquet, sa main tremble.

— Ah… La dame de cœur… C'est toi… Tu es en plein dedans.

Isabelle sourit, et garde les yeux fermés. Sa tante, à la suite d'une savante manipulation, a tiré six cartes du paquet.

— Choisis-en deux, ma belle. Ne regarde pas !

Sur la table, Isabelle pose une carte. Le roi de pique. Puis une autre : un as de pique à l'envers. Présage de malheur.

L'image a fait son chemin en une seconde lumière. Nelly ne peut plus se dire qu'elle fabule, qu'elle invente, que sa tante est à 300 kilomètres de Montréal et qu'elles n'ont eu aucune transmission de pensée depuis longtemps. L'image maléfique s'est ancrée dans son esprit avec un grand bruit de ferraille. Nelly se débat en vain. Elle ne veut pas, ne veut plus jamais s'enfermer dans une prison, dans quelque réalité sans issue. À l'orée de cette nouvelle aventure, de ce véritable amour, enfin, elle veut croire au bonheur. Vite, faire diversion. Et, tandis qu'il en est encore temps, tromper le sort.

31

— Et si nous passions quelque temps dans les Cantons-de-l'Est?

Nelly invite son amant dans le petit chalet dont elle a hérité de son grand-père. Voilà bien une preuve qu'elle est amoureuse, car jamais elle n'aurait proposé cela à un autre. Ce refuge lui appartient. Il est aussi intime que son cœur et son âme, puisque, depuis longtemps, elle a perdu son corps. Mais avec cet homme, tout est – semble – différent. Nelly renaît, ou plutôt naît. Elle a envie de vivre comme une jeune mariée. Pendant quelques semaines, en dépit de leurs altercations, car ils s'opposent souvent (il se montre agressif, la juge; elle ravale), Nelly va jouer à l'épouse, à l'amante, à l'amie, à la sœur, à la fille, à la pute de service. Le journaliste est conquis et perturbé. La vie à laquelle Nelly le convoque est tout aussi intense que déstabilisante. Celle-ci le séduit et le dérange dans ses convictions. Il la suivrait au bout du monde. Avec elle, il n'ira nulle part. Dans la petite Volkswagen Beetle, à l'aller comme au retour, les amoureux se caressent, se promettent mer et monde, s'engueulent. Sur l'autoroute 10, ils ont la vie devant eux. Le paysage défile, majestueux dans sa gravité du début du mois de mars. Le mois de Nelly.

Mais ils ne voient rien d'autre que leurs corps abandonnés à leur désir. Et ils ne vivent que pour satisfaire au doigt et à l'œil les exigences de leur quotidien de petites stars : bars, sorties, intrigues, parades, lignes de coke longues comme l'autoroute des vacances qui n'aboutit qu'à un cul-de-sac.

Une semaine à peine après leur rencontre dans ce bar au nom prémonitoire, Nelly et l'amant français vont donc s'aimer férocement, sans entrave. Dans le chalet du grand-père chéri d'Isabelle, ils vivront leur amour, et le feront librement, impudiquement, compulsivement, presque sans arrêt. Nelly se dit : « Avant lui, il y a eu ma vie de pute, des coucheries sans importance, Avec lui, je sais enfin ce que signifie le mot amour. »

Nelly est revenue au pays de son enfance. Un peu plus, elle pourrait avoir la foi. C'est le mythe de l'éternel retour. Le mythe de la seconde chance. Nelly n'est plus seule à Mégantic et ses environs. Elle est avec lui, cet homme qu'elle aime, cet homme à la hauteur de ses attentes, et qu'elle a enfin rencontré. Elle affronte son passé et le dompte, forte de la présence de cet être flamboyant, mais il n'en sait rien. Maintenant, Nelly se sent assez forte et surtout assez heureuse pour aller au bout de son désir d'aimer. C'est ici, chez elle, là où elle a appris à être, qu'elle veut vivre sa plus belle histoire d'amour, qu'elle veut se donner naissance, et peut-être enfin devenir adulte, une adulte qui resterait toujours jeune. Le séjour dans l'Estrie est initiatique. Loin de la ville, coupée du monde, fusionnée à l'amant français, Nelly panse comme jamais les plaies de ses blessures d'enfance. Cependant, comme d'habitude, elle refuse de voir la réalité en face et multiplie les effets spéciaux pour se leurrer elle-même. Cet homme en qui elle a mis tous ses espoirs, à qui elle voue une admiration sans précédent, la détruit. Chaque jour, chaque heure un peu plus. C'est le propre de cette passion qu'elle veut vivre à n'importe quel prix – sa chute, sa perte – pour avoir enfin l'impression d'être cette personne normale, une femme encore très jeune qui sent son cœur heureux, qui a hâte, qui ne passe plus tout son temps à se torturer. Alors le gros nuage indiquant non pas que la tempête s'en vient, mais qu'elle est là depuis le début, Nelly ne veut pas le voir. Pas plus qu'elle ne se souvient que passion veut dire souffrance, veut dire pâtir. De nouveau, elle s'est fourvoyée, il y a une entourloupe dans son destin. Pour elle, Isabelle-Nelly, les choses ne se passeront jamais comme elles se passent pour la plupart des gens.

Plus tard, quand tout sera fini entre eux, quand lui battra en retraite de la guérilla qu'ils se seront livrée, chacun dans son marasme, Nelly n'aura plus que son ordinateur pour se souvenir de la plus grande histoire d'amour de toute sa vie, et ainsi la revivre – même Finkielkraut et Bruckner ne feraient pas le poids –, plus que son ordinateur pour s'en souvenir et penser vivre alors qu'elle agonise. Et comme elle est écrivain, et qu'un écrivain transforme la réalité tout en la sondant mieux que quiconque pour la rendre en trois dimensions dans sa plus profonde signification, Nelly sublimera l'épisode du chalet pour reprendre son souffle entre deux âpres descriptions de cet amant, cet homme qu'elle aimait et pour qui elle continue de mourir, car depuis toujours elle meurt, Nelly, Isabelle, chaque pas la conduisant vers sa propre fin, qu'elle orchestrera, tôt ou tard, ce n'est qu'une question de temps, de contexte.

En attendant le dernier jour, Nelly écrit sur sa vie. Leur courte vie. Elle avait donc emmené son amant, au moment du sublime séjour dans l'Estrie, à la découverte des bois, du lac aux Araignées, des montagnes. Ils étaient des personnages de Defoe, survivant sur une île déserte, quoi de plus romantique?

Le paysage était éblouissant. Les montagnes barrant silencieusement l'horizon gardaient leur secret. Elles étaient des encyclopédies vivantes. Devant elles on se tait, on s'incline. Existait-il un autre monde au-delà? Nelly parlait tout bas, chuchotant à l'oreille de son amant: «Je veux aller dans cet au-delà.» Peut-être un jour, avec lui, dans cette vieillesse ou ce grand âge qu'elle n'atteindra jamais même si, à l'occasion, elle renonce à son projet de mort. Avec cet homme à ses côtés, ce projet ne tient plus. Il est désuet, inutile, il n'y a qu'à le jeter. Grâce à cet homme, Nelly croit vraiment qu'elle va conjurer le sort, même si elle sait très bien que non. Le sort c'est comme la vieillesse. À moins de mourir jeune et encore beau, on ne peut y échapper. Et même la mort libératrice, que sait-on de ses méandres, de sa pérennité? Combien de temps dure la mort?

«Combien de temps sommes-nous restés au chalet?» Nelly ne le sait plus. Elle croit que ce séjour qui lui a paru si long et si bref n'a duré que trois jours. Elle se dit que ça doit être cela, une lune de miel. Le mot est mielleux, dépassé, mais elle ne peut s'empêcher de l'entendre résonner jusque dans les moindres recoins de son être. Elle s'étourdit en pensant à ces moments de bonheur furtifs, évanescents, foutus d'avance. Dans la mythologie grecque, Chronos mange ses enfants : le temps est affamé de nos vies. Nelly sait bien que cette passion ne résistera jamais au temps qui passe, et qu'elle ne pourrait pas même résister au temps qui est.

32

Sur la table, le sachet de poudre est déchiré. Nelly se penche sur la ligne de coke, une paille enfoncée dans le nez. Elle sniffe en fermant les yeux, puis elle se laisse retomber sur le sofa. Son corps est lourd. Dans quelques secondes elle sera là où elle veut être. Un voyage à cent dollars la prise. Si elle en veut encore plus, elle n'a pas à s'inquiéter, son amant lui a dit que le vendeur peut venir porter du stock jusqu'aux petites heures du matin. Lui, il a déjà sniffé deux lignes, il se sent bien. Tout à l'heure, ils retourneront avenue du Mont-Royal, au Bily Kun, pour terminer la soirée.

Nelly se drogue par plaisir. Tout son être lui réclame cette intensité. C'est un besoin irrésistible qui la prend dès qu'elle ouvre les yeux. Depuis des mois, des mois et des mois qui font des années que la coke fait partie de son quotidien, comme l'expresso, l'alcool, le sexe et les sorties, Nelly ne veut pas s'avouer que, peut-être, cette consommation est néfaste à long terme. Lire? Étudier? Écrire? Se remettre au travail après *Putain*? Nelly veut s'amuser. Enfin, elle se divertit, elle rit, elle est belle, elle plaît, elle est au bras de cet homme-là, elle n'est plus sous des centaines d'autres à ramasser de l'argent pour le dépenser pour personne. Ce temps-là est fini. Elle profite de sa notoriété, du statut que cela lui a donné dans une certaine société, personne en Océanie ne sait qui est Nelly Arcan, mais ici c'est bien différent, surtout dans les trois bars qu'on fréquente sans arrêt, dans lesquels on règne, c'est l'auteur de *Putain*, c'est Nelly, tu as vu, c'est Nelly Arcan.

Depuis qu'elle est avec lui, ce merveilleux homme qui l'enfonce – comme elle se laisse faire, comme l'amour est agréable à vivre tandis qu'il est encore là et qu'il lui pourrit la vie, mais non, non, on continue –, l'existence de Nelly se passe en soirées dans les bars et en lendemains de veille difficiles à traverser. Dans l'euphorie – cette relation l'a complètement envahie, elle n'est rien que cette relation, le psy qu'elle ne voit plus le lui dirait bien –, Nelly a mis de côté son travail littéraire. Son emploi du temps, passé à sortir, à se montrer, à faire marcher la machine de la nuit lui interdit d'écrire la moindre ligne. Nelly refuse même d'y penser, sachant que la solitude de l'écrivain et le livre à écrire la percuteront tôt ou tard et l'acculeront bien assez vite à l'obligation de s'y remettre. En attendant, elle boit, elle se drogue, elle drague, elle est libre et enchaînée à cet homme. Le paradoxe prévaut toujours dans la vie de Nelly. Chaque jour est un spectacle. Le couple, célèbre dans son petit milieu, sautille d'un cocktail à un lancement, d'un spectacle à une rave, suscitant les regards, l'envie, l'admiration, la controverse. C'est une téléréalité sur fond de bar, de restos, de lofts. Nelly se change tous les soirs, fidèle à son image, toujours plus travaillée, chaque soir une nouvelle subtilité, un détail qui imposera la tendance. Paradis infernal dans lequel l'intrigue a tous les droits, que le plus fort gagne, que la plus crasse l'emporte, aucun règlement, que le moment empreint de la factice adrénaline de la coke, sans laquelle on ferait bien autre chose de ses soirées. Tournoyant dans ce divertissant remous, Nelly se surprend de plus en plus souvent à se dire qu'elle finira par se ranger. Mais elle garde son pauvre rêve pour elle. À quoi bon le gâcher, puisque son amant ne le partage pas ?

Récemment (mais quand ? Tous les jours se ressemblent et sont faits de la même pâte), il lui a dit :

— Les femmes de ta génération utilisent les hommes comme de simples géniteurs. Elles font des bébés dans leur dos. Elles sont égoïstes et sournoises.

Nelly n'a même pas relevé la remarque. Même si elle se cache dans le sable, savourant chaque grain comme le dernier car le désert n'a pas de fin, et parce que rien n'y poussera jamais, Nelly n'a rien dit. C'est trop compliqué, trop alambiqué avec cet homme qui argumente, qui discute, un vrai Français qui ferait tourner en bourrique n'importe qui, car, à ce flux d'arguments tarabiscotés et trop souvent sordides, il n'y a rien à dire. Nelly, ou plutôt Isabelle, a été pute pendant trop longtemps. Elle a appris très vite à se taire, à avaler, à fonctionner en pilote automatique, engourdie, vivante sans l'être, une vraie poupée gonflable dont on aurait coupé la corde pour qu'elle ne dise pas « Viens jouer avec moi, je suis avec toi, viens jouer avec moi », pour mieux la tourner dans tous les sens et ne pas être dérangé par ses petits marmonnements de crécelle. Nelly n'a pas été choquée par ces paroles brutales et pourtant elle l'a été. Démolie. Profondément détruite dans son désir d'enfant qui lentement monte en elle, comme si cela pouvait être possible, un enfant.

Qu'a-t-elle donc à se cacher sans arrêt ce qui est ? Son amant ne l'a jamais traitée avec de véritables égards, même s'il l'aimait. Depuis le début, il s'est montré tel qu'il est : brusque et rude. Même escorte, elle n'aurait jamais accepté qu'un client crache sur elle. Et maintenant, que se passe-t-il ? Au lit (et plus précisément à table, par terre, dans l'ascenseur, entre deux portes), elle se fait l'effet d'un cobaye. Pas un mot plus haut que l'autre. Les gémissements de circonstance. Un jour elle se dit, trop fatiguée pour planer : « Cette femme, ce n'est pas moi. » La raison de la psy reprend sa place, et les liens se font d'eux-mêmes. Une éclaircie de lucidité dans un smog hitchcockien. Comme avec sa tante, elle fait de la télépathie avec le médecin de l'âme. Il n'y a qu'à survoler le cimetière de la Côte-des-Neiges, planer et battre un peu plus vite des ailes le long de cette rue qui monte vers la montagne. Qu'est-il donc devenu, cet homme qui l'a menée au succès ? Lui a-t-elle même témoigné sa reconnaissance ?

— L'amant français, comme vous dites, est venu vous révéler ce qu'il y a de plus intime en vous. De plus urgent pour vous.

Sur son divan virtuel, Nelly perd le souffle tant elle souffre.

— Vous voulez dire le désir d'enfant ?

Long, long silence.

— Peut-être, murmure le psy.

Elle se rappelle une étude sur l'amour. Une étude sérieuse, effectuée par des chercheurs qui ont démontré que l'amour révèle les êtres à eux-mêmes. Qu'avaient-ils donc encore conclu, ces chercheurs, dont on peut se demander s'ils ont jamais aimé ? On s'aime soi-même à travers l'autre. Dire « je t'aime » veut dire « je m'aime avec toi ». Nelly réfléchit. Cette fois, tous les pistons de son inconscient s'activent en même temps. Elle s'allonge de nouveau sur le divan du psy, alors qu'elle est encore assise à ce bar, à boire et à discuter sans même savoir de quoi avec l'amant qui en regarde une autre.

— Cet homme me renvoie à une image de moi qui me déplaît.

— Mmm.

Nelly attend désespérément une réponse. Le psy lui donnera-t-il une miette, juste une miette pour qu'elle comprenne mieux, et surtout qu'elle puisse se dire que ce qu'elle comprend, ce n'est pas ça ? Que le psy dise enfin : « Vous vous trompez. Ce ne sont que vos obsessions. Cet homme, l'amant français, est bon pour vous, cet amour est vrai, vous avez rencontré la bonne personne, tout va bien se passer. » Mais au lieu de cette berceuse apaisante, une réponse qui réglerait tout, le psy dit :

— Quelle image ?

Nelly pleure. Elle ne veut pas d'une question, elle veut une réponse.

— On va s'arrêter.

Nelly assiste, impuissante, à l'un des plus grands naufrages de sa vie.

Meilleure chance la prochaine fois !

Il n'y aura pas de prochaine fois. Les autres que Nelly aimera et qui aimeront Nelly ne feront que l'accompagner vers sa fin.

33

Ce soir, au Bily Kun, c'est franchement génial. L'atmosphère est au top. Avec sa robe très courte au décolleté profond, son collier de brillants scintillant au creux de ses seins comme une invitation, Nelly fait encore et toujours tourner les têtes. Elle aime qu'on la regarde. Elle adore ça. Pour l'instant, franchement, c'est tout ce qu'elle veut. Que cela soit au fond une manifestation de désespoir, elle ne veut même pas y penser. Elle aime qu'on la voie aux côtés de son amant. Elle le trouve beau, elle le trouve magnifique, elle le vénère. Tout le monde les regarde. Ils sont indéniablement un couple hot, en vue, Brangelina d'un autre monde, d'un petit quartier d'une petite ville d'un grand pays désert de la planète polluée de partout. Les deux sont au bar, comme chaque soir. Ils boivent, parlent et rient avec des amis. L'amant s'enflamme.

— La grande mode en Californie, c'est la vaginoplastie. Vous saviez cela, les filles ?

Il éclate de rire.

— Les femmes se font refaire le vagin pour retrouver un sexe de fillette.

Cependant, Nelly fait mine de rien. Elle sourit impassible-
ment, cygne-canard, gardant tout à l'intérieur d'elle-même.
Elle est belle et elle se tait. Cela ne l'empêche pas de penser.
La première fois qu'ils se sont rencontrés, il raconté la même
histoire. «Encore une toquade, se dit-elle. Un nouveau
trip.» Depuis quelques jours, elle a découvert (découvert?)… «Que voulez-vous dire par découvert, demande-
rait le psy. Voulez-vous plutôt dire que vous avez accepté de
reconnaître?» Depuis quelques jours, elle a accepté de
reconnaître que son amant passe des heures devant son
ordinateur. Elle a longtemps voulu croire sans y croire qu'il
s'y astreignait pour son travail. La réalité, c'est qu'il est
branché, presque en permanence, sur des sites pornos.

— C'est quoi ton problème? lui a-t-elle lancé un soir,
enfin assez soûle pour exploser.

Elle était furieuse. Après dix ans de prostitution, ça?
Nelly ne veut plus de cette perversion bien qu'elle en
mange et s'en réclame à longueur d'année. Car le vision-
nement des sites pornos, c'est comme des visites dans des
chambres de passe : un jour des pères y verront leurs filles.
Comment vivre avec ça? Elle ne veut pas de ça chez
l'homme qu'elle aime.

— Pourquoi m'as-tu aimée? a-t-elle crié. Tu croyais que
j'étais encore une pute? C'est ça?

Nelly était effondrée. Trop défoncée pour prendre sur
elle et bien se comporter, comme d'habitude, en fille
complètement écrasée d'amour et de soumission.

— Tu es une snob, lui avait-il répondu. Une ambitieuse,
une prétentieuse. Parce que tu as eu du succès avec un
livre, tu te crois tout permis…

La réalité de leur quotidien n'a ni passé ni futur. Tout se conjugue au présent. La coke les fait vivre dangereusement, au bout d'eux-mêmes sans arrêt, en funambules. Après le high, au cours duquel ils se sont crus d'invincibles dieux, ils dévalent la pente de la dépression. Ces moments sont les plus douloureux car le couple se déchire et se déteste.

Nelly est jalouse parce qu'elle a toujours l'impression qu'on va l'abandonner. La recherche en psychologie l'a montré depuis longtemps : les jaloux souffrent d'insécurité. Ils sont incapables d'accepter les ruptures. Quand Nelly est seule dans son trois-pièces du Plateau, quand, au terme d'une énième dispute, elle est partie de chez son amant, elle se remémore les premiers instants de leur rencontre, ce moment magique où elle a eu l'impression qu'il était son double. Ce temps précieux où chacun finissait la phrase de l'autre comme dans les films et les romans les plus sirupeux qu'on a honte d'avoir aimés. Elle entend la terrible chanson de Brel : « Ne me quitte pas, ne me quitte pas. » D'où lui vient ce vertige à l'idée qu'elle ne le reverra plus ? Jamais ? Non, une rupture entre eux est impossible. Elle chasse ce mot qui lui brûle l'âme. Nelly n'aurait jamais pensé pouvoir aller si loin dans cette affaire appelée amour, ni descendre si bas. Elle n'aurait jamais pu imaginer avoir si peu d'amour-propre. « Laisse-moi devenir l'ombre de ton ombre, l'ombre de ton chien… » Retourner chez lui ? Mendier ? Hurler ? Elle pleure amèrement. Ce soir, Nelly a cinq ans, elle est une toute petite fille dans son lit trop grand. Elle voudrait que sa mère la prenne dans ses bras, que son père la rassure et que sa sœur vive toujours. Et puis ça recommence. La litanie des scénarios quand tout est foutu de toute façon.

« Demain, j'irai devant chez lui. Je passerai sous sa fenêtre. Je ferai semblant de faire un tour au parc La Fontaine et je traverserai la rue. Je monterai les escaliers, je frapperai à sa porte. Il m'ouvrira. Ce soir, il était malheureux… il ne voulait pas me faire de peine. Il sait que je l'aime. Au fond, lui aussi souffre. Il souffre à cause de moi. Demain tout ira mieux. »

Nelly trouve mille et une excuses à son amant. Ce n'est pas lui qui l'agresse, c'est elle qui le provoque. Il a raison, elle a tort. Il ne la menace pas, c'est le contraire. Nelly, du simple fait d'être Nelly, pourrait déstabiliser l'homme le mieux intentionné.

Et le manège recommence. L'amant français accepte de la revoir, mais plus rien n'est comme avant. On les croirait exsangues, taris, deux coquilles vides qui sonnent creux.

— Nous deux, on parlait trop. En amour, il faut savoir se taire.

Nelly est sage. Elle comprend vite qu'elle aurait dû entretenir le mystère. Dans un couple, il est bon d'être celui qui tient la dragée haute. Puis elle se ravise. L'amant français l'a prise comme elle était, il a voulu la statufier dans son image de putain.

— Au bar, dès le début, il m'a vue comme une fille facile. Cette image-là s'est fixée dans son esprit. Il m'en voulait d'être cela. Il était attiré par cela. Alors pas besoin de mettre de gants blancs. Je suis une pute. Un papier mouchoir qu'on utilise et qu'on jette à la poubelle.

Tout le temps que Nelly passe à se dénigrer, bien en place dans le banc des accusés qu'elle s'est elle-même érigé, elle écrit peu. Mais elle sait que tout cela, aussi intense que dix ans de putasserie, est une matière. Elle pourra peut-être en faire quelque chose. Pas maintenant, plus tard, quand, brûlée vive, elle renaîtra de ses cendres pour durer encore un peu.

34

Le temps passe, les soirées au Bily Kun se raréfient, les lendemains de veille à se sauter dessus dans le loft aussi, l'amour se délite. Nelly a beau ramper et multiplier les stratagèmes de séduction, elle a perdu la partie. Au printemps, les deux amants ne se voient plus, mais, dans le ventre de Nelly, toute cette histoire attend de voir le jour.

Enceinte. Elle est enceinte. L'hallucination est totale. Elle ne pense qu'à cela. Elle porte l'enfant de l'homme qu'elle a aimé plus qu'elle-même. Elle se voit donner naissance, euphorique et terrifiée. Une fille aux yeux noirs, un garçon aux yeux bleus. Elle leur choisit des prénoms légers et heureux. Elle porte sans cesse les mains à son ventre. Elle se regarde nue dans la glace. Elle cabre le dos pour donner plus d'ampleur à ses formes. Son ventre sera gros et rond, elle n'en a plus rien à faire d'être mince – le bonheur est à venir.

Elle rêve, remplie d'espoir. Puis elle pleure. Bien trop lucide pour fabuler à ce sujet. Un enfant avec ce mec-là ? Absent et partout à la fois ? Cet enfant est de trop. Il pèse trop lourd. Il ne lui rappelle que l'échec de cet amour impossible. Ce n'est même pas une arme pour récupérer l'amant qui lui a préféré une autre femme. De toute façon, une pute, ça n'a pas d'enfant.

Sa main cherche son téléphone portable. Ça fait des jours, des semaines, qu'elle vit – végète – au creux de son divan, les yeux rivés sur la télé. Tandis que défilent les images des séries idiotes dont elle suit à peine l'histoire, elle réfléchit. Il n'y a pas à tergiverser. Elle ne gardera pas cet enfant. Elle ne pourrait pas supporter son regard, ce perpétuel regret d'avoir trop aimé. Elle ne veut pas entendre sa voix. Elle ne veut pas que cet enfant demande où est son père. La semaine prochaine, elle avortera.

Maintenant, elle a le ventre vide.

La seule chose qui reste est écrire.

Il lui faut écrire sur ce qu'elle vient de vivre. Écrire pour survivre avant d'en finir. Pour ne pas oublier. Laisser des traces, craignant qu'à sa mort plus rien ne subsiste de sa douleur. Il faut que les autres sachent, il faut que toute la Terre soit mise au courant. Son prochain livre sera impudique comme une peine d'amour. Son deuxième récit sera le tombeau de sa descente aux enfers. Elle s'embaumera de sa détresse. Une momie, voilà comment elle se sent, comment elle veut qu'on la voie. Chaque page sera une bandelette que l'on déroulera pour parvenir au cœur de sa souffrance. Une dévastation.

Ça fait déjà un certain temps qu'elle y pense, qu'elle cherche un moyen : elle ne veut plus s'enfermer dans l'autofiction, ce genre qui l'a consacrée, mais ne se sent pas d'attaque pour s'aventurer dans la pure fiction. D'ailleurs que signifie ce terme ? Il y a une part de l'auteur dans chaque livre, qu'il en soit conscient ou non. L'autofiction est encore le genre littéraire qu'elle maîtrise le mieux. À distance, elle s'explique. Encore une fois, elle s'est allongée sur le divan du psy qu'elle n'a plus besoin de payer.

— Sans doute cela correspond-il à l'un des traits de ma personnalité… Je suis exhibitionniste. Il fallait que je le sois pour accepter, à vingt ans, de faire des photos érotiques. Pornos, si vous voulez. Cela ne m'a jamais gênée de me montrer nue, devant n'importe qui d'ailleurs…

— «Vous» êtes exhibitionniste? N'aviez-vous pas emprunté le prénom de Vicky à l'époque de ces photos pornos?

Nelly réfléchit. Elle ne fait que ça, réfléchir! Il est vrai que, dès cette séance de photos, elle s'est cachée derrière un personnage. Sous les projecteurs, c'est donc Vicky qui a émoustillé les voyeurs. Elle sourit. Elle avait trouvé l'expérience insolite. Heureusement, elle avait eu beaucoup d'argent pour faire cela. Nelly ne peut s'empêcher d'entendre la voix de la culpabilité et, en sourdine, les dix commandements. Chacun de ses gestes est soumis à l'œil de Dieu. Toutes ses fautes. Tu ne tueras point. Elle ne voulait pas de cet enfant! Elle ne pouvait pas l'avoir! On ne sort pas sans séquelle d'une éducation catholique rigoriste.

Tout le temps qu'elle a passé sous l'emprise de son amant français, Nelly a mis de côté l'écriture. Ne lisant presque plus rien. Sa littérature, c'était les bars, la consommation et la séduction. Lorsque, à intervalles réguliers, l'éditeur du Seuil, devenu un ami, lui demandait de faire le point sur le prochain ouvrage à livrer, Nelly mentait. «Ça avance, c'est complexe, ça ne ressemble pas à *Putain*, j'évolue, donne-moi encore du temps s'il te plaît.» Comment raconter une histoire alors qu'on en vit une jusqu'à l'électrocution? Au temps de l'amant français, Nelly avait besoin d'être entièrement à lui, pas un instant elle ne devait le quitter, ni des yeux ni du corps. Or l'écriture est exigeante. Elle vampirise la vie d'un auteur. Ainsi,

Nelly n'était plus du tout un auteur, même si elle écrivait tout le temps dans sa tête. Pas une minute à consacrer à ça tandis que l'amant français, dans des moments de générosité, la rappelait à son travail, sinon à sa vocation, en l'incitant à réclamer des bourses gouvernementales.

Réduite à la solitude – au rejet –, Nelly essaie de comprendre. Elle est comme une terre qu'on a labourée jusqu'à la nappe phréatique. Une petite jachère est bien normale. Puis elle se dit que non. Elle a travaillé, écrit combien de temps dans sa vie? Six mois? Deux cents pages de *Putain* ne sont certainement pas *À la recherche du temps perdu*. Elle n'est pas Proust, Balzac, ou Zola se tuant à la tâche, écrivant jour et nuit car le contraire serait impossible. On n'est pas écrivain parce qu'on a exploité avec succès son journal intime. On peut peut-être aspirer à l'être, tout au moins à le devenir véritablement, si et seulement si on continue. Mais à la moindre lueur d'amour, Nelly fuit sa table de travail. Faut-il croire que seule la souffrance incite à l'expression? Non, il y a autre chose. Nelly n'est pas une comète égarée en littérature. Elle le sait. Raymond Radiguet, Alain Fournier, tous les auteurs d'un seul chef-d'œuvre n'ont rien à voir avec elle. Elle se dit qu'une autre raison explique cette panne. Une volonté de se massacrer elle-même, par exemple. De s'empêcher d'être. Cet homme qu'elle a tant aimé est devenu au fil du temps un rival. Il l'a toujours été de toute façon. Maintenant, elle n'a plus le choix de reconnaître qu'elle l'a toujours su. Or il est honteux et difficile, répugnant même, d'avoir à se dire qu'on est plus fort, plus subtil, plus intelligent que l'être qu'on aime.

L'amant français aussi voulait écrire. D'ailleurs il s'y mettait, à l'occasion, rédigeant de courts textes, pressé d'être remarqué à n'importe quel prix. Nelly se dit et se répète, pour s'expliquer le désastre de sa vie et mieux enfoncer le clou, que cet homme ne l'a aimée que parce qu'elle était un auteur célèbre.

— Que voulez-vous dire ? Il veut écrire, et c'est vous qui écrivez… Quel rapport établissez-vous donc entre l'amour et le succès ?

Voilà que le psy a décidé de poser des questions. De loin, le psy qui croit en elle, cet ami aimant, la pousse à écrire. Pour écrire, il faut comprendre. Sinon on s'enlise.

Elle répond, du fond de son propre divan, duquel elle ne se relève presque plus.

— Je suis une sorte d'icône. Que je le veuille ou non. J'ai une image médiatique. J'ai été pour lui un trophée de chasse.

— Mais s'il voulait écrire, comment le fait que vous soyez une icône ou un trophée de chasse aurait pu l'y conduire ?

— Il croyait peut-être que je l'aurais contaminé ? Que je lui aurais passé le microbe du succès ! Il aurait compris alors que je lui aurais fait un cadeau de Grec, un cadeau empoisonné.

Car la condition d'un auteur à succès est bien souvent aussi handicapante que celle d'une comédienne décrochant le rôle principal dans une série à gros budget. Marie-Louise Parker ne sera jamais personne d'autre que Nancy Botwin. *Weeds* l'a consacrée pour mieux la paralyser. C'est cher payé pour être célèbre. Nelly sait très bien que les milliers et les milliers d'exemplaires de *Putain* et toutes les traductions qui en ont été faites, décuplant sa putasserie dans diverses langues, l'ont mise au monde pour mieux l'enterrer. Tout s'est passé trop vite, tout a été trop gros. Aujourd'hui, elle doit écrire – et vite car elle a trop tardé – un deuxième livre si elle veut demeurer en haut de la liste des coups de cœur. La subvention du Conseil des Arts qu'elle a demandée et reçue, grâce à l'amant français ou à cause de son aide, est à présent une contrainte. Le chèque gouvernemental l'oblige à fournir la marchandise. En France, son éditeur la presse de lui donner au plus tôt un manuscrit, quitte à ce qu'on le retouche, comme on l'a si habilement fait avec le premier. À l'autre bout du fil, Nelly ne livre rien de l'anxiété qui lui tord les entrailles. Mais Bertrand Visage n'a pas besoin d'entendre pour savoir.

— Je sais, Nelly, je comprends ta peur, lui dit-il douce-ment. C'est toujours comme ça quand, comme toi, un auteur connaît un gros succès. Il est inquiet, inhibé, il se dit qu'il ne pourra pas se renouveler. Nelly, ne pense pas à *Putain*. C'est derrière toi. Maintenant, vas-y avec ce que tu as dans les tripes. Ce n'est plus les années de travail d'escorte, c'est autre chose, c'est toi qui le sais. Laisse-toi aller sans penser au nombre d'exemplaires vendus ni aux commentaires des critiques. Ils t'attendent au détour, c'est entendu.

Elle répond poliment qu'il a bien raison, et qu'elle va bientôt donner un texte au Seuil. Pourtant, aucune de ses craintes n'a disparu. Elle appréhende et voit tout en noir. Malgré les encouragements de son éditeur, elle se dit qu'à Paris, elle n'a plus la cote. Qu'à Montréal, elle est piégée. Elle y a trop fait d'envieux. Elle en est consciente. Avec *Putain*, elle a fait le tour des médias comme personne avant elle. Elle a bien vu qu'elle dérangeait. Non pas la critique, dithyrambique jusqu'à l'obséquiosité, mais bien des auteurs qui ont regardé de haut l'inconnue du Lac-Mégantic ayant réussi à être publiée dans une des plus importantes maisons d'édition francophones alors qu'eux s'y sont essayés par toutes sortes de moyens sans succès. Bien sûr, tout n'est dû qu'au titre accrocheur de *Putain*. Un titre démagogique. Ces commentaires, Nelly les a entendus cent fois, devant elle et dans son dos. Parfois, il ne suffit que d'un seul regard. Peu de générosité entre les auteurs, et encore moins d'admiration mutuelle. Dans cette jungle, le cœur n'a pas sa place.

Nelly est seule à l'ordinateur, fébrile, et, devant son écran vide, elle se promet de tout dire. C'est bien cela, c'est la seule voie, sinon que peut-elle raconter? Elle va tout dire, elle va cristalliser son histoire. Du vécu, du vrai. Elle va ouvrir son âme jusqu'à plus rien. Elle va cracher son dégoût. Ce sera comme une lettre à l'univers. Une autre bouteille à la mer qui sombrera au fond de l'océan pour ressurgir sur l'écume. En se fracassant sur un récif, la bouteille s'ouvrira sur ses mots, les mots les plus durs qu'elle aura jamais écrits. Personne ne restera insensible à sa douleur. Nelly sait que, une fois de plus, elle va choquer. Son histoire avec l'amant français sera aussi claire qu'une résonance magnétique. Toute histoire d'amour se joue à deux, et ce récit, de toute évidence, ne sera que sa propre interprétation des événements. Elle assume. Elle a le droit de faire ce qu'elle veut: c'est elle, l'écrivain. C'est Nelly Arcan qui souffre et qui saura le dire jusqu'à gêner son lecteur devenu voyeur, comme l'amant français. S'il est furieux, l'amant, si ce portrait le choque, eh bien qu'il la raconte, sa version des faits, puisqu'il se dit écrivain. Ce livre, quoi qu'elle fasse, va envenimer cette relation qui aurait pu se terminer sans trop de grabuge, juste dans un torrent de ses larmes à elle. Silencieuses larmes.

Nelly ne veut pas tourner cette page de sa vie – un chapitre, un tome entier! – sans la noircir, c'est-à-dire la montrer sous sa vraie couleur, même si le noir n'en est pas une. Le texte sera cynique, tranchant comme une lame sortie de l'usine. Aussi anarchique et insoutenable que la douleur du fœtus extirpé de son nid. Elle hésite un moment. Comment pourrait s'intituler cette nouvelle bombe? Ses doigts effleurent le clavier de l'ordinateur. Au milieu de l'écran, en lettres carrées, noires et grasses, elle écrit un mot, le seul qui puisse correspondre à ce qu'elle est devenue.

35

Les proches à qui elle fait lire son manuscrit la mettent en garde : *Folle* est polémique.

— Tu te mets en scène avec encore plus d'impudeur que dans ton premier ouvrage. Et puis il y a lui… Tu ne le nommes pas, mais c'est transparent. N'as-tu pas peur qu'il t'en veuille ? Il aurait le droit. L'image que tu peins de lui est loin d'être indulgente. Lui aussi, il écrit. Il pourrait te faire du mal, se défendre.

Nelly entend les conseils mais n'en écoutera aucun. Dans *Putain*, elle a été au bout de ce qu'elle avait à dire. Dans *Folle*, ça a été pareil. Un flot. C'est trop tard. Le tsunami s'est produit. Elle ne changera rien à ce récit en dépit de ce que les autres peuvent penser et suggérer. Pas question d'édulcorer. La matière gardera sa brutalité et sa violence – ça fait partie de l'histoire. Déjà, on la sollicite pour des interviews. Elle parle d'un manuscrit terminé. S'explique. Ce n'est pas la suite de *Putain*, ni une variation sur le même thème dont vraisemblablement on ne veut pas la voir décrocher – *Folle*, c'est autre chose. Le texte pourrait être réécrit à la troisième personne, ce serait alors un roman. Mais Nelly a échoué dans cette tentative de se distancer et, vite, elle est revenue au je, autographiant une fois encore sa matière. Sur les plateaux de télévision et dans les salles d'enregistrement des stations de radio, Nelly ne ment pas. Elle dit qu'elle ne sait pas ce qu'on dira de ce texte au Seuil. Elle n'a pas eu de nouvelles de Paris depuis déjà longtemps. Cela l'inquiète, elle l'avoue. Mais elle continue d'avancer. Elle sent en elle cette même urgence de dire qui l'a animée trois ans plus tôt.

Quand, enfin, elle expédie au Seuil la version définitive de *Folle*, elle a l'impression de se départir d'un lourd fardeau, de sortir de l'asile. Il lui fallait se délester du souvenir de cet amour pesant en écorchant cet homme qu'elle a tant aimé. Prévoyant les questions des journalistes, Nelly prépare ses arguments. Ardisson et le dérapage, c'est fini, ça ne se reproduira plus. Ainsi, aux questions insidieuses, et bien légitimes – « Cet amant, c'est bien un tel, n'est-ce pas ? » –, elle proposera une répartie littéraire, donc habilement prudente : « Un personnage de Marcel Proust disait à peu près ceci : "Dans une rupture, c'est celui qui aime le plus qui dit les mots les plus durs." Alors vous avez raison, comme dans *Putain*, je me dévoile beaucoup dans cette histoire. C'est ma façon, c'est un trade-mark, je n'y peux rien. C'est comme ça que j'écris. » Elle ne regrette pas du tout d'avoir brossé ce portrait de l'amant français. Ça n'a rien à voir avec lui, ça a tout à voir avec elle. Elle avait l'obligation, une obligation littéraire d'en finir en livrant ce conte cauchemardesque – du vrai Stephen King, plus misérable que *Misery*. Dans ce livre, elle s'est dénudée bien plus qu'elle n'a pu le faire au cours de toute sa carrière d'escorte. C'était bien plus facile de voluptueusement faire glisser le long de son corps son petit body Calvin Klein devant un client dont elle oublierait le visage et le sexe sitôt sortie de la chambre de passe. Bien plus simple de donner du plaisir pour une somme d'argent que d'ouvrir son cœur et surtout son ventre vidangé de l'enfant qui ne viendra jamais. *Verba volant; scripta manent.* Les écrits restent. Les livres survivent à ceux qui les ont créés. Nelly est heureuse de cette pérennité, la seule qu'elle peut engendrer. *Folle* est sa descente aux enfers. Elle y raconte l'amour, la passion torturante, la rupture, l'avortement, l'enfermement et surtout la folie. Elle a touché le fond bien solidement, sur ses deux pieds, en ceinture noire, au laser. De nouveau, on jugera le titre racoleur. Du même acabit que le premier. À la bourse on ne ferait pas mieux. Nelly Arcan ne produit que de la sensation. Derrière, il n'y a que de la cupidité. Mais Nelly sait bien, elle, que rien n'est factice dans sa démarche. « *Putain. Folle.* C'est moi et j'assume, déclare-t-elle. Je me mets nue devant vous. Je ne cherche à plaire à personne quand j'écris. » Deux balafres, deux titres mis côte à côte sont des tatouages indélébiles sur sa peau. Deux cicatrices qui saignent. Nelly Arcan a fait son travail. Écrit ce qu'elle avait à écrire. Réglé ses comptes. Avec l'amant, avec le Seuil. Maintenant, elle peut passer à autre chose, même si elle ne sait pas encore à quoi.

L'accueil de *Folle* est honorable. Nelly s'attendait à beaucoup, tout comme à recevoir une brique et un fanal, ce dont on l'avait prévenue pour éviter de dire qu'elle risquait de mauvaises surprises. Elle bénéficie plutôt d'éloges, mais l'ensemble de la critique demeure discrète. À Paris, son éditeur se déclare toutefois satisfait du travail qu'ils ont fait ensemble. Bien sûr, il y a eu des retouches et des corrections. Mais déjà, et ce n'est pas bon signe, on n'a pas déployé pour ce texte toute la batterie publicitaire qu'on a accordé au premier. Les ventes n'ont pas attendu un jour pour s'en ressentir. On sait déjà que *Folle* n'est pas *Putain*. Aucun tollé n'aura lieu avec ce titre. Le livre est néanmoins une œuvre authentique de Nelly qui s'y est investie de toute son âme. On y retrouve sa marque, sa voix singulière aux accents masculins. Dans *Folle*, elle est allée encore plus loin. Ce n'est plus une prose poétique coupante et astringente, c'est une composition plus construite, d'une logique implacable, et, si cela se peut, encore plus incisive. Il y a dans *Folle* des phrases sublimes. Des considérations de haut niveau, glaçantes. Mais aussi des faiblesses, des longueurs. L'effet, déjà, a perdu de son éclat. Ainsi Nelly vit-elle le syndrome du deuxième ouvrage moins bon que le premier, même si c'est faux. *Putain*, dira-t-on, était nettement plus original. Quel tumulte cela avait provoqué ! Déjà, tout cela appartient au passé ! Du reste, même si on ne le crie pas sur les toits, d'autres auteurs auront profité du succès phénoménal de *Putain*. Christine Angot et son *Inceste*, Virginie Despentes et ses *Jolies Choses* voient se maintenir leurs ventes, et surtout l'intérêt pour ce qu'elles offrent à lire. Certes, Nelly Arcan est venue après ces subversives femmes de lettres, mais, en France, c'est tout de même elle qui a définitivement brisé la glace et solidifié les assises d'une littérature pornographique féminine contemporaine, obscène, scabreuse, comme on voudra. Avant, Gallimard pouvait lever le nez sur un texte d'Angot, et Despentes être rejetée de nombreux éditeurs. Maintenant il en est tout autrement. Pour cela, il a fallu cette Québécoise délurée, marginale et surtout libérée depuis avant sa naissance de principes et de manières qui déterminent l'être jusque dans ses couches les plus intimes. De toute façon, Nelly ne fera jamais partie du paysage français. Sa personnalité ne saurait s'y inscrire, encore moins y être accueillie en toute bonne foi. Nelly Arcan n'est pas comme Angot, intraitable et ayant réponse à tout. Sur le plateau d'Ardisson, l'auteur de *L'inceste* ne s'en laisse pas imposer, elle. Évidemment, faisant partie de la tribu, elle n'est pas atteinte du même chancre : aucun accent à chier à défendre ou à se faire pardonner bien que ce soit impardonnable. Pas de bafouillage dans ses réponses interdisant la réplique, à défaut de susciter l'admiration.

Comme souvent après la publication d'un livre (tous les auteurs – les vrais – le diront), Nelly a le sentiment de vivre un deuil. Une part d'elle-même s'en est allée pour ne plus revenir. Aussi évite-t-elle de lire les critiques à son sujet. Elle a cette impression de parcourir une chronique nécrologique. Peu lui importe ce que les gens chargés de faire la revue des livres disent de son dernier titre. Bons ou mauvais, elle doit ignorer leurs mots, d'autant plus difficiles à lire que *Folle* est venu de ses entrailles. Une œuvre née du suicide d'un désir d'enfantement. Car de l'histoire d'amour avec l'amant français, un enfant aurait pu naître et transformer toute sa vie. Il n'en est sorti que ce livre, qu'elle a porté dans la douleur.

Dans les deux cas, c'est la dépression postpartum. Nelly sombre dans une inquiétante mélancolie. Heureusement, un ami la surveille, s'en occupe. Inquiet, il téléphone à son éditeur français. Bertrand Visage n'a pas une seconde d'hésitation.

— Qu'elle prenne l'avion, déclare-t-il. Elle s'installera chez moi le temps de reprendre ses forces.

Quand elle débarque à Paris, Nelly est l'ombre d'elle-même. Bertrand sait ce qu'elle ne lui raconte pas. L'ami de Montréal lui a confié qu'elle avait tenté de se suicider.

— Ne lui demande rien, Bertrand. Je veux juste que tu saches qu'elle est à bout. Elle a essayé de se pendre. Le crochet se serait détaché du mur…

Comme dans un film comique. Comme si la mort n'avait pas voulu d'elle.

36

Nelly ne restera pas longtemps à Paris, à peine six mois. La vie lui semble trop frénétique et, paradoxalement, trop déprimante. Tout, dans cette ville bourdonnante, ne fait que lui rappeler son précédent séjour, l'euphorie en moins. En 2001, elle se dirigeait au sommet. Trois ans ont passé comme trois heures. Elle a le vertige en pensant qu'elle a vécu tous ces changements – des tremblements de terre. Trois petites années qui sont comme trois siècles tant l'époque géniale et presque insouciante de *Putain* lui semble loin. Si loin, si proche. La ville et ses innombrables attractions l'accablent. Tous ces gens s'agitant de partout lui donnent le cafard. Toutes ces Françaises, surtout, ces expertes de l'enfantement, minces comme des fils après avoir accouché au terme d'une grossesse pratiquement invisible, la narguent sans le savoir. Lui déchirent les tripes. Nelly avance au fil des jours en automate. Elle rit dans les cocktails et la nuit, dans son lit, elle fond en larmes. À trente et un ans, elle a l'impression d'en avoir trois mille et de vivre grâce à une pension de vieillesse. À trente et un ans, vieille comme ça, on ne fait plus d'enfant. Il n'y a que les Françaises qui ont des enfants dès la sortie du lycée, comme ça, l'air de rien, quatre hommes quatre enfants comme Marie Trintignant. Fuir, alors ? Mais où, pour ne pas affronter ce qu'on ne fera jamais ? En Californie, on commence sa famille à quarante ans, quand on se découvre un peu lasse de sa carrière. Nelly y aurait-elle toute la vie devant soi ? Et à Montréal on vit quoi, on est quoi ? Est-on quelque chose ? Les familles ne se font pas au Bily Kun ou dans les restos rue Saint-Laurent, immense scène d'intrigues et d'histoires de cul à l'infini. Nelly n'en peut plus. Nelly est écœurée. Mais pas encore au bout de sa corde.

Bien que la présence de Bertrand Visage lui soit douce – elle l'aime tant, lui aussi – elle n'arrive pas à vivre dans la capitale française. D'ailleurs, cela ne l'intéresse pas vraiment. Nelly est profondément nord-américaine. Paris, la France, tout cet inhumain cirque humain parfaitement rodé est trop angoissant. C'est une perpétuelle confrontation avec ce qu'elle n'est pas et ne sera jamais. C'est une course à obstacle qu'elle ne gagnera pas. Car Nelly est elle-même, seulement ça. À bout d'énergie. Plus une goutte de carburant tandis qu'on lui précise que les ventes de *Folle* n'ont rien à voir avec celles de *Putain* et qu'il lui faudra se renouveler du tout au tout pour que le prochain livre fasse tourner la vapeur.

Bertrand Visage assiste, impuissant et consterné, à la chute de Nelly. Non pas tant professionnelle, mais personnelle. Cela le rend très malheureux. Quelle injustice. Une enfant si honnête. Aucune hypocrisie chez Nelly. Plus tard, il confiera à des amis qu'elle lui a inspiré un personnage. Nelly est une muse. Nelly est une personne intelligente et sensible, qui sait écouter et conseiller, quelle que soit l'horreur qu'elle vit elle-même. À son contact, ceux qui l'aiment se ressourcent. Dans son roman, *Intérieur Sud*, publié au Seuil en 2008, Visage a donné à Nelly les traits d'une paumée, d'une fragile petite poupée que le protagoniste recueille sur son balcon. D'où vient-elle ? Du ciel ? Des étoiles ? Elle est la sœur du Petit Prince, une inconnue qui porte en elle un secret. Une jeune fille magnifique mais brisée, écrasée par l'amour d'un père ne l'ayant jamais comprise. Ironie de son triste sort, Nelly ne saura jamais qu'elle est devenue un personnage de roman. Qu'on lui a servi sa propre sauce, elle qui s'est approprié ceux qui sont entrés dans sa vie, les décrivant au microscope tels qu'elle les a perçus, vus et compris. Ses amis, ses amants, ses parents, ses rivales sont dans ses livres. Elle ne les ménage pas. Pas comme chez Visage qui, par la fiction, a transfiguré Nelly. Est-ce bien elle, cette belle fille boudeuse qui dessine sur ses cuisses des arabesques avec la crème de son café ? On la reconnaît plutôt mieux dans l'image d'une désespérée, obsédée par la mort. Car personne ne peut sauver Nelly. Ni un romancier, ni un amant, ni un psy, et encore moins elle-même.

— Alors, ma petite chérie, tu es prête ? Tiens, prends encore un peu de café.

Nelly sourit. Bertrand est si attentionné. Tout à l'heure, elle sera à l'aéroport, à la fin d'un séjour, au début d'un autre.

— Tu sais…

Elle soupire. Il écoute.

— Je pense vraiment que j'ai fait le tour de l'autofiction. De l'autographie, comme on dit chez vous. Mon prochain livre sera une vraie histoire avec des personnages et une intrigue. Deux filles, un garçon. Je veux creuser le thème de la chirurgie plastique, montrer jusqu'où on peut aller là-dedans.

Avant de repartir à Montréal, Nelly a confié à son éditeur l'embryon de ce qui sera son troisième ouvrage. Elle a affirmé tenir un filon dont elle pourra tirer un livre qui lèvera le voile sur cette autre réalité bouleversante. Elle n'a pas dit que l'amant français lui en a donné l'idée, un soir, au Bily Kun, la blessant du même coup, et que depuis elle la couve comme l'enfant qu'elle n'aura jamais de lui.

Bertrand Visage veut bien croire à ce qu'elle raconte.

— Avant de commencer, prévient-il tout de même, ne pense pas trop. Dis les choses comme tu le sens. Tu es en train d'écrire une œuvre. Donne-toi du temps. Tu as à peine trente ans... Toute la vie devant toi! Les grands écrivains sont des constructeurs de cathédrale.

Nelly jette un dernier regard à l'appartement où elle s'est réfugiée pour panser son mal de vivre, et dit merci à son éditeur. Elle se demande si, un jour, elle reviendra. Si, un jour, elle le reverra.

37

— Mais Nelly, ce n'est pas sérieux ? Tu n'as pas l'intention de recommencer ?…

À l'autre bout de la ligne, son amie la supplie.

— Nelly, crois-moi, ne fais pas ça ! Tu es belle comme tu es.

Nelly s'en veut. Encore une fois, elle s'est répandue au lieu de se taire. Même si elle rit, si elle sort, si elle s'amuse, si elle assiste, excitée, à des joutes de boxe avec un amant avec qui elle coule de belles heures paisibles, tout, dans sa vie, est de plus en plus dur, de plus en plus ingrat. Et voilà que de nouveau elle a eu le malheur de confier qu'elle avait un rendez-vous chez le médecin pour une autre chirurgie plastique… Toute petite chirurgie. Rien à signaler, au fond. Mais Nelly l'a dit. Incapable de tenir sa langue. Obligée de supporter qu'on lui fasse la leçon.

— Ce n'est qu'une petite opération qui dure à peine une heure.

— Tu dis toujours ça, mais te souviens-tu la dernière fois ? Te souviens-tu de ce dont tu avais l'air ? De ton visage tuméfié? Combien de temps ça avait duré, cette fois-là? Trois semaines? Tu faisais pitié, j'avais tant de peine de te voir souffrir…

— Écoute, je ne t'ai pas dit ça pour que tu joues les mères supérieures. Tu ne vas pas encore me sortir la phrase ringarde et me dire que c'est à trente ans que les femmes sont belles! C'est faux et archifaux. Je suis la seule à savoir ce dont j'ai besoin. J'ai un miroir. Et je n'aime pas ce que je vois.

À l'autre bout du fil, l'amie se tait, consternée. Triste. Car à trente-deux ans, en 2005, Nelly est vraiment plus belle qu'elle ne l'a jamais été. Ce qui dérange sa vue ce n'est pas une ride ou deux, le teint brouillé, la paupière qui tombe ou le bras qui ramollit en dépit des exercices; c'est son cœur qu'elle aperçoit dans ses yeux, battant comme un petit oiseau tombé du ciel, les ailes brisées, incapable de voler.

Nelly a rendez-vous à 16 heures avec son psy. Une séance pour se remettre en forme. La gym de l'esprit. Sans doute pourrait-elle s'en passer, mais cet exercice, dont elle sort totalement épuisée, la réconforte et la solidifie. La présence de cet homme scrutant ses véritables désirs et traquant ses peurs lui est nécessaire. C'est comme se glisser sous la couette dans une chambre dont toutes les fenêtres sont ouvertes. Ça souffle, un nuage de neige soulevant le rideau tourbillonne en mille flocons et pourtant on a chaud, on est bien à l'abri. Avant de se soumettre au bistouri, Nelly a besoin que quelqu'un l'écoute, qui ne la juge pas et qui l'encourage. Ce psy devenu un ami, qui aurait pu être un amant et même l'homme de sa vie dans une autre vie, d'autres circonstances, lui insuffle une dose de courage, une injection d'adrénaline. Qu'elle aille ou non dans le petit appartement surplombant le cimetière de la Côte-des-Neiges, Nelly ne cessera jamais de s'interroger sur elle-même. Se connaître est le travail d'une vie et elle sait qu'il est plus important de poser des questions que d'avoir des réponses. Aussi, elle se rend dans cette pièce protégée dans laquelle elle s'est si souvent confiée avec la seule intention d'obtenir un peu de réconfort.

Sur la méridienne, allongeant les jambes, elle aborde d'entrée de jeu l'idée qui la tenaille.

— J'ai toujours eu un problème avec mon image.

— Oui.

— Au début, à l'UQAM, je me suis teint les cheveux en noir. Noir corbeau. J'avais une permanente. J'étais maigre comme un corbeau qui n'a plus rien à manger à la fin de l'hiver.

Elle parle les yeux fermés, comme si elle se projetait sur un mur noir. Parfois elle se couche sur le côté, et se recroqueville.

— Vous savez, ma tante qui lisait les tarots… Elle disait toujours qu'elle ne pouvait rien voir. Elle répétait : « Je ne comprends pas, Isabelle, tu n'es pas là. Tu es absente. » Je faisais faux bond à ses cartes, j'étais ailleurs. Donc, je n'avais pas d'image ? Cela m'amusait, ça me faisait peur aussi. À présent, ça m'inquiète, ça m'accable. C'est une malédiction, une condamnation. C'est insupportable.

Nelly soupire.

Derrière elle, le psy respire doucement.

Et puis Nelly parle de son lac, à Mégantic quand elle était petite. Les jours calmes, sans vent, c'était un miroir, sans aucune ride, comme un visage parfait et impassible. Mais les jours de tempête, il y avait des milliards de rides sur le lac.

— L'enfant dans le miroir, dit Nelly dans un souffle.

Le silence retombe. Puis le psy dit :

— Beau titre…

Nelly poursuit.

— Déjà je faisais l'association avec un visage. Cette histoire de vieillesse me tue.

— Cela ne vous empêche pas de penser, murmure le psy. D'écrire… D'être…

Nelly s'agite sur le divan. La colère monte en elle. Encore un rendez-vous avec la fatalité. Comment peut-on être quand on est flétri, ramolli, pendant, arthritique, laid, tandis que d'un bar à l'autre les gens sont beaux, jeunes, fermes, scintillants, électriques ? Vieillir est une horreur.

— Être vieille me dégoûte. Il n'y a rien d'intéressant à être vieux. Et ce n'est pas la question de mourir. Vous savez très bien que je n'en ai rien à foutre de mourir.

— Mmm.

De nouveau le silence. Un lourd silence.

Nelly est prise en faute. Ce seul marmonnement, gênant, la ramène à l'ordre. Ne pas trop se la raconter au sujet de cette mort qu'on traite de haut comme si on n'en avait rien à craindre, éviter de perdre son temps à déblatérer sur elle.

Nelly revient en arrière et précise : elle a souvent peur de se regarder dans les miroirs, même si elle passe des heures à faire ça. L'histoire de Blanche-Neige et de cette folle de reine mégère se regardant sans arrêt dans une glace l'a traumatisée. Mieux vaut être comme Alice et les traverser, les putains de miroirs.

— Ou être comme Orphée dans le film de Jean Cocteau, dit Nelly, soudainement très nerveuse. La mort le guide, elle l'aide à traverser le miroir pour retrouver Eurydice.

Et puis quoi encore ? Va-t-elle enchaîner avec *Le portrait de Dorian Gray* ? Dire que Louis XIV fuyait les miroirs et qu'en casser un apporte sept ans de malheur ? Le thème de l'image a hanté tous les artistes depuis que le monde est monde. Ce n'est qu'une banalité. Évidemment, l'image, le temps… N'y aurait-il pas moyen, en cette vie, de se prendre la tête avec autre chose ?

Nelly se relève à demi, saisit son sac à main, déplie une feuille de papier et lit : « Les miroirs sont les portes par lesquelles entre la mort. Regardez-vous toute une vie dans un miroir et vous verrez la mort travailler sur vous. »

Elle soupire puis dit :

— J'aurais aimé écrire cette phrase mais Cocteau me l'a volée !

Elle rit d'un petit rire sec.

— Nelly, vous savez que la psyché est un miroir mobile…

— Et aussi un astéroïde. Je sais cela à cause de mon ex-amant. Son père était astronome amateur.

Le psy est loquace aujourd'hui. Il enchaîne en affirmant qu'il n'est pas rare d'avoir une relation conflictuelle et paradoxale avec son image. Que c'est aussi, bien évidemment, une inspiration d'écrivain.

« Et alors ? » rugit Nelly pour elle-même. « On en fait quoi de cette relation conflictuelle et paradoxale ? »

— La première fois que vous êtes venue me voir, vous étiez une escorte… Si je me souviens bien, vous aviez déjà subi des chirurgies esthétiques, n'est-ce pas ?

— J'ai commencé très jeune à me soumettre à cette épreuve.

Elle se tait un moment. Le mot lui est venu naturellement. Il s'agit bien d'une souffrance.

— J'avais vingt ans, vingt-trois ans… Je voulais des lèvres pulpeuses. Je l'ai assez dit, vous l'avez assez lu dans *Putain*. Le problème que j'ai avec la fente qui tient lieu de bouche à ma mère. Avec la fente horrible de toutes les vieilles femmes. Fente, vulve, bouche, c'est la même chose. C'est une fosse. C'est affreux, ça fait peur. Je ne veux pas ça.

— Mmm.

— Et puis mes seins… Je voulais des seins volumineux. Au début, j'avais l'excuse de mon travail. Dans ce milieu, la plupart des clients donnent des notes aux escortes. La compétition est féroce. Il y a des barèmes. Dans ce monde-là, les canons de la beauté sont très sexuels, bien sûr. Alors on se fond aux désirs des hommes. On ne se regarde plus nous-mêmes même si on le fait tout le temps. On laisse aux hommes le soin de regarder pour nous. La grande majorité a une fixation sur de gros seins fermes. Il faut être une bombe sexuelle, avoir l'air d'aimer le sexe. Le corps doit être parfait et attirant. J'ai accepté de jouer ce jeu. Personne ne m'y a forcée. Mais bon… C'est comme ça. Vite j'ai voulu d'autres lèvres, d'autres seins…

Le souvenir de sa première incursion dans l'univers de la soft porno lui revient. En fait, il est toujours là ce souvenir, peut-être parce qu'il a tout déclenché. Elle posait nue pour un site Internet. Des jeunes filles, même pas majeures, prenaient chacune leur tour des poses érotiques. Isabelle venait d'arriver à Montréal. Sans le sou. Elle avait accepté cette offre. Un premier pas dans une profession qui durerait dix ans.

— À vingt ans, j'avais l'air d'une écolière, ça correspondait à ce qu'on voulait. On disait que je pouvais passer pour une petite fille vicieuse : avec des tresses blondes, une jupette découvrant une culotte à volants, j'étais adorable, c'est vrai. On m'a demandé aussi de m'allonger à demi nue dans un bain de mousse rose. C'était très suggestif. Très mignon, en fait. J'étais innocente. Je ne voyais pas vraiment de mal là-dedans, même si je n'aurais jamais osé dire à mes parents que je faisais ça. Après, j'ai compris. Je me suis dit : ceux qui fréquentent ces sites Internet, ce sont des tarés. Et moi, je les encourage. Je suis de la viande fraîche. Alors, je suis devenue convaincue que mon corps était de la viande. J'ai accepté qu'on la découpe en morceaux.

Un long silence s'installe. Puis le psy dit:

— Un corps idéal. Un corps parfait… Quel est le prix à payer?

Sur le divan, Nelly se retourne.

— Ça m'a certainement coûté des milliers de dollars, toutes ces interventions. Il ne me reste plus rien de mes années de prostitution, moi qui pensais pouvoir m'acheter quelque chose de solide, de durable. Une maison à Westmount, par exemple.

Nelly rigole sans trouver rien de drôle à ce qu'elle raconte.

— Votre rapport à l'argent est le même que celui que vous avez avec le sexe et c'est normal, dit le psy.

— Oui, c'est ce qu'on dit. Un de mes chums m'a d'ailleurs reproché de ne pas avoir su épargner cet argent que je gagnais si difficilement. En fait, facilement. Ça dépend du point de vue. C'est peut-être pour ça qu'il m'a quittée. Dès que j'ai du pognon, je le dépense. Sur-le-champ. Je me souviens, à la fin de la journée, enfin le jeudi et le vendredi, j'allais rue Sainte-Catherine acheter des chaussures, des vêtements, du maquillage, du shampoing. J'ai essayé toutes les marques de shampoing qui existent. Parfois, c'était des shampoings à soixante dollars. Je n'en avais pas vraiment besoin. Mais c'était plus fort que moi.

— Vous aviez l'impression de vous changer, de devenir une autre?

— Oui, je l'ai compris bien après. Je devais dépenser cet argent que j'avais gagné en faisant semblant de jouir, en criant comme une perdue, en mimant les gestes du plaisir, quel mot… J'avais envie de dégueuler. Ce personnage que je devais incarner me dégoûtait. Et pourtant c'était bien moi qu'on touchait, sans arrêt, toute la journée. Ça devient très dur à vivre, vous savez ? Je devais oublier ces hommes qui n'existaient que par leur pouvoir monétaire sur moi.

— Pour vous, l'argent est sale.

— Peut-être. Mais l'équation est trop facile. Quand je pense au succès que j'ai eu avec *Putain*… J'y pense souvent…Vous savez… Je n'ai pas oublié que vous m'avez encouragée à publier, merci encore une fois… Cela m'a donné une grande liberté… Confiance en moi. Alors, grâce à *Putain*, un autre genre de putain, c'est quand même étonnant, vous ne trouvez pas ?… Grâce à *Putain* j'ai gagné de l'argent par mon travail, par mon talent, très proprement, très dignement. Une copine m'a dit que ça m'avait monté à la tête. Oui, c'est sûr, après *Putain*, j'ai changé même si je n'ai pas changé. J'en ai profité, c'est bien normal. Des vacances, après dix ans de putasserie. Un peu de bon temps. Elle ne comprenait pas que j'avais besoin de m'étourdir. J'ai peut-être trop bu, j'ai peut-être trop sniffé. J'ai besoin de m'enivrer. J'ai un côté poète maudit. Je suis un peu baudelairienne. Je suis une fleur du mal. J'aime l'argent pour acheter du bonheur.

— Et la chirurgie plastique, alors… Cela vous rend heureuse ?

— Quand je sors de la clinique, j'ai très mal et je fais peur. Des bleus partout, des piqûres le long des jambes, des bandelettes autour du cou. J'ai l'air d'une momie. Mais je me dis que sous ce sarcophage de misère se cache une autre femme, éclatante de vie et de beauté, et qui ne demande qu'à éclore. Le temps pour une chenille de devenir un papillon. Quelques jours après l'opération, je suis métamorphosée et enfin je me trouve belle. C'est une euphorie. Il y a des nouveautés en moi, toutes fraîches, toutes neuves. Je n'ai pas besoin qu'on me le dise, je le sais. Je n'ai plus peur des miroirs. Alors je vais dans les bars pour voir si je plais encore. Et ça marche. Pourtant, j'ai trente-deux ans…

— Trente-deux ans, ce n'est pas vieux, dit le psy.

— Trente-deux ans, c'est le début de la chute. La fleur qui s'épanouit, jamais elle ne sera plus belle. Le lende-main, elle est fanée, morte, ses pétales pourrissent dans l'herbe. Vous savez bien que cette peur me tue. Je ne le supporte pas. Je ne veux pas avoir les seins qui tombent. Je ne veux pas d'une bouche en accent circonflexe. C'est affreux. C'est profondément déprimant. Dans mon milieu, je côtoie des filles de plus en plus jeunes.

— Dans le milieu littéraire ?

— Non, heureusement, là, je brille encore… Je veux dire dans les soirées, au Bily Kun, par exemple. La semaine dernière, j'étais dans un party, dans un loft. J'ai compté au moins dix filles plus jeunes que moi. Je suis auteur, mais je sors, je suis écrivain, mais je vis. On m'a dit…

Nelly se tait. Elle pense que c'est tout à fait vrai : elle est victime du succès de son premier récit. Et aussi du titre, devenu son étiquette, sa raison sociale. Putain pour la vie. Son corps et son visage ne sont qu'une façade dont elle surveille la moindre fissure. Nelly réduite aux chirurgies à répétitions. Cependant, bien qu'elle y pense et le sache, elle n'envisage pas de renoncer à cette vie d'excès qui la vieillit plus sûrement que n'importe quelle activité, que n'importe quelle épreuve, peine, histoire d'amour qui a mal tourné. Prématurément, même. L'abus d'alcool et de drogue creuse des sillons sur sa peau, avachit ses chairs. Sous son masque, ses traits restent beaux, mais les lendemains des nuits d'artifices y laisseront des traces indélébiles sur lesquelles le botox, le collagène et la reconstruction n'auront aucun pouvoir.

Elle soupire. Sur le divan, elle ne dit plus rien. Elle vogue d'une pensée à l'autre. C'était le jour de son vingt-neuvième anniversaire de naissance. Elle aurait voulu que ce jour n'existe pas. C'était au bar au nom d'étoile, le soir de l'amant français. La rencontre l'ayant engrossée de *Folle*. Ce soir-là, ils avaient dansé, soudés l'un contre l'autre dans un lieu plein de miroirs, justement. La musique cassait les oreilles. Soudain, Nelly avait desserré son étreinte pour se regarder – une habitude compulsive. Elle avait été choquée par ses cheveux décolorés et par son visage, triste et vieux. Elle avait détourné la tête promptement. Cette fille, ce n'était pas elle. Elle avait pensé, comme sur ce divan à l'instant même, à sa tante et à ses tarots. La maison de Dieu, présage de catastrophe. Une femme tombant dans le vide. L'impératrice, c'était elle.

— Ma peine d'amour m'a rentré dedans, dit Nelly. Je ne m'en suis pas sortie. Ma vie est une phrase de Baudelaire : « J'ai plus de souvenirs que si j'avais mille ans. » Je voudrais les effacer, c'est peut-être pour ça que je veux un autre corps, un autre visage. C'est la seule chose que je contrôle.

— Et vous croyez que votre prochaine chirurgie plastique vous remontera le moral ?

Cette fois, c'est Nelly qui ne répond pas.

38

Nelly est l'actrice de son propre film. Dans son petit Hollywood à elle – Montréal et les quelques cliques qui y
mènent le bal – elle s'astreint à une discipline infernale.
Presque chaque jour, poussant la lourde porte de son club
de gym, elle salue des amis qui partagent sa passion. La
réceptionniste l'accueille avec un grand sourire.

— Hey! Nelly! Superbes, tes bottes.

La gym est une autre drogue. Nelly ne manque jamais
une session d'exercices, car elle aurait l'impression d'être
infidèle à sa ligne de conduite. Son coach l'observe courir
sur un tapis pendant une vingtaine de minutes. «Va plus
vite, Nelly, accélère!» La surveillance est extrême. C'est
Nelly elle-même qui l'a demandé. Le coach la pousse, lui
ordonne d'aller au bout de ses forces. Il faut souffrir. Il faut
que le cœur batte. Sinon, ça ne vaut rien. La gym n'est pas
une sinécure, encore moins un hobby. C'est un boulot.
«Écoute ton corps, Nelly. Ton corps te parle, ton corps te
dit: "Continue, je peux en prendre encore."»

Sur le tapis, Nelly s'essouffle. Ses jambes faiblissent. Elle
halète et transpire: elle sent les rigoles de sueur glisser sous

le vêtement de spandex épousant parfaitement ses formes. Même lorsqu'elle s'entraîne, elle est consciente de son image et fait en sorte que cette image soit sexy.

— C'est bon, s'écrie le coach. On passe à la musculation.

Depuis des mois qu'elle a fait de ce gym un de ses endroits de prédilection, Nelly soulève des poids et des haltères en professionnelle. Le coach l'encourage, il la convainc d'en soulever de plus lourds encore. Elle accepte le défi jusqu'au bout de ses forces. Puis, enfin, le coach dit : « C'est fini, à jeudi, c'était bien. »

Avant de partir, Nelly prend une boisson énergétique en compagnie d'amis. Ils sont courbatus et fiers de leur performance. Chaque jour un peu plus de force et d'endurance. L'entraînement est gratifiant. Les résultats sont visibles. Nelly s'observe dans les grandes glaces qui couvrent les murs de la salle. Aucun amas de graisse sur son corps. Des cuisses et des jambes fuselées, des bras fermes et bien dessinés. Du moins sous le vêtement. Du reste, Nelly n'est qu'à moitié satisfaite. Demain elle reviendra pour une séance plus longue et plus éreintante. L'idée n'est pas d'atteindre un résultat, mais d'entretenir ce corps et de prévenir les ravages. Car, depuis qu'elle a commencé, Nelly sait bien que ce combat contre le temps n'aura jamais de fin.

Le temps c'est aussi, et surtout, le passé. Sans arrêt, Nelly y retourne et cherche. Qu'a-t-il donc pu se produire pour que les projecteurs – les vrais – s'éteignent si vite sur la scène de son existence, même si un halo la suit toujours et qu'elle est assise sur des lauriers confortables ? Tandis qu'elle s'acharne à écrire son premier vrai roman (car tout le reste n'était qu'une explication d'elle-même), exploitant l'idée lancée un soir par l'amant français, Nelly craint que le feu sacré l'ait désertée. Elle panique à l'idée de ne pas y arriver, d'autant plus qu'écrire arrive maintenant à l'ennuyer. C'est souvent laborieux, ça sort mal. Car elle fait exactement ce que son éditeur lui dit de ne pas faire : penser à avant, penser aux prix littéraires qu'on n'a pas décrochés, penser aux ventes, penser aux critiques.

— Écris, Nelly. Écris !

Mais Nelly pense.

Putain lui a apporté la renommée. Elle a eu la chance – car c'en est bien une, elle le reconnaît – de se faire connaître au-delà des frontières étroites du Québec. En France, pour cette jeune femme, jolie, jolis yeux, jolie bouche, joli corps, le monde égoïste des lettres a déroulé le tapis rouge. On l'a observée, un peu saisi, hisser son étoile au ciel de la gloire. Jusqu'où ira-t-elle ? À vingt-huit ans, elle a été propulsée dans un tourbillon, et plus précisément dans l'œil d'un cyclone. Cette renommée a éclaté en septembre 2001. Ça ne s'oublie pas. À l'heure où les Twin Towers s'écroulaient sous l'impact d'avions s'encastrant dans l'acier, Nelly Arcan présentait son livre. *Putain*. Quoi de plus futile que de s'intéresser à la littérature – et surtout à ce livre-là ! – quand le monde est peut-être au bord du désastre ? Mais les tours sont comme tout le reste, elles feront leur temps. Nelly aussi.

Au plus fort de cet automne-là, les critiques ont louangé Nelly Arcan. Une soupape dans une actualité déprimante. La fleur sur le fumier. On l'a vue partout,

Nelly, sur de nombreux plateaux de télévision, répondant inlassablement aux questions et s'en tirant bien chaque fois, malgré son piteux passage chez Ardisson. Après, le reste du monde s'est enflammé pour l'auteur et son histoire. *Putain* est devenu *Whore, Hura, Puta*. L'escorte de l'avenue du Docteur-Penfield a fait le tour de l'Europe. Puis, elle est revenue à Montréal. Pas question de s'encroûter. Au programme : le travail. Prouver que *Putain* valait la peine d'être encensé, que ce n'était que le début d'une carrière magistrale. Une exigence sans appel. Il a fallu écrire au plus tôt un deuxième livre. Cependant Nelly n'a jamais eu la prétention idiote de faire une œuvre ; elle a plutôt cru qu'elle pouvait maintenir un certain niveau d'excellence. Surtout, ne pas être une comète, l'auteur d'un seul succès.

Mais la coupe du bonheur s'est lentement et sûrement éloignée de ses lèvres. Dès l'hiver 2002, Nelly a été entraînée malgré elle dans une spirale destructrice. Ceux qui l'aiment ont voulu la sauver, tout en sachant qu'elle était la seule source de sa propre rédemption. Nelly était trop faible pour sortir la tête de l'eau. Et tout s'est enclenché : l'amant français, la peine d'amour, l'enfant perdu, *Folle*, et maintenant, entre un rave et une chirurgie, une séance de gym et un lancement où on l'épie au lieu de la regarder, malgré la présence de ses amis et tout ce qui la sollicite sans qu'elle puisse vraiment s'accrocher, Nelly n'a qu'un seul horizon : un écran d'ordinateur.

Un rectangle blanc comme un jour de tempête de neige. Rien à droite, rien à gauche. Rien à scruter. C'est le néant. Le néant, à ciel ouvert.

L'édifice des craintes, dans la vie de Nelly, s'est érigé en sourdine, en toile de fond. À l'avant-scène les projecteurs ont tout ébloui. Elle-même n'a rien vu, bien qu'elle ait cherché partout la réponse au malaise fondamental. Depuis son entrée à l'université, et bien avant, elle foule d'un pas sûr la route de l'angoisse – de la détresse –, une vraie chair à canon. Personne (à part ses amis proches et ses parents qui n'y peuvent rien) ne pourrait s'en douter. Car Nelly incarne la joie de vivre. Elle l'est. Ses yeux scintillent, elle éclate de rire comme une enfant, son corps est sain et ferme. Personne ne pourrait croire que dix années ou à peu près de labeur sexuel l'ont affectée à ce point. Que quelques mois de notoriété intense l'ont si fort ébranlée. Qu'un mec passé par là a fait d'elle une loque. Rien dans ce sourire, ces yeux bleus de jeune fille joyeuse, cette gestuelle à la fois décidée et gracieuse ne pourrait indiquer où le bât a blessé. Escorte, call-girl, pute et prostituée, Nelly l'a écrit elle-même, ça fait vieillir d'un coup. Dix ans d'un coup. Alors au bout de dix ans, ça fait cent ans. Les injections de collagène, de silicone, de botox, d'acide hyaluronique et toute la panoplie des artifices chimiques et chirurgicaux pour arranger les pommettes, le menton, l'ovale et l'affreux sillon nasogéen ne font que masquer l'inévitable. Pour un temps. Poudre aux yeux, surtout à ceux qui ne voient rien. Et il y en a beaucoup, beaucoup trop dans l'univers de Nelly.

Une pute, c'est comme une actrice, une chanteuse, une top modèle, ça ne peut tout simplement pas vieillir. Ça meurt dans le temps de le dire. C'est un suicide assuré. On en crève. Nelly l'a écrit, dit, répété, crié. Qui l'a écoutée? L'habit ne fait pas le moine. La trépidante Nelly, éclatante de vie, ayant pratiqué de main de maître le plus vieux métier du monde, était bien peu crédible lorsqu'elle discourait de la question du physique. Lorsqu'elle défendait le lot de toutes ces femmes accablées par l'inévitable outrage depuis tant de générations. Expliquée par ce canon de la littérature, la crainte de vieillir – de mourir, c'est bien ce qu'elle disait, écrivait, répétait – n'était qu'un lieu commun – un thème banal.

« Parlez-nous plutôt de vos seins, de vos fantasmes, de vos clients, de votre cul ! C'est tellement plus intéressant !... 80 000 exemplaires de *Putain* lus par 80 000 personnes, qu'est-ce qu'on en a à foutre ? Parlez-nous de votre corps pénétré de partout. Donnez-nous surtout des détails orduriers, vraiment obscènes. Votre écriture, dites-vous ? Vos mots ? La façon dont vous parvenez à les mettre bout à bout pour en faire de l'art, si vous voulez bien, on en parlera une autre fois, quand vous serez morte... »

Le vieillissement est la pire des craintes, la réalité la plus irrémédiable. Aucun espoir, absolument aucun espoir d'y échapper. On vieillit tous. Nelly se parle à elle-même : « Toi aussi, et dans pas si longtemps... Tu seras usée, fanée, flétrie, ratatinée, vieille, finie ! » Alors c'est le vertige. Nelly étouffe. Dans *Putain*, elle a écrit sa mort : « ... pendue à tous les cous, à toutes les queues, les pieds dans le vide, le corps emporté par cette force qui me fait vivre et qui me tue à la fois... » Pendue à une corde... dans pas si longtemps, à la veille d'être vieille, avant l'échéance fatale. Y échapper, comme bien d'autres avant elle, belles pour l'éternité, éternellement jeunes.

Si Nelly n'avait pas exercé le métier de prostituée jusqu'à la nausée, elle se serait peut-être épargné cette peur de vieillir. Si elle n'avait pas côtoyé tant de clients sapant non pas son corps ou sa dignité, mais surtout sa confiance en elle en l'assommant des vertus des autres putes plutôt qu'en vantant les siennes, Nelly aurait moins halluciné sur la dérive de son corps et de sa beauté.

À ces ravages, si elle était restée étudiante serveuse de bar, et non pas pute, elle aurait pu opposer de la résilience, faire avec, c'eût été moins grave, moins catastrophique. Car toutes celles qui se meuvent dans le monde esthétique le disent, le savent : dix ans de carrière, c'est le pactole, après, c'est la retraite. L'ombre pour éviter l'atroce humiliation d'être à la traîne, larguée. Alors si on ajoute à cela un succès d'édition fulgurant qui s'envole en fumée malgré les retours en force, on obtient les composantes idéales du scénario fatal.

En pleine jeunesse, trente-deux ans à peine, Nelly se torture avec ça. L'obsessionnelle anticipation du pire lui pourrit la vie toutes les secondes de sa vie. Le présent est condamné, l'avenir ne peut pas exister. Le passé ?… Il est là, bien vivant, bien présent, c'est un pilier, une certitude, mais est-ce bien ce passé-là qui est le sien ? Il y a des jours où, dans sa quête folle, Nelly ne le sait plus.

L'édifice des craintes s'élève chaque jour davantage. Nelly en reconnaît à haute voix quelques-unes : perdre sa beauté, ses parents, être pauvre… Pauvre ? Ah, bien sûr, à trente ans, comme escorte, ce n'est pas comme à vingt. Tôt ou tard, il aura fallu renoncer à cette possibilité de gagner sa vie. Et à même pas trente ans, avoir vendu des milliers et des milliers de bouquins, ça donne le goût non pas des grandeurs, mais d'un certain type de vie. Or ce type de vie, on ne peut le mener que si on vend des milliers et des milliers de livres régulièrement. Pour cela il faut être soutenu par un éditeur et tout son attirail. Or Nelly craint que Le Seuil ne l'abandonne. Elle l'a toujours craint. Devant tant de chance, elle a vacillé dès le premier jour, tout en en étant très fière et en mordant dedans à pleines dents. Avec *Folle*, inutile de revenir là-dessus, et de plonger dans la délectation morose, la magie s'est encore manifestée pour aussitôt disparaître. Nelly n'est plus le phénomène de *Putain*, électrisant la scène littéraire et Paris tout entier. *Folle* est la deuxième vague du tsunami, beaucoup moins dévastatrice, beaucoup moins terrifiante. Nelly est associée à son premier récit aussi solidement et fatalement que Romy Schneider à Sissi l'impératrice. Nelly profite de sa popularité sans en profiter, car cette vague est précaire, elle est tributaire de l'autre, qui ne reviendra plus jamais. Nelly marche sur de l'acquis et, bien entendu, ce n'est ni son intention ni ce qu'elle souhaite. Alors *À ciel ouvert*, ce petit roman sur lequel elle s'acharne, phrase après phrase, à pas de tortue, riant parfois de ses trouvailles et allégorisant jusqu'au délire la thématique de la vaginoplastie, ce roman au titre génial et qu'on comparera vite à ceux de l'auteur culte Bret Easton Ellis sauvera-t-il enfin la donne ?

39

Inutile de compter, et de recompter. Il y a quatre ans, cela faisait six mois. Il y a deux ans, cela faisait deux ans. Dans six ans, cela fera dix ans. Ça rend fou. Toute une vie tournant autour d'un seul événement – cette référence suprême – c'est proprement aliénant. Il faudrait pouvoir parler d'autre chose. Nelly se prend la tête dans tous les sens du terme et tente par tous les moyens d'y mettre un peu de plomb. Alors elle se dit, avalant son café, avant de poursuivre *À ciel ouvert*: «Maintenant ça fait presque cinq ans que *Putain* a été imprimé, distribué, vendu, encensé, descendu. C'est fini. »

Nelly revient à la vie normale. L'adjectif est un euphémisme. Normale a plus le sens de monotone. La réalité, c'est ça. Nelly s'ennuie à mort. Va-t-elle enfin avaler la pilule? Car, elle le reconnaît, il y a de bons côtés: à Montréal, dans son appartement de la rue Saint-Dominique, elle est à l'abri, dans un décor qui lui plaît. Elle aime bien l'homme qu'elle vient de rencontrer. Il la rassure. C'est agréable. Elle aime aussi revenir chez elle. Elle aime son quartier. Entre une épicerie fine, une librairie sympathique, l'indispensable Boîte Noire qui, pendant des mois, lui a permis de survivre d'une location de série à l'autre, et, enfin, quelques bars dans lesquels elle a ses habitudes, Nelly se sent, tout compte fait, confortable. Le problème, c'est que ça ne dure pas. Au moindre souvenir surgi de travers, ça recommence. Le maudit passé envahit tout. Finis les chambres d'hôtel, les voyages dans les avions, les gens qui se prosternent en vous serrant la main. Dans son quartier du Plateau-Mont-Royal, à sept ans d'en avoir quarante, Nelly n'a pas besoin de consulter sa montre pour avoir l'heure juste. Chaque matin la convie à ce qui est : payer ses comptes, entretenir son appartement, assurer le mieux possible son faramineux train de vie et, dans tous les cas, se débrouiller toute seule.

Pour vivre, Nelly se met à songer à travailler à la pige et à faire de petits boulots, même sans portée. On l'embauchera à l'hebdomadaire *Ici*, où elle signera la chronique *Accent grave*. Ses textes, en apparence désinvoltes, ressembleront à ses livres et leur feront écho. On la verra aussi à la chaîne câblée Vox. Quelle déchéance, en comparaison de France 2. Inutile de revenir là-dessus. L'important est de garder le cap. Nelly discutera culture à l'émission *Ici et là*. Simultanément, elle sera l'invitée des salons du livre qui se multiplient partout sur le territoire québécois. Enfin un break, un bon moment. Nelly aime les séances de signature. Rencontrer les lecteurs est une vraie joie même si leurs questions, tout comme celles des journalistes, reviennent à peu près toujours au même.

— *Putain*, c'est vous ? *Folle*, c'est vous ?

— Nnnooooon !

Elle a cette petite réticence qui, chez elle, est très sympathique. Choquée sans l'être, juste agacée comme quelqu'un qui refuse d'être chatouillé, c'est comme une petite breloque tintant sur un bracelet. Nelly est charmante.

— Mais ce que j'écris, ce n'est pas tout à fait moi-même si c'est moi, précise-t-elle, par conséquent, de plus en plus souvent. Oui, oui, on m'a déjà dit qu'on a de moi l'image d'une bitch, mais c'est faux. Je suis une dominée !

On ne la croit guère quand elle dit la vérité, que la vérité. On a tort. On dirait qu'on ne veut pas entendre ce qu'elle dit. On dirait qu'on ne veut pas lire ce qu'elle écrit noir sur blanc.

— Mais, c'est vrai, vous avez raison : mes livres sont des confessions.

Cependant la voix de Nelly Arcan se perd dans le tumulte du discours qu'on lui colle à la peau comme un masque miracle made in Switzerland qui fait complète-ment disparaître les rides pendant vingt-quatre heures.

Les petits passages à la télé, les petites chroniques dans le journal, les contrats à la petite semaine, ce n'est rien en comparaison d'une critique dans *Le Figaro*, du salon du livre de Paris, de Bernard Pivot qui vous a reconnue et qui vous félicite, de Patrick Poivre d'Arvor qui vous croise dans un cocktail et qui vous fait de l'œil, même dix minutes. Nelly en veut davantage. Elle a connu autre chose, ce faste. Comment le retrouver ? Montréal est un cercueil. Il y a eu, à un moment, très court, l'idée du cinéma. Quand on a pensé porter *Putain* à l'écran, Nelly a été très heureuse. Scénariste, voilà une bonne activité. Mais le projet n'a pas dépassé l'étape de l'idée. Nelly a refoulé sa déception. Puis le cinéma a rebondi. La réalisatrice Anne

Fontaine lui a demandé de participer à la rédaction des dialogues de *Nathalie*.

Une histoire de pute, comme par hasard.

Ainsi, depuis l'explosion de *Putain*, Nelly n'a guère vogué sur des eaux calmes. Au contraire, elle n'a cessé d'appréhender la tempête. Cette mer d'huile et sa brise chaude ne lui ont jamais rien dit de bon. C'était latent. Sous *Putain*, le mal se dessinait. Celui de tous ses autres livres, jusqu'au dernier, auxquels on ne prêterait jamais la même attention, par paresse intellectuelle et artistique, par indifférence tout simplement, par mépris, par vengeance, par choix, par négligence et parce que c'est l'époque. La consommation vertigineuse. À peine une bouchée avalée, on s'en envoie une autre, la bouche est pleine, on avale tout rond, aucune importance. Les livres, les disques, les films, toutes les créations c'est pareil. Faites le un, faites le carré. On passe à un autre appel. Nelly accumule les publications, livres ou articles, elle est médiatisée, mais ce n'est plus le même succès. Elle crée, mais dans la perplexité, l'appréhension – une de plus. Sa notoriété est un château de cartes, elle en est parfaitement consciente. Non qu'elle ne la mérite pas, mais parce que cette notoriété ne dépend pas d'elle, quels que soient ses efforts pour écrire autre chose, écrire mieux, écrire tout court. Nelly marche sur des œufs en talons aiguilles. Toute la construction autour de son nom, de son personnage, de sa production, de son succès peut s'effondrer même si le téléphone sonne et que son agent lui dit : « Tu fais *Les Francs-Tireurs* la semaine prochaine, et Bazzo peu après. » Ce n'est plus l'étincelle du début, la première ligne de coke, le fracas de *Putain*. Ce n'est que ce qui vient après, dans le même sillage. Il y a des jours où Nelly a très peur alors qu'on l'accueille en vedette, en star de l'écriture à qui on ne parle d'écriture que lorsque tous les autres sujets ont été épuisés, et surtout celui de son corps et de ce qu'elle a fait avec. Il y a des jours où Nelly est sur le point de s'éteindre tant elle vacille dans tout son éclat.

Effondrée aux pieds de l'édifice des craintes, Nelly a entrevu qu'elle ne se relèverait pas. Plusieurs fois, elle a tâté la corde, acculée, jusqu'à ce qu'elle l'agrippe vraiment, pour en finir.

Raison?

Déception. Immense déception.

40

Nelly a beaucoup travaillé dans sa vie. Petit soldat du sexe, petit soldat des études, petit soldat de l'écriture. Dans *Putain*, le plus achevé de ses ouvrages, même si *Folle* est encore plus acéré, elle a livré une immense description de la femme. Un tableau magistral. À faire pâlir un certain nombre d'intellectuelles occidentales bardées de diplômes et fortes de leurs encyclopédies trop souvent illisibles, pour ne pas dire indigestes et soporifiques, ou encore de leurs essais et de leurs romans abscons et arrogants. Nelly, elle, a su faire en sorte que beaucoup d'hommes lisent sa description de la femme alors que la plupart d'entre eux gerbent à l'idée même d'ouvrir un livre de celles qu'on appelle les «féministes». Trop arides, trop sèches, agressives, hommasses, lesbiennes, hautaines et prétentieuses. Pas toutes, bien sûr! Quelques-unes, mais suffisamment pour marquer l'ensemble. C'est déjà bien assez. C'est déjà trop. Nelly, du haut de sa jeunesse et de sa fraîcheur (malgré tout), pourrait être leur reine. Elle les défend toutes, les femmes, depuis les temps anciens jusqu'à ses jours à elle, les décrivant sans aucune complaisance, clairement. Une somme sur la femme, elle a écrit, Nelly.

En cela, elle avait le rare bon côté des universitaires honnêtes, vraiment convaincus et humbles. Elle cherchait vraiment, analysait vraiment, ré-flé-chis-sait. Penser, penser, cela revient sans cesse sous sa plume et dans ses propos. Elle déplore, elle souffre à mort que la société – comme la femme, d'ailleurs – se vautre dans sa banalité, son ignorance, sa laideur, sa médiocrité, ces codes tout faits auxquels on doit obéir sans se poser de questions. Nelly vomissait tout cela. Elle était, à sa façon, une historienne de la femme, une scientifique de la femme, un chercheur avec sa panoplie de preuves à l'appui, années d'expérience en laboratoire, sur le terrain.

Elle voulait dire. Dire, par exemple, que la prostitution à laquelle elle s'était livrée pendant longtemps était quelque chose de très triste, et que tous les hommes qui en profitent sans s'interroger participent à ce que leurs propres filles puissent travailler un jour dans le milieu. Si on veut que quelque chose cesse, il faut cesser d'aller vers ce quelque chose : le cercle vicieux, la prostitution et la pornographie ayant envahi la planète comme la plus grande invasion que la Terre ait jamais connue. La prostitution et la pornographie – une gigantesque industrie faisant que des millions d'employés sont, au bout du compte et depuis le début, malheureux et foutus. Car il n'y a pas de joie dans ce monde. Nelly le disait. Prévenait. Elle était un peu l'agneau du sacrifice, s'écriant : « Ne faites pas ce que j'ai fait. » Parfois elle haussait un peu le ton, sans jamais devenir belliqueuse, ou outrecuidante. Juste séduisante, et ferme. Alors la lumière de ses yeux bleus prenait une étrange profondeur. Elle avait, un instant, un regard très grave, très sérieux. Elle avait tant analysé la femme et la féminité qu'elle louvoyait dans la complexité du comportement proprement féminin (comportement obligé, précisait-elle) comme un poisson dans l'eau. En la matière, elle était tout simplement imbattable. Mais c'était une arme à deux tranchants. Nelly Arcan multipliant ses looks, toujours tendance, surprenait à chacune de ses apparitions publiques. Elle avait l'art de la singularité, du raffinement de son propre genre, elle était un kaléidoscope d'elle-même, un produit Mattel que même Mattel n'aurait pu imaginer. Robe noire ou t-shirt sport griffé moulant sa poitrine sans qu'elle l'exhibe par le mouvement, Nelly était tout simplement sexy. Mais, même au troisième millénaire, une femme sexy peut-elle être féministe, et prétendre penser ?

Difficile, d'être une baleine dans un aquarium. Nelly n'avait pas supporté le rythme français, mais elle ne tarda pas à étouffer psychiquement au Québec. Sa volonté de penser, et surtout de dire, était saluée parce que les médias faisaient invariablement la promotion de ses livres, mais, pour Nelly, c'était sans véritable écho. À chaque interview, cela recommençait. On parlait de tout, sauf de ce dont elle voulait réellement parler. Discuter. Quel mot impossible à vivre. La pire fois fut lors d'une émission télévisée sur une chaîne de renom. Elle portait un petit bonnet hip, griffé, bien enfoncé sur ses boucles platine, ne cachant pas ses yeux presque translucides – les yeux de sa pensée – et un t-shirt blanc à manches longues moulant ses seins volumineux. C'était l'auteur que l'on convoquait sur un plateau de télévision, pas la pute… Et pourtant. Elle passa trente minutes à s'échiner, à tenter de revenir à la charge, calmement, intelligemment, pour tout simplement dire sa vision des choses, de la femme, de la sexualité, de la pornographie envahissante, de ses dangers pour l'âme et pour toutes les jeunes filles qui, un jour, pourraient croiser leur père lors des heures de travail… Trente minutes à écouter des questions qui n'en étaient pas, vaseuses et grossières, à entendre ânonner des propos imbéciles et répétitifs. Trente minutes à comprendre que l'interlocuteur de bas étage n'avait rien compris à *Putain* ni à *Folle,* rien capté à la détresse imprégnant toutes les lignes de ces deux livres. Obligée de gigoter comme une accusée, de s'attarder sans le pouvoir sur les mêmes choses, d'accepter qu'il n'y ait pas de réelle discussion possible, de véritable échange. Trente minutes à l'intention de combien de spectateurs qui n'apprendraient rien, ou presque rien, sur le rôle de cette fille-là dans l'histoire non pas d'une société, mais de *la* société, d'en savoir un peu plus long sur ses vraies intentions, son travail ? Pendant trente minutes, s'amusant parfois, une seconde, guère plus, le temps d'un sourire furtif, Nelly sauva la face, tout simplement, parvenant, devant tant de rusticité, à rester digne et polie.

Et puis l'émission, enfin, s'était terminée. Nelly s'était retrouvée dans la rue. Devant les portes de la station de télévision. Pas de Seine à l'horizon, de pont Alexandre III, de terrasse de café aux petites chaises de rotin à coussin de velours. Juste un grand boulevard, gris et laid. Vite un taxi, vite un joint, vite une ligne, vite un verre, vite un bar où retrouver des hommes et, du coup, enfin, redevenir femme, jeune et désirable. Séduire en pensant pour soi-même à Lautréamont, à Freud, à la littérature, aux auteurs qui se pendent et meurent, et comprendre, pour soi-même, qu'ils se pendent et meurent parce qu'ils ne peuvent pas dire ce qu'ils écrivent. On ne les écoute pas, on ne veut pas les écouter. Nelly était furieuse, insultée, découragée, et, en même temps, elle comprenait, elle voyait très clair en elle et en les autres. Une lucidité aussi brillante que ses yeux. Au fond, elle n'en avait rien à faire de la méchanceté bien déguisée de son interlocuteur qui, mine de rien, sous le couvert de l'humour, de l'esprit de bottines, de savates, l'avait tout de même traitée de grosse salope, de cochonne, de menteuse, sous le fallacieux prétexte de suggérer des titres évoquant *Folle* et *Putain*… Un autre macho incapable de le reconnaître, bien confortable dans son petit monde douillet et protégé d'intellectuels qui n'en seront jamais et qui n'en seraient jamais hors de leur village, macho qui ne connaîtra jamais rien de l'Afghanistan, de la bataille de Stalingrad, de l'enfant laissé le long d'une route, éventré, le foie en moins. Qui ne saura jamais rien de la véritable intelligence, du déploiement de l'humanité, de l'honneur. Le désert. Bien pis que le désert, la fosse. La fosse septique.

Nelly était triste, elle aurait pu pleurer ce jour-là, si elle en avait été encore capable. Mais ses larmes coulaient rarement, de plus en plus rarement. C'était l'âge. C'était l'endurcissement de l'expérience. Dans quelque temps, elle publierait au Seuil. *À ciel ouvert*. Quel beau titre… Rien à voir avec cochonne, grosse salope, ou menteuse… *À ciel ouvert*, l'espoir filtrant le bleu et la lumière. Mais Nelly était déjà de l'autre côté de la couverture, sous les nuages annonçant les ténèbres.

Alors elle se dit qu'elle danserait toute la nuit.

41

Souvent une amie lui pose la question : « Combien as-tu dépensé jusqu'à présent ? » Nelly n'en sait trop rien. Elle a trop de problèmes d'argent pour même y répondre. Elle jongle avec les sommes, contractant des dettes et assurant les priorités. Les chirurgies et les traitements esthétiques sont incontournables. Plutôt crever de faim que d'avoir des poches sous les yeux, à même pas trente-cinq ans. Toutes ces interventions coûtent une fortune. Les injections au collagène sont sans cesse à refaire. Le truc disparaît – voyage, précise-t-on – sous la peau. Bien qu'elles soient à peine perceptibles aux yeux des autres, les rides reviennent, encore plus creuses. Il faut les combler. Nelly paye. Mais souvent elle se dit qu'elle aurait pu utiliser les extra-ordinaires sommes du succès de *Putain* pour investir, s'acheter un immeuble à revenus, question d'avoir une petite sécurité, ou encore une maison. Mais on n'achète pas de maison quand on est seule, sans enfant, quand on n'a que des chats à nourrir. Quand on est seule, même si on a un amant qui nous aime et qui veut le meilleur pour nous, on continue d'habiter la ville, on sort, on s'étourdit, on s'entoure de monde. Nelly aurait pu apprendre à épargner. Mais pour Nelly, ce mot ne veut rien dire.

Épargner pour l'avenir ? Cet autre mot n'a pas de signification non plus. Nelly veut tout, ici et maintenant. Un compte en banque bien garni ne lui servirait à rien puisqu'elle est certaine de ne pas faire long feu. Ses amis qui l'entendent dire cela rétorquent qu'elle délire. Nelly a toutes les chances de vivre très longtemps, peut-être même cent ans, comme son grand-père.

— Quand tu seras vieille, on ira te voir dans ton centre d'accueil et on parlera ensemble du passé.

Quelle idée... Jamais Nelly ne vivra ça, et le sait très bien. À quinze ans, déjà, elle annonçait son avenir : à trente ans, elle en aurait terminé avec elle-même. Certes, ça perdure, elle a dépassé l'échéance, mais de là à l'hospice il y a une sacrée marge. De toute façon, Nelly est principalement préoccupée par l'immédiat : l'argent et ce qu'il peut payer. Grâce à ses droits d'auteur, se dit-elle, elle finira par s'en sortir. *Putain* a été un exploit. Peu d'auteurs au Québec ont vendu près de cent mille exemplaires d'un seul livre, ont été traduits, réédités, etc. Or l'éditeur lui en promet encore plus quand *Folle* paraîtra dans la collection Folio. Ça presse. Ça rentre quand, les royalties des réimpressions ? Car ses exigences, elles, n'attendent pas. Les droits d'auteur sont indispensables à son besoin d'être satisfaite d'elle-même : avoir une poitrine plus ferme et faire disparaître les quelques kilos de graisse qui, malgré les séances de gym, s'acharnent à enrober ses cuisses. S'observant dans le miroir, Nelly est horrifiée à la vue de ces minuscules trous qui menacent de cribler sa peau. L'expression peau d'orange la dégoûte. Depuis qu'elle a constaté chez elle des traces de cellulite, elle les traque comme le ferait un chien pisteur.

Elle a choisi une clinique de l'ouest de la ville. Un rendez-vous tôt le matin. Accueillie par la secrétaire, elle s'installe dans le cabinet où on l'ausculte pendant quelques minutes. Après avoir revêtu une chemise d'hôpital, bleue comme ses yeux, elle s'allonge sur la table d'opération. L'anesthésie l'engourdit et la transporte ailleurs. Elle rêve. Des images s'embrouillent. Elle entend des voix. Le médecin demande ses instruments. Puis elle marche sur un long chemin qui la mène à son lac. Tout disparaît. Elle ouvre l'œil. Se rendort. Elle sommeille doucement. Son réveil est long. L'infirmière assise à ses côtés tâte son pouls. Elle dit que tout va bien, que l'opération est un succès.

La convalescence est un moment de repos que Nelly savoure. Depuis qu'elle a trouvé un appartement qui lui plaît, elle aime s'y retrouver. En partie grâce à l'argent que lui ont rapporté ses livres, elle a pu s'installer dans un home bien à elle. Le loft, rue Saint-Dominique, près de l'avenue Mont-Royal, n'est pas grand mais les fenêtres s'ouvrent sur le soleil du matin, celui qui force à sortir du lit, même après une nuit d'insomnie. Elle ne regrette pas l'intervention qu'elle a subie. Elle a l'impression d'avoir rajeuni de cinq ans en une seule heure. Il faut souffrir pour être belle! L'adage populaire dont on gavait les filles autrefois est parfaitement vrai. Mais aujourd'hui? Comment une intellectuelle de sa trempe peut-elle être sous cette emprise? Bientôt, quand elle sortira au grand jour, on lui dira encore: «Nelly, sors-en! Tu es esclave de la mode, tu es une femme-objet, tu te bats pour faire reconnaître ton talent et tu projettes une image de Barbie. Rien à voir avec tes réelles capacités.»

Mais Nelly se fout de ce qu'on lui dit. Elle a besoin d'être le corps qu'elle idéalise. Comme un sculpteur, elle travaille la pierre, gratte les aspérités, enlève les couches de poussière et polit la matière pour donner naissance à sa propre statue. Elle est l'artiste, et son image fait partie de son œuvre. Par petites touches, quand l'inspiration lui vient, elle écrit dans un conte qui n'en est pas un cette quête du corps, de la beauté et de la séduction. Ce court texte illustré, intitulé *L'enfant dans le miroir*, paraîtra bientôt aux éditions du Marchand de feuilles, ces feuilles qui s'envolent comme les années. Chaque fois que l'illustratrice du livre-objet en devenir, Pascale Bourguignon, lui soumet un dessin, Nelly s'abîme dedans. C'est bien cela la beauté menacée : les volutes de forêts enchantées, des branchages enchevêtrés, les bêtes imaginaires, la nuit tombe, la peur rampe, c'est ce que Nelly vit.

Récemment, un ami bienveillant lui a dit qu'elle devait cesser de grossir ses lèvres. « Il faut arrêter ça Nelly. Trop, c'est trop. Tu finiras par ressembler à ces actrices françaises qui ont des bouches repoussantes et qui ont l'air de sourire tout le temps. » Nelly, un instant, est perplexe. Elle examine sa bouche en faisant des moues. Ça tient la route. Il exagère. Elle verra bien. L'entretien de sa beauté est non négociable. Elle se retranche derrière ce dernier rempart de libre arbitre.

42

Il a fallu plus d'un an pour avoir des chiffres et de l'argent. *À ciel ouvert* a été un demi-succès. Nelly est déçue. En dépit de ce qu'elle a espéré, personne n'a accueilli avec un réel enthousiasme son tout premier roman dont on a dit qu'il aurait pu s'intituler *À cul ouvert*. C'est très proche de l'imaginaire de Bret Easton Ellis, de sa facture, et de son *American Psycho*. Ce n'est plus l'originalité des premiers ouvrages, même si le thème choque. Du reste, ses éditeurs l'avaient avertie : ne plus s'attendre à vendre autant que pour *Folle* dont on est tout de même satisfaits, et que pour *Putain*, le succès inégalé. C'est normal, ce n'est pas vraiment inquiétant. Le troisième livre de Nelly n'est pas un échec, loin de là. La plupart des auteurs de ce monde seraient ravis des retombées que l'ouvrage a eues auprès des lecteurs et des critiques. Au demeurant, *À ciel ouvert* ne fait même pas l'objet d'un choix dans la liste des prix, comme cela a été le cas pour *Putain*, et même pour *Folle*, qu'on publiera même en braille. Ainsi, Nelly Arcan n'a rien décroché à cet égard. L'échec est cuisant. C'est clair comme de l'eau de roche : si *Putain* n'a pas reçu ce genre d'honneur, aucun de ses ouvrages n'en recevra. Bien sûr, Nelly n'a pas besoin de prix pour écrire. Son éditeur lui répète de ne pas accorder plus d'importance qu'il n'en faut à ces simulacres de gloire. Elle a du talent, du souffle, elle a prouvé qu'elle pouvait se renouveler en passant du récit au roman, c'est tout ce qui compte. N'empêche, Nelly aurait aimé qu'on souligne vraiment cette évolution dans son travail. Mais elle n'a rien eu, que des entrefilets, des articles sans portée. *À ciel ouvert* était sa dernière chance. Le Seuil est déjà derrière elle. La maison, de toute évidence, ne publiera pas son quatrième ouvrage. L'édifice des craintes ne saurait s'élever davantage. Nelly est écrasée. À force de dégringoler, même d'un cran à la fois, elle ne guérit plus de ses blessures. Elle voudrait pouvoir dire : « Oubliez-moi, pendant un temps. Depuis 2001, je suis partout sur la scène littéraire. On a ri de moi chez Ardisson. On voudrait que je renouvelle à tout instant la magie de *Putain*. J'en ai assez d'être l'escorte de service. La beautiful dumb blonde qui n'en est pas une ! La blonde aux gros seins bardée de diplômes universitaires avec qui on ne s'entretient ni d'art ni de culture. »

Nelly Arcan est prisonnière de ses paradoxes. Elle est le prophète et l'agneau. La défenderesse et la victime. Elle se soumet entièrement à la loi selon laquelle « la nature du désir féminin, c'est d'être désirée ». C'est sa règle d'or, sa ligne de conduite mais également son cheval de bataille et le bât qui blesse, car c'est une loi fondamentalement déplorable et aliénante. Elle étale sa beauté, l'entretient avec soin mais elle voudrait qu'on la voie autrement et surtout qu'on lui parle d'autre chose. Qu'on lui parle tout court. « J'ai un côté cru, dira-t-elle dans une entrevue, mais je suis foncièrement une fillette. » Toujours cette impression de parler dans le beurre, quoi qu'elle fasse. Même chose à *Tout le monde en parle*, version Québec. Ça fait six ans qu'elle n'exerce plus le métier d'escorte, ou de pute, comme on voudra. Pourtant, on ne lui parle que porno, look, sexe, schtroumpfette. Son nouveau livre ? Pas un mot là-dessus. Sa nouvelle manière ? Le passage de l'autofiction à la fiction tout court ? A-t-elle d'autres projets littéraires ? Niet. Le cerveau versus le décolleté, ça ne fait pas le poids. On n'en a que pour le thème de la séduction et du commerce du corps. Faut-il donc être laid pour être écrivain ? Nelly est amèrement déçue de son passage chez l'Ardisson local.

Heureusement, il y a toujours une oasis dans le désert. Nelly passe un bon moment à l'émission de Marie-France Bazzo. La journaliste lui pose de vraies questions. Des questions de femme, d'amie. Nelly en aurait pleuré d'avoir pu, en ondes, parler de ce désir d'enfant qui la tenaille encore, de son désir d'une vie tranquille et de toutes les hésitations qui le tuent dans l'œuf. Dans ce chaos, un instant, aux côtés de cette femme à qui elle a aimé se confier, Nelly a trouvé un peu de réconfort. Mais on ne fait pas un repas de quelques miettes. Et Nelly a faim. Tellement faim qu'elle en est affamée. Tellement faim qu'elle n'a même plus la force de manger.

Nelly a tant d'amis, tant de gens l'aiment : son psy, son éditeur, son coach, son amant. Pas un seul jour ne passe sans que ses proches ne lui téléphonent, lui demandent de la voir. Un peu partout dans la ville, et sans doute ailleurs, elle a un fan-club. Dans la communauté gay, elle compte des centaines d'admirateurs. Mais la vérité, c'est que, même aimée, Nelly est seule. Depuis cent cinquante ans, quel que soit le formulaire à signer – passeport, permis de conduire, carte d'assurance maladie – dans la case à côté de son vrai nom, de son nom légal, elle doit inscrire les déprimantes cinq syllabes : célibataire. Depuis qu'elle s'est installée à Montréal, depuis qu'elle mène une vie dite d'adulte, elle n'a vécu en couple que quelques fois et pas longtemps. Depuis quelque temps, l'idée de finir seule la terrorise. Elle voit le temps passer et doute chaque jour un peu plus de rencontrer enfin un homme avec qui elle partagera ses jours. Bien qu'elle soit de son époque et qu'elle se réclame du féminisme, elle est déchirée par ses échecs amoureux. À chaque histoire, elle croit que c'est enfin la bonne, et que ce sera la dernière.

Après l'amant français, Nelly a connu de brèves liaisons. L'une d'elle aurait pu être durable. Peut-être… Au fond elle n'en sait rien. C'était en 2006. Elle était à Munich pour le lancement de *Folle* en traduction allemande – *Hörig* – un extraordinaire adjectif germanique signifiant être dévoué corps et âme à quelqu'un ou à quelque chose, un mot bien plus juste que folle et reflétant parfaitement le sujet de ce récit. Dans le brouhaha des cocktails et des entrevues, elle avait sympathisé avec un jeune Allemand. Tobias, subjugué, l'avait suivie à Montréal. Du reste, leur différence d'âge avait rapidement pris des proportions, du moins dans sa tête à elle. Une autre obsession ridicule et ingérable avec le cortège d'argumentations pour s'en sortir ou mieux s'enfoncer. «Évidemment, si j'étais un homme, on trouverait cette situation tout à fait normale. Mais je suis une femme. Ça fait genre vieille qui se paye un jeune… Encore une injustice !» Une amie lui avait suggéré que c'était peut-être sa fibre maternelle qui expliquait l'attraction qu'exerçaient sur elle des hommes plus jeunes. Tout comme elle expliquait l'inverse.

Le poids des années... Toujours le même pénible fardeau. Nelly croulait dessous avec l'air d'en être tout à fait épargnée, à coups d'interventions coûteuses mais également angoissantes. Le médecin disait toujours oui, avec un air posé : « Cette ride s'enlève sans problème ; quant à la culotte de cheval, vous exagérez, mais si vous y tenez, on peut faire quelque chose. » Nelly approuve l'intervention. Au bas du formulaire, elle signe son nom légal. Mais elle est inquiète. Et depuis longtemps. Quand Micheline Charest a fait les manchettes, Nelly, soudainement très troublée, s'est interrogée sur cette bataille plastique tout en continuant d'aller au front. Se suicider est une chose, que l'on décide soi-même, mais mourir bêtement sur une table d'opération parce qu'on refuse d'avoir l'air vieux en est une autre. Nelly n'est plus certaine d'avoir envie de jouer à cette roulette russe. Le sort de cette femme d'affaires décédée dans une clinique de la rue Sherbrooke ne cesse de la hanter. Pourquoi faire l'autruche et s'en remettre à la science quand, trop souvent, cette science inattaquable accumule les erreurs et les bavures ? L'anesthésie, ce n'est pas rien. Être coupée de partout bien endormie non plus. Le sang coule en abondance, elle le sait bien. Le sang recueilli lors des innombrables liftings pratiqués en Occident et ailleurs où on peut se le permettre pourrait sauver de nombreux grands blessés. La mort est un acte, une décision réfléchie et Nelly veut avoir le dernier mot quant à sa disparition.

Cependant, elle est toujours sollicitée par son dialogue avec elle-même. La sublime parole de Daniel Bélanger – « Sortez-moi de moi » – lui irait à merveille. « À l'adolescence, j'ai dû être hospitalisée parce que j'étais anorexique ; aujourd'hui, je m'obstine à vouloir parfaire cette carapace que je n'habite pas. Tout, pour moi, s'est joué à l'âge de quinze ans : si je m'étais trouvée belle (si on m'avait dit plus souvent que j'étais belle), je n'en serais certainement pas là… »

Cette phobie de vieillir fait partie d'elle-même comme ses membres et chacun de ses organes. Aussi en arrive-t-elle à se demander si cette folie de vouloir rester toujours jeune et de désirer un corps de sirène afin de séduire sans cesse ne vient pas de sa naissance. Un jour sa mère lui a confié qu'elle croyait attendre un garçon. Nelly a livré ce détail capital dans *Folle*. Mais ce n'est pas Sébastien qui est venu, c'est Isabelle qui est née. Une autre fille, peut-être revenue de l'autre côté de la mort.

Nelly se met à divaguer : Sébastien, Isabelle, Cynthia, Nelly. Comment ne pas se perdre dans cette litanie ? Ces vagues identités ? Jamais la bonne. Pendant toute son enfance et sa jeunesse, son père a pétri son imaginaire et labouré sa pensée. Aujourd'hui Nelly se dit qu'elle pourrait bien être saint Sébastien, le martyr androgyne transpercé de flèches. Il y a trop longtemps que son corps est douloureux comme le sien.

« Si j'étais un homme… » Nelly entend au loin la chanson… « Je serais romantique. »

Mais c'est bien plus simple que cela.

« Si j'étais un homme, se dit Nelly, je serais libre. »

43

L'automne est arrivé depuis trois jours.

Ce 24 septembre, après les vacances d'été, Montréal a intégré le rythme de la vie normale. Les travailleurs vont au boulot et ont machinalement repris leur routine. Devant les arrêts d'autobus, ils forment une longue file morose. Des silhouettes s'engouffrent dans le métro. Toute la ville s'ébranle.

Mais ce matin, Nelly ne s'est pas levée. Encore dans son lit, enroulée dans ses couvertures. Elle a froid et pourtant un vent doux et humide caresse son visage. Elle n'a plus sommeil. Elle ne se rendormira pas. Elle est seulement profondément triste. Très fatiguée, aussi. La rédaction de son second roman, *Paradis clef en main*, même si elle a ri aux éclats en l'écrivant – c'était si amusant de se transporter et de sortir enfin de soi – l'a tout de même épuisée. Elle se dit qu'elle a perdu cet enfant que Le Seuil n'élèvera pas. Elle en pleurerait, mais où sont passées ses larmes ? Elle n'a plus de larmes. Une sorte de couche d'insensibilité a enveloppé son âme. Elle est seulement triste. Puis, lentement, elle s'assoit dans son lit et se lève. « Il le faut », se dit-elle. Elle se parle à elle-même. Elle a besoin de ne pas se sentir seule. Ses chats la fixent, ses deux chers siamois aux yeux bleus qui louchent. Quelle présence… Pourtant Nelly a l'intuition qu'aujourd'hui elle sera seule à jamais. La nuit a été pénible. Des cauchemars. Elle a vomi. A-t-elle trop bu la veille? Elle ne s'en souvient plus. Son mal de tête la prend au cœur. Ce nouveau jour ressemble à la nuit. De l'école, à côté, des cris d'écoliers montent jusqu'à elle et lui écorchent les oreilles. Des cris d'enfants heureux. Toute la vie devant eux. Ils sont là, bruyants, en grappes dans la cour de récréation. Nelly ne les voit pas, elle ne fait que les entendre. Elle imagine ceux qu'elle aurait pu avoir. L'enfant d'un client, des amants… Aujourd'hui, pour ces enfants qu'elle n'a pas eus, ce serait septembre, les premières semaines de la rentrée des classes. Ils piaille-raient comme des oiseaux qui veulent quitter leur nid. Nelly traîne jusqu'à la fenêtre. Jette un regard dehors. Elle ne voit rien.

Pendant ce temps, à Vox Télé, on s'impatiente :

— Où est Nelly? Si elle arrive en retard, elle attendra dans le bureau. On commence sans elle. On la prendra la semaine prochaine.

Quelqu'un dit avoir reçu un courriel.

Quand?

— Ce matin, en fait la nuit dernière.

On croit que des obligations l'ont sans doute retenue chez elle.

Depuis qu'elle anime une chronique à l'émission *Ici et là*, Nelly Arcan n'a jamais été en retard. Elle est flyée, mais c'est une fille sérieuse. À Vox Télé, elle a toujours fait du bon travail.

Autour de la table, on s'affaire. Les feuilles de route sont remplies, les dossiers de presse sont couverts de notes. Des livres sont ouverts sur les pages à citer. Ce n'est qu'une question d'instants. Nelly va arriver en coup de vent et, comme toujours, son parfum la précédera, enivrant le studio. Elle portera une robe troublante ou un t-shirt vert acidulé et son jean Parasuco.

— Si elle avait eu un empêchement majeur, elle nous aurait avertis, déclare l'animatrice, agacée. Ce n'est pas dans ses habitudes de faire faux bond. Nelly a toujours fait son travail consciencieusement.

À Vox Télé, on ne sait pas quoi penser.

Cependant, depuis quelques semaines, voire des mois, des rumeurs courent. Nelly commence à trouver le temps long. Elle trépigne tout en restant impassible et souriante. Depuis qu'elle a dû se rabattre sur un éditeur québécois pour pouvoir se faire publier, Nelly a périclité. À certains interlocuteurs privilégiés, elle dit qu'elle s'emmerde royalement à Montréal et qu'elle a l'intention de retourner à Paris pour renouer avec des connaissances et tenter de reconquérir les médias. Huit ans sont passés depuis sa première apparition là-bas. Depuis, elle a considérablement mûri. Désormais, malgré ses déboires et toutes ses insécurités, elle se sent forte et moins impressionnable. À qui veut bien l'entendre, elle admet souffrir et affirme souvent avoir été victime d'un malentendu. « Énormément de gens ont aimé *Putain*, dit-elle, mais personne ne l'a lu jusqu'au bout. » Elle a loin d'avoir tort, mais elle n'est pas dans le vrai quand elle évoque une malédiction, ou lorsqu'elle prétend que la lassitude de ses lecteurs est l'une des raisons qui l'ont empêchée d'avancer avec autant de confiance qu'elle l'aurait voulu sur ce dernier ouvrage, une histoire de suicide assisté. Les écrivains qu'elle aime lui font de l'ombre. Catherine Mavrikakis, par exemple, qui travaille dans les mêmes platebandes – Schreber, la psychanalyse – et qui a le don des titres à la Lynch – *Omaha Beach, Le ciel de Bay City* – et qui enseigne pour couronner le tout, force l'admiration. Catherine Mavrikakis a obtenu en mai le Prix des Libraires. Malgré sa notoriété outre-Atlantique, Nelly n'a jamais eu de prix du tout. Nelly craint le mauvais sort. De toute façon, ça fait un moment qu'il s'acharne. Elle se déclare de trop dans le décor. Comme lorsque sa tante lui disait de s'en aller car sa présence faisait obstacle aux cartes.

Aujourd'hui, seule dans son logement, elle ressasse ces souvenirs qui font mal. Elle se jette sans plus se méfier dans sa souffrance et l'ouvre sans ménagement comme si elle jouait dans une plaie ouverte. Les enfants se sont tus. Ils sont en classe. Il n'y a que le bruit des oiseaux, et des voitures, tandis qu'elle repense aux mauvaises critiques d'*À ciel ouvert*, sa première tentative de roman à la troisième personne. Des amis bienveillants (!) lui ont rapporté les propos dédaigneux d'un journaliste : « Le dernier livre de Nelly Arcan ressemble à la copie d'un cours de création littéraire à l'UQAM. » D'autres journalistes, paraît-il, ont comparé ses personnages féminins à deux petites connasses bronzées. Il est vrai que Rose et Julie ne sont pas très sympathiques. Mais Nelly les a défendues : « Elles incarnent un mal de vivre propre à notre époque. » Nelly n'écrit pas de romans au sens propre du terme ; sa prose poétique et violente propose bien davantage des thèses. Elle se désole de voir que ses efforts ne suscitent aucune réflexion. Les flèches empoisonnées des critiques qui trop souvent n'en sont pas lui crèvent le cœur. « On ne comprend pas que j'aime créer des femmes jalouses et paumées. » Elle-même est mortellement jalouse. Donc elle n'a pas le droit d'exister ? Devra-t-elle s'expliquer chaque fois ? Et que dira-t-on de *Paradis clef en main* ? Elle ne veut pas le savoir. L'idée la fait vomir.

Heureusement, d'autres voix ont salué son talent, ce ton unique qui est le sien. Sa signature. Mais cela est bien peu pour l'auteur jadis louangé de *Putain* qui, propulsé dans le décor de l'indifférence, attend désormais le verdict dans un petit appartement du Plateau-Mont-Royal, car le loft, c'est déjà le passé. Trop cher. Elle en avait trop sur les épaules, elle n'en pouvait plus. Criblée de dettes, Nelly. Trop épuisée pour réagir. Tous les matins, ça recommence. Son compagnon musicien n'y peut rien. Du reste, elle semble tellement joyeuse et enjouée. Il n'est pas témoin de ces traversées du désert. Nelly est profondément en elle-même et très habituée de projeter une image – un côté d'elle-même, ça dépend du contexte. Ce contexte est devenu tellement déprimant qu'elle a troqué son café pour du vin. Boire l'engourdit sans l'apaiser. Elle tourne en rond dans sa tête. Elle se répète qu'elle ne pourra pas supporter un échec avec *Paradis clef en main*. Jamais elle ne pourrait imaginer qu'au Québec seulement, il s'en vendra trente mille exemplaires. Pour durer comme vedette, ou plus précisément pour ressusciter, faut-il donc être mort ? Que seraient devenus James Dean, Jim Morisson, Janis Joplin s'ils avaient vécu? Dans d'autres circonstances, Marylin aurait décrépi derrière des lunettes noires... Elvis aurait marché à petits pas dans le grand parc de Graceland, soutenu par deux videurs et traqué de paparazzi... Il aurait fallu que Brigitte Bardot meure tragiquement à trente-six ans, au faîte de sa beauté.

Nelly s'assoit à sa table. Elle fixe un point, nulle part. Il faut que *Paradis clef en main* marche comme *Putain*. Il le faut absolument, car elle n'en peut plus d'être confinée à exécuter des tâches mal payées et auxquelles elle se livre comme si la Terre entière l'écrasait. Même sa chronique dans l'hebdomadaire *Ici* lui semble trop exigeante. Il y a des jours où elle a si peu d'inspiration qu'elle raconte son propre quotidien de banalités. Une journée bien ordinaire. Allongée dans un parc avec son copain. Ils perdent leur temps, ils procrastinent. Le copain dit, en conclusion : «Tu devrais fumer du pot, t'aurais pas besoin de moi pour trouver des idées pour ta chronique!» Ce n'est pas si mauvais comme texte, mais en même temps c'est consternant.

D'en être arrivée là est consternant.

Quelle sorte d'escalier a-t-elle donc gravi pour se retrouver si bas?

Pondre un texte chaque semaine et respecter l'échéance de l'heure de tombée, voilà une discipline bien astreignante. Quant à la rémunération... Une pipe par jour, c'était bien moins compliqué et bien plus avantageux. «Quand j'étais escorte, je gagnais plus en une heure que ce que je gagne en une semaine maintenant!» Bienvenue au club. Écrire ce n'est pas réparer des tuyaux ou des prises électriques, ça ne rapporte rien. Sauf à quelques happy few, dont, de toute évidence, Nelly ne fait plus partie. Plus d'une fois, ces derniers temps, Nelly a exprimé son dépit à ce sujet. Quant à sa chronique télé… Nelly soupire au fond de son lit, ou de son divan. Où donc s'est-elle effondrée à cet instant précis ? C'est à peine si elle le sait, il y a des jours où elle est tellement, tellement fatiguée. *Ici et là*, ça a fait son temps. Inutile de tourner autour du pot. Ce travail ne la satisfait plus. La dernière chose dont elle a envie de parler, c'est bien des autres. Elle-même a tant à réaliser. Et puis son mal de vivre, bien dissimulé derrière son attitude coquine et enjouée, est trop lourd pour qu'elle s'intéresse à ces autres, justement, qui assurément vont mieux qu'elle. Et puis la télé, c'est de plus en plus ingrat. L'image, toujours l'image. Derrière les couches de fond de teint, la moindre ridule trahit son âge. Après avoir passé la nuit dans les bars de la rue Saint-Laurent, et bu toute la matinée, elle se trouve plus que moche dans l'œil de la caméra qui la détaille et grossit ses défauts. Elle dit : « La télé ajoute des kilos. On a toujours l'air plus gros. C'est ingrat et injuste, encore plus pour les femmes. »

Alors que faire ? L'escorte ? Nelly ne peut s'empêcher de rire. Maintenant, elle ne serait plus une fille de joie, si jamais elle osait revenir dans le métier, mais bien une femme de mauvaise vie. Même sur le trottoir, la vieillesse est sans pitié. Nelly dans un rôle de madame Claude remontée de partout ? Pas son genre. Seule issue : le travail à la pige. Les petits sous accumulés qui deviennent de petits dollars. Juste bons pour payer une bouteille chez le marchand du coin. Et remonter bien vite chez elle. Bien cachée. Bien à l'abri. Criant sans que personne ne l'entende. Mais parce qu'elle est consciencieuse, justement,

Nelly trouve toujours le moyen de se ressaisir. Elle a des lecteurs fidèles. Ils apprécient ses coups de gueule et sa franchise. Ses textes ne sont jamais loin de l'autofiction : partant de ses propres préoccupations, elle parle de sa génération, de son monde fermé que pas une Afghane, pas une Éthiopienne, pas une Salvadorienne ne saurait comprendre tant il est futile et pathétique. Les trentenaires du troisième millénaire des classes sociales privilégiées de l'Occident ne sonnent aucune cloche auprès de l'humanité souffrante, crevant de faim, de chaud, soumise à des sinistres, à des cataclysmes, à des guerres de cent ans sans début ni fin, que fait Nelly dans son lit, ivre et déprimée ? Elle fait son boulot, elle poursuit son analyse dans son contexte à elle, car qu'est-ce qu'on y peut, à son putain de contexte ? Elle scrute et analyse le paradoxe de la femme moderne. Elle fustige la dictature de la beauté, tandis qu'elle y patauge elle-même. Qu'est devenu le féminisme ? Depuis six ans, l'Amérique est en guerre contre le terrorisme. L'actualité, dans les pays de l'Ouest, stigmatise les femmes voilées qui révoltent les esprits éclairés. Parfois les tenants de la rectitude politique à outrance interviennent : ces femmes sont libres. Mais au fond, et surtout en surface, rien ne change dans les mentalités. L'islamisme fondamental impose aux femmes des lois iniques qui soulèvent la colère. « Mais qu'en est-il de nos propres obsessions ? demande Nelly. De la femme d'ici, prisonnière, elle, de sa burqa de chair ? » La dictature de la beauté force les femmes supposément libérées à porter cette burqa puante et lourde, excisant toutes les véritables possibilités d'être et d'évoluer. Nelly surnage dans la mer de ses propres tabous.

Dans une autre chronique, elle a décrit une soirée dans un bar. Elle a embrassé des copines, juste pour le plaisir, sans arrière-pensée. Des baisers, la langue profondément enfoncée dans la bouche des copines qui s'ennuyaient, seules, sans amant. Pourquoi ne pas se lover dans des bras accueillants quand on le peut, qu'importe le sexe? La semaine suivante, elle a dit vouloir un enfant. Mais elle s'est rétractée aussitôt. Ni le temps ni l'argent pour élever un petit. Nelly n'a jamais fait dans les couches et les biberons, dans les ventres mous désertés des bébés qui y ont passé presque une année, dans les cours préparatoires à l'accouchement. On halète toutes en cœur, la joie est dans notre cœur, on respire dans la douleur, c'est merveilleux. Le soir on retrouve notre homme rose qui nous frotte le ventre avec de l'huile d'amandes douces, la vie est si belle à la veille de se transformer en vache à lait. Mère, femme, écrivain, plus rien n'a de sens.

Nelly calcule. C'est son trente-sixième automne. Aujourd'hui, l'équinoxe coupe la journée en deux parts égales, bientôt il fera nuit. Mais Nelly n'a plus conscience du temps. Elle voudrait pouvoir s'accrocher à quelque espoir. Trouver un phare pour la guider, un fanal dans la tempête. Son cœur est un navire que des brisants ont fracassé. Elle sombre. Elle coule lentement et silencieusement dans un abîme sans fond. Elle pense un court moment à cet homme qu'elle a tant aimé. Pas moyen de l'oublier, son souvenir est trop vif et lui revient chaque fois qu'elle a quelque motif de tristesse. Et des motifs, elle en a beaucoup. Pourtant, il ne valait pas cette peine qu'elle ressent encore. Elle le sait, mais elle a l'impression que sur elle le malheur s'acharne depuis cette rupture déchirante. Elle n'arrive pas à faire le deuil de cette histoire d'amour qui a mal tourné. Pour lui plaire, pour capter son attention, elle s'était mise à l'étude du ciel et de ses secrets. Elle s'était perdue volontairement dans les nébuleuses lointaines. Aujourd'hui, elle n'est plus qu'un astre éteint. Pas de petit prince pour lui dessiner un mouton. Elle n'est même plus une rose unique dans un jardin. Pourquoi penser à cet homme alors qu'un autre est enfin venu? Il l'aime. Elle aussi. Il est là, il veut l'épouser et elle meurt de peine de lui en faire tant.

Le noir la happe. Impossible d'en sortir. Un autre visage revient la hanter. C'était en août – hier. Elle a croisé rue Laurier un homme qu'elle connaît depuis peu. Lunettes fumées, heureux, il tenait la main de sa compagne.

— Hey, Réjean! a-t-elle lancé. Comment vas-tu?

Ils se sont promis de se voir. « Appelle-moi! », s'est-elle écriée alors qu'il la saluait, déjà loin.

Les images remontent. Douces. Au Quai des brumes, où elle allait souvent, Réjean l'a initiée à la poésie montréalaise. Avec lui, elle a projeté d'animer des soirées où se mêleraient slam, rap et poésie. Cet homme si beau, si vivant, elle vient d'apprendre qu'il est mort. Dans sa chronique *Accent grave* du 26 août, elle avait parlé de lui comme d'un poète à découvrir. Elle avait même cité un de ses poèmes en entier à défaut de ses propres commentaires. Lui, mort?

Pourquoi pas elle?

Maintenant, ça suffit.

44

Depuis combien de temps Nelly lutte-t-elle contre une force pernicieuse, ce nœud, cette espèce de protubérance qui grandit, prend toute la place et explose dans sa tête? Par tous les moyens, elle a tenté de mater sa détresse. La fuite des origines, la psychanalyse, l'écriture, l'amour, les fêtes, les excès, tout semble inutile à ce qu'elle traîne en elle comme une maladie. Car le suicidaire est un malade. La gangrène gruge son âme. Cet amputé semble fonctionner normalement – réussir! – mais son mal de vivre est si intense qu'il ne peut, ni ne veut, bien souvent, le partager. Autour de Nelly il y a des amis, des hommes et des femmes qui l'aiment et l'admirent. Mais elle ne les voit plus. Elle se terre dans l'obscurité. Personne ne peut plus l'atteindre.

Pourtant Nelly est capable d'être heureuse. La gaité, au même titre que l'abattement, est profondément ancrée en elle. Au moment de présenter *À ciel ouvert*, elle a confié lors d'une interview qu'elle connaissait enfin la paix. Elle était amoureuse, semblait enfin accepter de vieillir et offrait une image plus sereine. Elle était sincère. Sur des photos, dans les bras de son compagnon musicien, elle semblait rayonnante. À Noël 2008, Laurent et sa Nellouchti, ainsi qu'il l'appelait, ont passé quelques jours de vacances en

Floride : elle se prélassait au soleil, riant comme une enfant. Sa peau était dorée, elle portait un fedora blanc. L'image pétillante du bonheur et de la jeunesse. La belle vie ! Avec ce musicien qui l'aimait et qu'elle aimait, Nelly avait plein de projets : continuer d'écrire à deux une télésérie caustique à deux tranchants, genre David Lynch qu'elle admire, mais aussi un livre tiré de leurs chroniques, *Maxitation et proverges*. Mais encore : créer un site Internet inspiré de Barbie et d'elle-même, le nommer *Barbie au bord du suicide*, se marier en plein hiver, vêtue d'une robe en fourrure et enfin avoir des enfants avec cet homme qui lui a redonné l'envie de sourire… En vérité, après chaque épisode dépressif, Nelly renaissait, se disant que cette fois, malgré ses idées morbides, elle ne pourrait pas tomber plus bas. Alors, elle se remettait à croire qu'elle reviendrait à l'avant-plan. Qu'elle retrouverait la gloire et l'insouciance. Qu'elle aurait vingt ans éternellement.

L'année dernière encore, le vent semblait enfin avoir tourné. La chance, de toute évidence, lui souriait à nouveau. Au printemps 2008, la chorégraphe Manon Oligny l'avait approchée pour son spectacle multidisciplinaire.

— Pourquoi as-tu pensé à moi ? lui avait demandé ingénument Nelly.

— Parce que nous sommes fascinées toutes les deux par l'univers des femmes.

L'Écurie était un projet de vidéodanse inusité : le décor évoquait des stalles où les femmes étaient des juments. Elles incarnaient le désir d'émancipation et le besoin de séduire.

Le spectacle aurait lieu à la Société des arts technologiques, une salle située rue Saint-Laurent, dans le quartier chinois, que Nelly se mit à fréquenter assidûment. Elle y était souvent allée en compagnie de l'amant français, applaudir des musiciens de la scène techno. La SAT était un lieu culte. Nelly avait toutes les raisons d'être enchantée de participer au projet de Manon.

— C'est moi qui suis ravie, Nelly. Je veux que tu écrives un texte qui se déroulera pendant la performance, avait-elle précisé. On verra galoper les mots sur un écran circulaire. Je veux aussi que tu sois présente à chaque représentation.

Quel honneur. Une main tendue ? Une perche ? Nelly avait été enthousiasmée par ce défi, cette nouveauté. C'était très original, elle n'y aurait jamais pensé elle-même. L'idée de mettre à jour la force bestiale de la femme la rejoignait dans sa propre réflexion. « J'aime explorer le côté vindicatif et même très salaud de la psyché féminine », déclara-t-elle alors. Elle s'était rapidement mise au travail, impressionnant la chorégraphe qui précisait que Nelly Arcan ne se contentait pas de lire son texte, mais le réécrivait chaque fois.

À ceux qui la traitaient de diva et d'enfant gâtée, Nelly opposait son perfectionnisme.

Mais tous ces éléments positifs ne suffiraient pas à enrayer la vague de fond.

Un avion s'écrase à la suite d'événements malheureux. Un crash existentiel s'explique de la même façon. Une rupture amoureuse, une panne d'inspiration, la trahison d'un ami, un seul élément suffit rarement à ce que l'on passe à l'action, au geste fatal. Mais une goutte d'eau fera déborder le vase trop plein.

24 septembre 2009. Les heures avancent. À Vox Télé, on a commencé à débattre d'un sujet d'actualité. Discrètement, on a retiré une chaise du panel. Aujourd'hui, Nelly Arcan ne fera pas son émission.

On ne la reverra plus jamais.

Septembre a été pour elle, huit ans plus tôt, un des plus beaux mois de sa vie. Le mois de la naissance de *Putain*, à Mayenne, en France. Un bel enfant de papier avec toute la vie devant lui, multiplié en des milliers et des milliers d'exemplaires, accueilli dans autant de berceaux parmi d'autres enfants et aussitôt caressé par une mer de mains le prenant, l'enveloppant, le gardant au chaud, le refermant, le posant, le reprenant, le tournant lentement, le humant. *Putain* l'aîné de la famille, le plus aimé, le plus vanté.

Sa mère a choisi d'en finir avec la vie.

Comment a-t-elle pu? Pourquoi? Pour le suicidé, les autres n'existent plus. Les autres sont des morts pour la personne qui choisit de disparaître.

Nelly a écrit que le suicide est «un legs terrible» et que «ne pas faire souffrir son entourage ne peut constituer, du moins à long terme, une raison suffisante pour vivre».

Dans l'appartement de la rue Saint-Dominique, le téléphone sonne. Les appels s'accumulent sur le répondeur.

La voix de Nelly prend les messages qui se perdent dans le silence. Bazou et Bastardo, les deux chats siamois, courent se réfugier sous un fauteuil en miaulant.

Le psychanalyste ami est en route vers Nelly. Il a reçu, un peu plus tôt, un courriel dans lequel Nelly le remercie pour tout ce qu'il a fait. Lorsqu'il arrive à l'appartement, profondément inquiet, le compagnon de Nelly est là. C'est lui qui a ouvert la porte sur cette image qui s'incruste à jamais dans la mémoire : des pieds ballants et, au bout de la corde, un corps inanimé.

Nelly s'est pendue.

45

Ceux qui ne la connaissaient pas ne comprennent pas son geste. Cette fille avait tout pour réussir. Jolie, frappante, intelligente, talentueuse, jeune. Pourquoi commettre l'irréparable ? Ceux qui la connaissaient ne sont pas surpris. Claude, un ami qui faisait une chronique avec elle à Vox Télé, avait pressenti la tragédie. « Je savais qu'elle n'était pas en retard. Je me doutais qu'elle avait pu décider de se donner la mort. »

Pour tenter de comprendre, on se met à relire ses ouvrages. *Putain* hurle le thème du suicide. *Folle* aussi. Tout comme *À ciel ouvert* et *Paradis clef en main*. La mort est une plante carnivore. Une force comme un poing au creux des entrailles, comme un black-out dans la tête. Une force irrémédiable, incontrôlable.

Le lendemain, 25 septembre, l'annonce de la mort du cinéaste polémiste Pierre Falardeau jette une ombre sur la disparition de Nelly. L'auteur de *L'Enfant dans le miroir* dont on n'a bien peu parlé et de *Burqa de chair* qu'on extirpera de ses cendres a filé en douce. Ses obsèques sont célébrées

humblement à Lac-Mégantic. Nelly retourne définitivement au pays de son enfance. Elle est redevenue Isabelle
Fortier, la petite fille aux yeux d'un bleu pareil à l'eau de
son lac les grands jours d'été. La boucle est bouclée. Dans
l'église Sainte-Agnès, ses parents, ses amis, ses admirateurs
lui rendent des hommages discrets. La mère de Nelly est
inconsolable. « La pire chose qui devait se passer s'est
passée », dit-elle. Lors de la cérémonie, on découvre une
Nelly Arcan généreuse et chaleureuse. « Sans elle, je ne
serais jamais allée à l'université. Elle m'encourageait à
aller plus loin », confie une amie d'enfance.

À la fin de l'année 2009, deux mois à peine après sa
mort, les éditions Coups de tête publient son roman
posthume : *Paradis clef en main*. L'héroïne, Antoinette
Beauchamp, a survécu, elle, à une tentative de suicide,
mais elle reste à jamais paraplégique. Le sujet provoque
des discussions. Aurait-on pu deviner que Nelly Arcan se
suiciderait ? Même imaginer que Nelly ait pu rire, et
souvent, en pondant ce texte morbide ? Dans ce livre,
comme dans tous les autres, elle annonçait pourtant une
fin tragique. Aurait-on pu empêcher cette mort que
plusieurs ne pourront jamais accepter ? La veille encore,
Nelly avait eu l'honneur d'être nommée, dans un
magazine, une des femmes les plus marquantes du
Québec, aux côtés de Julie Payette.

Dans son appartement, on a trouvé son ordinateur. Son
compagnon a tenté de lire les documents qui s'y
trouvaient. Peine perdue. Nelly est partie avec son secret ;
elle n'a dévoilé à personne le mot de passe qui pourrait
ouvrir la boîte aux merveilles. Dans l'ordinateur se
cachent d'autres mots, des phrases, des textes, les

derniers. Les derniers qui dorment à jamais dans un silence qu'elle seule aurait pu délier.

Que Nelly soit partie est infiniment triste.

La littérature a perdu cette voix qui osait, à tout prix, la vérité.

Témoignage

Nelly et moi

L'intelligence de Nelly Arcan frappait, autant que ce livre, fort, poignant, vrai. Exactement comme l'Isabelle Fortier que j'ai connue : sans prétention ni feux d'artifice. Simplement un coup de poing au ventre.

Au fil de ces pages, je me suis retrouvé dans les désirs et les peurs de Nelly. Nous devenons, pendant quelques heures, proches de cette femme au cœur brisé. Nous voulons lui sauver la vie, l'éloigner de cette corde, la serrer dans nos bras, prendre soin d'elle, lui redonner le goût de respirer.

Ce fantasme d'être aimé et ce malheur de constamment manquer d'amour auront été les plus grandes batailles de Nelly. Celles-ci nous fendent le cœur, éveillent nos idées et changent notre vision de l'éphémère beauté.

Les obsessions, les blessures, l'enfance et, surtout, cette attention qu'elle désirait si ardemment, tout cela a provoqué en Nelly une colère et une immense tristesse. Autant *Putain* aura été un haut-le-cœur saisissant et poignant, révélant à tout le monde une voix dépassant toutes les frontières, autant *Folle* aura montré que la brutalité et la violence font mal, très mal, jusqu'à vouloir en mourir. C'est grâce à ce livre que j'ai compris à quel point la bataille de Nelly Arcan a été difficile, vraie, intense.

Nelly Arcan aura été, sans aucun doute, une des femmes qui m'aura le plus inspiré dans la vie jusqu'ici. Elle m'aura convié à l'art d'écrire avec ses phrases violentes, son besoin si fort d'être aimée, ses espoirs et ses angoisses, ses joies d'un instant et ses pensées révélant une voix qui osait, envers et contre tous, la franchise et la vérité.

Ce livre, un grand livre, est sans doute le plus beau cadeau que pouvait recevoir Nelly après nous avoir quittés. Elle y est si habilement décrite que l'on comprend subtilement son mal de vivre, son désir de perfection et cette peur de vieillir qui l'ont habitée durant les trente-six courtes années de son existence. Du haut de mes vingt ans, je souhaite toute ma vie arriver à m'exprimer aussi honnêtement que Nelly Arcan a su le faire. Ses mots m'aident à respirer.

C'est la voix de notre génération. Celle qui a donné un nouveau souffle à toutes ces femmes et ces hommes qui ont trop longtemps vécu en silence les tempêtes de la vie. Elle nous a tous un peu sauvés.

Brille, belle et savante Nelly, pour toujours, dans nos cœurs.

KARL HARDY

RECYCLÉ
Papier fait à partir
de matériaux recyclés
FSC® C103567

Marquis imprimeur inc.

Québec, Canada

2011

Imprimé sur du papier Silva Enviro 100% postconsommation
traité sans chlore, accrédité ÉcoLogo et fait à partir de biogaz.